新 潮 文 庫

真 珠 夫 人

上 巻

菊 池 寛 著

新 潮 社 版

6903

真珠夫人

上巻

奇禍

一

汽車が大船を離れた頃から、信一郎の心は、段々烈《はげ》しくなって行く焦燥《もどか》しさで、満たされていた。国府津《こうづ》迄《まで》の、まだ五つも六つもある駅毎《ごと》に、汽車が小刻みに、停車せねばならぬことが、彼の心持を可なり、いら立たせているのであった。

彼は、一刻も早く静子に、会いたかった。そして彼の愛撫《あいぶ》に、渇《かつ》えている彼女を、思うさま、いたわってやりたかった。

時は六月の初《はじめ》であった。汽車の線路に添うて、潮のように起伏している山や森の緑は、少年のような若々しさを失って、むっとするようなあくどさで車窓に迫って来ていた。たゞ、所々植付けられたばかりの早苗《さなえ》が、軽いほのぼのとした緑を、初夏の風の下に、漂わせているのであった。

常ならば、箱根から伊豆《いず》半島の温泉へ、志ざす人々で、一杯になっている筈《はず》の二等室も、春と夏との間の、湯治には半端《はんぱ》な時節であるのと、一週間ばかり雨が、降り続いた揚句《あげく》である為《ため》とで、それらしい乗客の影さえ見えなかった。たゞ仏蘭西《フランス》人らしい老年の夫婦が、一人息子らしい十五六の少年を連れて、車室の一隅を占めているのが、信一郎の注意を、最初から惹《ひ》いているだけである。彼は、若い男鹿《おじか》の四肢のように、スラリと娜《しなやか》な少年の姿を、飽かず眺めたり、父と母とに迭《かた》みに話しかける簡単な会話に、耳を傾けたりしていた。此《こ》の一行の外には、洋服を着た会社員らしい二人連と、田舎娘とその母親らしい女連が、乗り合わしているだけである。が、あの湯治階級と云《い》ったような、男も女も、大島の揃《そろい》か何かを着て、金や白金《プラチナ》や宝石の装身具を身体《からだ》のあらゆる部分に、燦《きらめ》かしているような人達が、乗り合わしていないことは信一郎にとって結局気楽だった。彼等は、屹度《きっと》声高に、喋《しゃべ》り散らしたり、何かを食べ散らしたり、無作法に振舞ったりすることに依《よ》って、現在以上に信一郎の心持をいら〳〵させたに違いなかったから。

日は、深く翳《かげ》っていた。汽車の進むに従って、隠見する相模灘《さがみなだ》はすゝけた銀の如《ごと》く、底光を帯《おび》たまゝ澱《よど》んでいた。先刻《さっき》まで、見えていた天城《あまぎ》山も、何時《いつ》の間にか、灰色に塗り隠されて了《しま》っていた。相模灘を圧している水平線の腰の辺りには、雨をでも含んでいそうな、暗鬱《あんうつ》な雲が低迷していた。もう、午後四時を廻っていた。

『静子が待ちあぐんでいるに違いない。』と思う毎に、汽車の廻転が殊更《ことさら》遅くなるように思われた。信一郎は、いらいらしくなって来る心を、じっと抑え付けて、湯河原の湯宿に、自分を待っている若き愛妻の面影を、空《くう》に描いて見た。何よりも先《ま》ず、その石竹色に湿《うる》んでいる頬に、微笑の先駆として浮かんで来る、笑靨《えくぼ》が現われた。それに続いて、慎《つつ》ましい脣《くちびる》、高くはないけれども穏やかな品のいゝ鼻。が、そんな目鼻立よりも、顔全体に現われている処女らしい含羞性《シャイネス》、それを思い出す毎に、信一郎自身の表情が、たるんで来て、其処《そこ》には居合わさぬ妻に対する愛撫の微笑が、何時の間にか、浮かんでいた。彼は、それを誰かに、気付かれはしないかと、恥しげに車内を見廻わした。が、例の仏蘭西の少年が、その時、

「お母親《ママン》さん！」と声高に呼びかけた外には、乗合の人々は、銘々に何かを考えているらしかった。

汽車は、海近い松林の間を、轟々《ごうごう》と駆け過ぎているのであった。

二

湯の宿の欄干に身を靠《もた》せて、自分を待ちあぐんでいる愛妻の面影が、汽車の車輪の

廻転に連れて消えたりかつ浮かんだりした。それほど、信一郎は新しく婚した静子に、心も身も与えていたのである。

つい三月ほど前に、田舎で挙げた結婚式のことを考えても、上京の途《みち》すがら奈良や京都に足を止めた蜜月旅行《ホネムーン》らしい幾日かの事を考えても、彼は静子を獲《え》たことが、どんなに幸福を意味しているかをしみ〴〵と悟ることが出来た。

結婚の式場で示した彼女の、処女らしい羞《はずか》しさと、浄《きよ》らかさ、それに続いた同棲《どうせい》生活に於《お》いて、自分に投げて来た全身的な信頼、日が経《た》つに連れて、埋もれていた宝玉のように、だん〴〵現れて来る彼女のいろ〴〵な美質、そうしたことを、取とめもなく考えていると、信一郎は一刻も早く、目的地に着いて初々《ういうい》しい静子の透き通るようなくゝり顎《あご》の辺《あたり》を、軽く撫《パット》してやりたくて、仕様がなくなって来た。『僅《わず》か一週間、離れていると、もうそんなに逢《あ》いたくて、堪《たま》らないのか。』と自分自身心の中で、そう反問すると、信一郎は駄々っ子か何かのように、じれ切っている自分が気恥しくないこともなかった。

が、新婚後、まだ幾日にもならない信一郎に取っては、僅《わずか》一週間ばかりの短い月日が、どんなにか長く、三月も四月もに相当するように思われた事だろう。静子が、急性肺炎の病後のために、医者から温泉行を、勧められた時にも、信一郎は自分の手許《てもと》から、妻を半日でも一日でも、手放して置くことが、不安な淋《さび》しい事のように思われて、仕方がなかった。それかと云《い》って、結婚のため、半月以上も、勤先を欠勤している彼には休暇を貰《もら》う口実などは、何も残っていなかった。彼は止《や》むなく先週の日曜日に妻と女中とを、湯河原へ伴うと、直《す》ぐその日に東京へ帰って来たのである。

今朝着いた手紙から見ると、もうスッカリ好《よ》くなっているに違いない。明日の日曜に、自分と一緒に帰ってもいゝと、云い出すかも知れない。軽便鉄道の駅までは、迎えに来ているかも知れない。いや、静子は、そんなことに気の利《き》く女じゃない。あれは、おとなしく慎しく待っている女だ、屹度《きっと》、あの湯の新築の二階の欄干にもたれて、藤木川に懸っている木橋をじっと見詰めているに違いない。そして、馬車や自動車が、あの橋板をとゞろかす毎《ごと》に、静子も自分が来たのではないかと、彼女の小さい胸を轟《とどろ》かしているに違いない。

信一郎の、こうした愛妻を中心とした、いろ〳〵な想像は、重く垂下がった夕方の雲を劈《つんざ》くような、鋭い汽笛の声で破られた。窓から首を出して見ると、一帯の松林の樹《き》の間から、国府津《こうづ》に特有な、あの凄味《すごみ》を帯びた真蒼《まっさお》な海が、暮れ方の光を暗く照り返していた。

秋の末か何かのように、見渡すかぎり、陸や海は、蕭条《しょうじょう》たる色を帯びていた。が、信一郎は国府津だと知ると、蘇《よみがえ》ったように、座席を蹴《け》って立ち上った。

三

汽車がプラットホームに、横付けになると、多くもなかった乗客は、我先きにと降りてしまった。此《こ》の駅が止まりである列車は、見る〳〵裡《うち》に、洗われたように、虚《むな》しくなってしまった。

が、停車場は少しも混雑しなかった。五十人ばかりの乗客が、改札口のところで、暫《しば》らく斑《まだら》にたゆたった丈《だけ》であった。

信一郎は、身支度をしていた為《ため》に、誰よりも遅れて車室を出た。改札口を出て見ると、駅前の広場に湯本行きの電車が発車するばかりの気勢《けはい》を見せていた。が、その電車も、此の前の日曜の日の混雑とは丸切り違って、まだ腰をかける余地さえ残っていた。が、信一郎はその電車を見たときにガタリガタリと停留場毎《ごと》に止まる、のろ〳〵した途中の事が、直ぐ頭に浮かんだ。その上、小田原で乗り換えると行く手にはもっと難物が控えている。それは、右は山左は海の、狭い崖端《がけはな》を、蜈蚣《むかで》か何かのようにのたくって行く軽便鉄道である。それを考えると、彼は電車に乗ろうとした足を、思わず踏み止《とど》めた。湯河原まで、何《ど》うしても三時間かゝる。湯河原で降りてから、あの田舎道をガタ馬車で三十分、どうしても十時近くなってしまう。彼は汽車の中で感じたそれの十倍も二十倍も、いらいらしさが自分を待っているのだと思うと、何うしても電車に乗る勇気がなかった。彼は、少しも予期しなかった困難にでも逢《あ》ったように急に悄《しょげ》気てしまった。丁度その時であった。つか〳〵と彼を追いかけて来た大男があった。

「もし〳〵如何《いかが》です。自動車にお召しになっては。」と、彼に呼びかけた。見ると、その男は富士屋自動車と云《い》う帽子を被《かぶ》っていた。信一郎は、急に援《たす》け舟にでも逢ったように救われたような気持で、立ち止った。が、彼は賃銭の上の掛引のことを考えたので、そうした感情を、顔へは少しも出さなかった。

「そうだねえ。乗ってもいゝね。安ければ。」と彼は可なり余裕《よゆう》を以《もっ》て、答えた。

「何処《どこ》までいらっしゃいます。」

「湯河原まで。」

「湯河原までじゃ、十五円で参りましょう。本当なれば、もう少し頂くのでございますけれども、此方《こっち》からお勧めするのですから。」

十五円と云う金額を聞くと、信一郎は自動車に乗ろうと云う心持を、スッカリ無くしてしまった。と云って、彼は貧しくはなかった。一昨年法科を出て、三菱《みつびし》へ入ってから、今まで相当な給料を貰《もら》っている。その上、郷国《くに》にある財産からの収入を合わすれば、月額五百円近い収入を持っている。が十五円と云う金額を、湯河原へ行く時間を、わずか二三時間縮める為に払うことは余りに贅沢《ぜいたく》過ぎた。たとい愛妻の静子が、いかに待ちあぐんでいるにしても。

「まあ、よそう。電車で行けば訳はないのだから。」と、彼は心の裡で考えている事とは、全く反対な理由を云いながら、洋服を着た大男を振り捨てゝ、電車に乗ろうとした。が、大男は執念《しゅうね》く彼を放さなかった。

「まあ、一寸《ちょっと》お待ちなさい。御相談があります。実は、熱海《あたみ》まで行こうと云う方があるのですが、その方と合乗《あいのり》して下さったら、如何でしょう、それならば大変格安になるのです。それならば、七円丈《だけ》出して下されば。」

信一郎の心は可なり動かされた。彼は、電車の踏み段の棒にやろうとした手を、引っ込めながら云った。「一体、そのお客とはどんな人なのだい？」

四

洋服を着た大男は、信一郎と同乗すべき客を、迎えて来る為《ため》に、駅の真向いにある待合所の方へ行った。

信一郎は、大男の後姿を見ながら思った。どうせ、旅行中のことだから、どんな人間との合乗でもたかが三四十分の辛抱だから、介意《かまわ》ないが、それでも感じのいゝ、道伴《みちづれ》であって呉《く》れゝばいゝと思った。傲然《ごうぜん》とふんぞり返るような、成金風の湯治階級の男なぞであったら、堪《たま》らないと思った。彼はでっぷりと肥《ふと》った男が、実印を刻んだ金指環《ゆびわ》をでも、光らせながら、大男に連れられて、やって来るのではないかしらと思った。それとも、意外に美しい女か何かじゃないかしらと思った。が、まさか相当な位置の婦人が、合乗を承諾することもあるまいと、思い返した。

彼は一寸《ちょっと》した好奇心を唆《そそ》られながら、暫《しば》らくの伴侶《はんりょ》たるべき人の出て来るのを、待っていた。

三分ばかり待った後だったろう。やっと、交渉が纏《まとま》ったと見え、大男はニコ〳〵笑いながら、先きに立って待合所から立ち現れた。その刹那《せつな》に、信一郎は大男の肩越に、チラリと角帽を被《かぶ》った学生姿を見たのである。彼は同乗者が学生であるのを欣《よろこ》んだ。殊《こと》に、自分の母校――と云《い》う程の親しみは持っていなかったが――の学生であるのを欣んだ。

「お待たせしました。此《こ》の方です。」

そう云いながら、大男は学生を、信一郎に紹介した。

「御迷惑でしょうが。」と、信一郎は快活に、挨拶《あいさつ》した。学生は頭を下げた。が、何《なん》にも物は云わなかった。信一郎は、学生の顔を、一目見て、その高貴な容貌《ようぼう》に打たれざるを得なかった。恐らく貴族か、でなければ名門の子弟なのだろう。品のよい鼻と、黒く澄み渡った眸《ひとみ》とが、争われない生れのけ高さを示していた。殊に、け高く人懐《ひとなつか》しそうな眸が、此の青年を見る人に、いゝ感じを与えずにはいなかった。クレイヴネットの外套《がいとう》を着て、一寸した手提鞄《かばん》を持った姿は、又なく瀟洒《しょうしゃ》に打ち上って見えた。

「それで貴君様《あなた》の方を、湯河原のお宿までお送りして、それから引き返して熱海《あたみ》へ行くことに、此方《こちら》の御承諾を得ましたから。」と、大男は信一郎に云った。

「そうですか。それは大変御迷惑ですな。」と、信一郎は改めて学生に挨拶した。やがて、二人は大男の指し示す自動車上の人となった。信一郎は左側に、学生は右側に席を占めた。

「湯河原までは、四十分、熱海までは、五十分で参りますから。」と、大男が云った。

運転手の手は、ハンドルにかゝった。信一郎と学生とを、乗せた自動車は、今発車したばかりの電車を追いかけるように、凄《すさま》じい爆音を立てたかと思うと、まっしぐらに国府津の町を疾駆した。

信一郎は、もう四十分の後には、愛妻の許《もと》に行けるかと思うと、汽車中で感じた焦《もど》燥《か》しさや、いらだたしさは、後なく晴れてしまった。自動車の軽動《ジャン》に連れて身体《からだ》が躍るように、心も軽く楽しい期待に躍った。が、信一郎の同乗者たるかの青年は、自動車に乗っているような意識は、少しもないように身を縮めて一隅に寄せたまゝその秀《ひい》でた眉《まゆ》を心持ひそめて、何かに思い耽《ふけ》っているようだった。車窓に移り変る情景にさえ、一瞥《いちべつ》をも与えようとはしなかった。

五

小田原の街に、入る迄《まで》、二人は黙々として相並んでいた。信一郎は、心の中では、此《この》青年に一種の親しみをさえ感じていたので、何《ど》うにかして、話しかけたいと思っていたが、深い憂愁にでも、囚《とら》われているらしい青年の容子《ようす》は、信一郎にそうした機会をさえ与えなかった。

殆《ほとん》ど、一尺にも足りない距離で見る青年の顔付は、愈々《いよいよ》そのけ高さを加えているようであった。が、その顔は何うした原因であるかは知らないが、蒼白《そうはく》な血色を帯びている。二つの眸《ひとみ》は、何かの悲しみのため力なく湿《うる》んでいるようにさえ思われた。

信一郎はなるべく相手の心持を擾《みだ》すまいと思った。が、一方から考えると、同じ、自動車に二人切りで乗り合わしている以上、黙ったまゝ相対していることは、何だか窮屈で、かつは不自然であるようにも思われた。

「失礼ですが、今の汽車で来られたのですか。」と、信一郎は漸《ようや》く口を切った。会話のための会話として、判《わか》り切ったことを尋ねて見たのである。

「いや、此の前の上りで来たのです。」と、青年の答えは、少し意外だった。

「じゃ、東京からいらっしたんじゃないんですか。」

「そうです。三保の方へ行っていたのです。」

話しかけて見ると、青年は割合ハキ〳〵と、然《しか》し事務的な受け答をした。

「三保と云《い》えば、三保の松原ですか。」

「そうです。彼処《あすこ》に一週間ばかりいましたが、飽きましたから。」

「やっぱり、御保養ですか。」

「いや保養と云う訳ではありませんが、どうも頭がわるくって。」と云いながら、青年の表情は暗い陰鬱《いんうつ》な調子を帯びていた。

「神経衰弱ですか。」

「いやそうでもありません。」そう云いながら、青年は力無さそうに口を緘《つぐ》んだ。簡単に言葉では、現わされない原因が、存在することを暗示するかのように。

「学校の方は、ズーッとお休みですね。」

「そうです、もう一月ばかり。」

「尤《もつと》も文科じゃ出席してもしなくっても、同じでしょうから。」と、信一郎は、先刻《さつき》青年の襟に、Lと云う字を見たことを思い出しながら云った。

青年は、立入って、いろ〳〵訊《き》かれることに、一寸《ちよつと》不快を感じたのであろう、又黙り込もうとしたが、法科を出たものの、少年時代からずっと文芸の方に親しんで来た信一郎は、此の青年とそうした方面の話をも、して見たいと思った。

「失礼ですが、高等学校は。」暫《しば》らくして、信一郎はまたこう口を切った。

「東京です。」青年は振り向きもしないで答えた。

「じゃ私と同じですが、お顔に少しも見覚えがないようですが、何年にお出になりました。」

青年の心に、急に信一郎に対する一脈の親しみが湧《わ》いたようであった。華やかな青春の時代を、同じ向陵《むこうがおか》の寄宿寮に過ごした者のみが、感じ合う特殊の親しみが、青年の心を湿《うる》おしたようであった。

「そうですか、それは失礼しました。僕は一昨年高等学校を出ました。貴君《あなた》は。」

青年は初めて微笑を洩《もら》した。淋《さび》しい微笑だったけれども微笑には違いなかった。

「じゃ、高等学校は丁度僕と入れ換わりです。お顔を覚えていないのも無理はありません。」そう云いながら、信一郎はポケットから紙入を出して、名刺を相手に手交した。

「あゝ渥美《あつみ》さんと仰《おつ》しゃいますか。僕は生憎《あいにく》名刺を持っていません。青木淳《じゅん》と云います。」と、云いながら青年は信一郎の名刺をじっと見詰めた。

六

名乗り合ってからの二人は、前の二人とは別人同士であるような親しみを、お互に感じ合っていた。

青年は羞《はにか》み家《や》であるが、その癖人一倍、人懐《ひとなつこ》い性格を持っているらしかった。単なる同乗者であった信一郎には、冷めたい横顔を見せていたのが、一旦《いったん》同じ学校の出身であると知ると、直《す》ぐ先輩に対する親しみで、懐《なつ》いて来るような初心《うぶ》な優しい性格を、持っているらしかった。

「五月の十日に、東京を出て、もう一月ばかり、当《あて》もなく宿《とま》り歩いているのですが、何処《どこ》へ行っても落着かないのです。」と、青年は訴えるような口調で云《い》った。

信一郎は、青年のそうした心の動揺が、屹度《きっと》青年時代に有勝《ありがち》な、人生観の上の疑惑か、でなければ恋の悶《もだ》えか何かであるに違いないと思った。が、何《ど》う云って、それに答えてよいか分らなかった。

「一層《いっそ》のこと、東京へお帰りになったら何《ど》うでしょう。僕なども精神上の動揺のため、海へなり山へなり安息を求めて、旅をしたことも度々ありますが、一人になると、却《かえ》って孤独から来る淋《さび》しさ迄《まで》が加わって、愈《いよいよ》堪《た》えられなくなって、又都会へ追い返されたものです。僕の考えでは、何かを紛《まぎ》らすには、東京生活の混乱と騒擾《そうじょう》とが、何よりの薬ではないかと思うのです。」と、信一郎は自分の過去の二三の経験を思い浮べながらそう云った。

「が、僕の場合は少し違うのです。東京にいることが何うにも堪《たま》らないのです。当分東京へ帰る勇気は、トテもありません。」

青年は、又黙ってしまった。心の中の何処かに、可なり大きい傷を受けているらしい青年の容子は信一郎の眼にもいたましく見えた。

自動車は、もうとっくに小田原を離れていた。気が付いて見ると、暮れかゝる太平洋の波が、白く砕けている高い崖《がけ》の上を軽便鉄道の線路に添うて、疾駆しているのであった。

道は、可なり狭かった。右手には、青葉の層々と茂った山が、往来を圧するように迫っていた。左は、急な傾斜を作って、直ぐ真下には、海が見えていた。崖がやゝ滑かな勾配《こうばい》になっている所は蜜柑《みかん》畑になっていた。しら〳〵と咲いている蜜柑の花から湧《わ》く、高い匂《におい》が、自動車の疾駆するまゝに、車上の人の面《おもて》を打った。

「日暮までに、熱海《あたみ》に着くといゝですな。」と、信一郎は暫《しば》らくしてから、沈黙を破った。

「いや、若《も》し遅くなれば、僕も湯河原で一泊しようと思います。熱海へ行かなければならぬと云う訳もないのですから。」

「それじゃ、是非湯河原へお泊りなさい。折角お知己《ちかづき》になったのですから、ゆっくりお話したいと思います。」

「貴方《あなた》は永く御滞在ですか。」と、青年が訊《き》いた。

「いゝえ、実は妻が行っているのを迎えに行くのです。」と、信一郎は答えた。

「奥さんが！」そう云った青年の顔は、何故《なぜ》だか、一寸《ちよつと》淋しそうに見えた。青年は又黙ってしまった。

自動車は、風を捲《ま》いて走った。可なり危険な道路ではあったけれども、日に幾回となく往返《ゆきかえり》しているらしい運転手は、東京の大路を走るよりも、邪魔物のないのを、結句気楽そうに、奔放自在《ほんぽうじざい》にハンドルを廻した。その大胆な操縦が、信一郎達をして、時々ハッと息を呑《の》ませることさえあった。

「軽便かしら。」と、青年が独語《ひとりごと》のように云った。いかにも、自動車の爆音にもまぎれない轟々《ごうごう》と云う響が、山と海とに反響《こだま》して、段々近づいて来るのであった。

七

轟々ととゞろく軽便鉄道の汽車の音は、段々近づいて来た。自動車が、ある山鼻を廻ると、眼の前にもう真黒な車体が、見えていた。絶えず吐く黒い煙と、喘《あえ》いでいるような恰好《かっこう》とは、何かのろ臭い生き物のような感じを、見る人に与えた。信一郎の乗っている自動車の運転手は、此《こ》の時代遅れの交通機関を見ると、丁度お伽噺《とぎばなし》の中で、亀《かめ》に対した兎《うさぎ》のように、いかにも相手を馬鹿《ばか》にし切ったような態度を示した。彼は擦れ違うために、少しでも速力を加減することを、肯《がえ》んじなかった。彼は速力を少しも緩めないで、軽便の軌道と、右側の崖壁《がいへき》の間とを、すばやく通り抜けようと、ハンドルを廻しかけたが、それは、彼として、明かな違算であった。其処《そこ》は道幅が、殊更《ことさら》狭くなっているために、軽便の軌道は、山の崖近く敷かれてあって、軌道と岩壁との間には、車体を容《い》れる間隔は存在していないのだった。運転手が、此の事に気が付いた時、汽車は三間と離れない間近に迫っていた。

「馬鹿！　危い！　気を付けろ！」と、汽車の機関士の烈《はげ》しい罵声《ばせい》が、狼狽《ろうばい》した運転手の耳朶《じだ》を打った。彼は周章《あわ》てた。が、遉《さすが》に間髪を容れない瞬間に、ハンドルを反対に急転した。自動車は辛く衝突を免れて、道の左へ外れた。信一郎はホッとした。が、それはまたゝく暇もない瞬間だった。左へ躱《かわ》した自動車は、躱し方が余りに急であった為《ため》、機《はず》みを打ってそのまゝ、左手の岩崖を墜落しそうな勢いを示した。道の左には、半間ばかりの熊笹《くまざさ》が繁《しげ》っていて、その端《はずれ》からは十丈に近い断崖《だんがい》が、海へ急な角度を成していた。

最初の危機には、冷静であった運転手も、第二の危険には度を失ってしまった。彼は、狂人のように意味のない言葉を発したかと思うと、運転手台で身をもがいた。が、運転手の死物狂いの努力は間に合った。三人の生命を託した車台は、急廻転をして、海へ陥《おち》ることから免れた。が、その反動で五間ばかり走ったかと思うと、今度は右手の山の岩壁に、凄《すさま》じくぶっ突《つか》ったのである。

信一郎は、恐ろしい音を耳にした。それと同時に、烈しい力で、狭い車内を、二三回左右に叩《たた》き付けられた。眼が眩《くら》んだ。しばらくは、たゞ嵐《あらし》のような混沌《こんとん》たる意識の外、何も存在しなかった。

信一郎が、漸《ようや》く気が付いた時、彼は狭い車内で、海老《えび》のように折り曲げられて、一方へ叩き付けられている自分を見出《みいだ》した。彼はやっと身を起した。頭から胸のあたりを、ボンヤリ撫《な》で廻わした彼は自分が少しも、傷付いていないのを知ると、まだフラフラする眼を定めて、自分の横にいる筈《はず》の、青年の姿を見ようとした。

青年の身体《からだ》は、直《す》ぐ其処《そこ》にあった。が、彼の上半身は、半分開かれた扉から、外へはみ出しているのであった。

「もし〳〵、君！　君！」と、信一郎は青年を車内に引き入れようとした。その時に、彼は異様な苦悶《くもん》の声を耳にしたのである。信一郎は水を浴びたように、ゾッとした。

「君！　君！」彼は、必死に呼んだ。が、青年は何とも答えなかった。たゞ、人の心を掻《か》きむしるような低いうめき声が続いている丈《だけ》であった。

信一郎は、懸命の力で、青年を車内に抱き入れた。見ると、彼の美しい顔の半面は、薄気味の悪い紫赤色《しせきしょく》を呈している。それよりも、信一郎の心を、脅《おび》やかしたものは、唇の右の端から、顎《あご》にかけて流れる一筋の血であった。而《しか》もその血は、唇から出る血とは違って、内臓から迸《ほとばし》ったに違いない赤黒い血であった。

返すべき時計

一

信一郎が、青年の身体《からだ》をやっと車内に引き入れたとき、運転手席から路上へ、投げ出されていた運転手は、漸《ようや》く身を起した。額の所へ擦り傷の出来た彼の顔色は、凡《すべ》ての血の色を無くしていた。彼はオズ〳〵車内をのぞき込んだ。

「何処《どこ》もお負傷《けが》はありませんか。お負傷はありませんか。」

「馬鹿《ばか》! 負傷どころじゃない。大変だぞ。」と、信一郎は怒鳴りつけずにはいられなかった。彼は運転手の放胆な操縦が、此《こ》の惨禍《さんか》の主なる原因であることを、信じたからであった。

「はっはっ。」と運転手は恐れ入ったような声を出しながら、窓にかけている両手をブル〱顫《ふる》わせていた。

「君！　君！　気を確《たしか》にしたまえ。」

信一郎は懸命な声で青年の意識を呼び返そうとした。が、彼は低い、ともすれば、絶えはてそうなうめき声を続けている丈《だけ》であった。

口から流れている血の筋は、何時《いつ》の間にか、段々太くなっていた。右の頰が見る間に脹《は》れふくらんで来るのだった。信一郎は、ボンヤリつッ立っている運転手を、再び叱《しか》り付けた。

「おい！　早く小田原へ引返すのだ。全速力で、早く手当をしないと助からないのだぞ。」

運転手は、夢から醒《さ》めたように、運転手席に着いた。が、発動機の壊《こわ》れている上に、前方の車軸までが曲っているらしい自動車は、一寸《いっすん》だって動かなかった。

「駄目です。とても動きません。」と、運転手は罪を待つ人のように顫え声で云《い》った。

「じゃ、一番近くの医者を呼んで来るのだ。真鶴《まなづる》なら、遠くはないだろう。医者と、そうだ、警察とへ届けて来るのだ。又小田原へ電話が通ずるのなら、直《す》ぐ自動車を寄越すように頼むのだ。」

運転手は、気の抜けた人間のように、命ぜらるゝ儘《まま》に、フラ〱と駈《か》け出した。

青年の苦悶《くもん》は、続いている。半眼に開いている眼は、上ずッた白眼を見せているだけであるが、信一郎は、たゞ青年の上半身を抱き起しているだけで、何《ど》うにも手の付けようがなかった。もう、臨終に間もないかも知れない青年の顔かたちを、たゞ茫然《ぼうぜん》と見詰めているだけであった。

信一郎は青年の奇禍を傷《いた》むのと同時に、あわよく免れた自身の幸福を、欣《よろこ》ばずにはいられなかった。それにしても、何うして扉が、開いたのだろう。其処《そこ》から身体が出たのだろう。上半身が、半分出た為《ため》に、衝突の時に、扉と車体との間で、強く胸部を圧《お》し潰《つ》ぶされたのに違いなかった。

信一郎は、ふと思いついた。最初、車台が海に面する断崖《だんがい》へ、顚落《てんらく》しようとしたとき、青年は車から飛び降りるべく、咄嗟《とっさ》に右の窓を開けたに違いなかった。もし、そうだとすると、車体が最初怖《おそ》れられたように、海中に墜落したとすれば、死ぬ者は信一郎と運転手とで、助かる者は此《この》青年であったかも知れなかった。車体が、急転したとき、信一郎と青年の運命も咄嗟に転換したのだった。自動車の苟《かりそ》めの合乗《あいのり》に青年と信一郎とは、恐ろしい生死の活劇に好運悪運の両極に立ったわけだった。

信一郎は、そう考えると、結果の上からは、自分が助かるための犠牲になったような、青年のいたましい姿を、一層あわれまずにはいられなかった。

彼は、ふとウィスキイの小壜《こびん》がトランクの中にあることを思い出した。それを、飲ますことが、こうした重傷者に何う云う結果を及ぼすかは、ハッキリと判《わか》らなかった。が、彼としては此の場合に為《な》し得る唯一《ゆいいつ》の手当であった。彼は青年の頭を座席の上に、ソッと下すとトランクを開けて、ウィスキイの壜を取り出した。

二

口中に注ぎ込まれた数滴のウィスキイが、利《き》いたのか、それとも偶然そうなったのか、青年の白く湿《うる》んでいた眸《ひとみ》が、だん〴〵意識の光を帯び始めた。それと共に、意味のなかったうめき声が切れ切れではあるが、言葉の形を採り始めた。

「気を確《たしか》にしたまえ！　気を！　君！　君！　青木君！」信一郎は、力一杯に今覚えたばかりの青年の名を呼び続けた。

青年は、じっと眸を凝《こら》すようであった。劇《はげ》しい苦痛の為《ため》に、ともすれば飛び散りそうになる意識を懸命に取り蒐《あつ》めようとするようだった。彼は、じいっと、信一郎の顔を、見詰めた。やっと自分を襲った禍《わざわい》の前後を思い出したようであった。

「何うです。気が付きましたか。青木君！　気を確にしたまえ！　直《す》ぐ医者が来るから。」

青年は意識が帰って来ると、此《こ》の苟《かりそめ》の旅の道連《みちづれ》の親切を、しみ〴〵と感じたのだろう。

「あり――ありがとう。」と、苦しそうに云《い》いながら、感謝の微笑を湛《たた》えようとしたが、それは劃《しきり》なく襲うて来る苦痛の為《ため》に、跡なく崩れてしまった。腸《はらわた》をよじるような、苦悶《くもん》の声が、続いた。

「少しの辛抱です。直ぐ医者が来ます。」

信一郎は、相手の苦悶のいた〳〵しさに、狼狽《ろうばい》しながら答えた。

青年は、それに答えようとでもするように、身体《からだ》を心持起しかけた。その途端だった。苦しそうに咳《せ》き込んだかと思うと、顎《あご》から洋服の胸へかけて、流れるような多量の血を吐いた。それと同時に、今迄《いままで》充血していた顔が、サッと蒼《あお》ざめてしまった。

青年の顔には、既に死相が読まれた。内臓が、外部からの劇しい衝動の為に、内出血をしたことが余りに明かだった。

医学の心得の少しもない信一郎にも、もう青年の死が、単に時の問題であることが分った。青年の顔に血色がなかった如《ごと》く、信一郎の面《おもて》にも、血の色がなかった。彼は、彼と偶然知己になって、直ぐ死に去って行く、ホンの瞬間の友達の運命を、じっと見詰めている外はなかった。

太平洋を圧している、密雲に閉ざされたまゝ、日は落ちてしまった。夕闇《ゆうやみ》の迫っている崖端《がけはな》の道には、人の影さえ見えなかった。瀕死《ひんし》の負傷者を見守る信一郎は、ヒシヒシと、身に迫る物凄《ものすご》い寂寥《せきりょう》を感じた。負傷者のうめき声の絶間には、崖下の岩を洗う浪《なみ》の音が淋《さび》しく聞えて来た。

吐血をしたまゝ、仰向けに倒れていた青年は、ふと頭を擡《もた》げて何かを求めるような容子《ようす》をした。

「何です！　何です！」信一郎は、掩《おお》いかぶさるようにして訊《き》いた。

「僕の——僕の——鞄《トランク》！」

口中の血に咽《む》せるのであろう、青年は喘《あえ》ぎ喘ぎ絶え入るような声で云った。信一郎は、車中を見廻した。青年が、携《たずさ》えていた旅行用の小形の鞄《トランク》は座席の下に横倒しになっているのだった。信一郎は、それを取り上げてやった。青年は、それを受け取ろうとして、両手を出そうとしたが、彼の手はもう彼の思うようには、動きそうにもなかった。

「一体、此の鞄《トランク》を何うするのです。」

青年は、何か答えようとして、口を動かした。が、言葉の代りに出たものは、先刻《さっき》の吐血の名残りらしい少量の血であった。

「開けるのですか。開けるのですか。」

青年は肯《うなず》こうとした。が、それも肯こうとする意志だけを示したのに、過ぎなかった。信一郎は鞄《トランク》を開けにかゝった。が、それには鍵《かぎ》がかゝっていると見え、容易には開かなかった。が、此場合瀕死の重傷者に、鍵の在処《ありか》を尋ねるなどは、余りに心ないことだった。信一郎は、満身の力を振って、捻《ね》じ開けた。金物に付いて、革がベリベリと、二三寸引き裂かれた。

三

「何を出すのです。何を出すのです。」

信一郎は、薬品をでも、取り出すのであろうと思って訊《き》いた。が、青年の答は意外だった。

「雑記帳《ノートブック》を。」青年の声は、かすかに咽喉《のど》を洩《も》れると、云《い》う程度に過ぎなかった。

「ノート？」信一郎は、不審《いぶか》りながら、鞄《トランク》を掻《か》き廻した。いかにも鞄《トランク》の底に、三帖《じょう》綴《つづり》の大学ノートを入れてあるのを見出《みいだ》した。

青年は、眼で肯《うなず》いた。彼は手を出して、それを取った。彼は、それを破ろうとするらしかった。が、彼の手は、たゞノートの表紙を滑べり廻る丈《だけ》で、一枚の紙さえ破れなかった。

「捨てゝ――捨てゝ下さい！　海へ、海へ。」

彼は、懸命に苦しげな声を、振りしぼった。そして、哀願的な眸《ひとみ》で、じいっと、信一郎を見詰めた。

信一郎は、大きく肯いた。

「承知しました。何か、外に用がありませんか。」

信一郎は、大声で、而《しか》も可なりの感激を以《もっ》て、青年の耳許《みみもと》で叫んだ。本当は、何か遺言《ゆいごん》はありませんかと、云いたい所であった。が、そう云い出すことは、此《こ》のうら若い負傷者に取って、余りに気の毒に思われた。が、そう云ってもよいほど青年の呼吸は、迫っていた。

信一郎の言葉が、青年に通じたのだろう。彼は、それに応ずるように、右の手首を、高く差し上げようとするらしかった。信一郎は、不思議に思いながら、差し上げようとする右の手首に手を触れて見た。其処《そこ》に、冷めたく堅い何かを感じたのである。夕暮の光に透《すか》して見ると、青年は腕時計をはめているのであった。

「時計ですか。此時計を何《ど》うするのです。」

烈《はげ》しい苦痛に、歪《ゆが》んでいる青年の面に、又別な苦悶《くもん》が現われていた。それは肉体的な苦悶とは、又別な――肉体の苦痛にも劣らないほどの――心の、魂の苦痛であるらしかった。彼の蒼白《まっさお》だった面《おもて》は微弱ながら、俄《にわか》に興奮の色を示したようであった。

「時計を――時計を――返して下さい。」

「誰にです、誰にです。」信一郎も、懸命になって訊き返した。

「お願い――お願い――お願いです。返して下さい。返して下さい。」

もう、断末魔らしい苦悶の裡《うち》に、青年は此世に於《お》ける、最後の力を振りしぼって叫んだ。

「一体、誰にです？　誰にです。」

信一郎は縋《すが》り付くように、訊いた。が、青年の意識は、再び彼を離れようとしているらしかった。たゞ、低い切れ切れのうなり声が、それに答えただけだった。信一郎は、今此の答えを得て置《おか》なければ永劫《えいごう》に得られないことを知った。

「時計を誰に返すのです。誰に返すのです。」

青年の四肢が、ピクリ〳〵と痙攣《けいれん》し始めた。もう、死期の目睫《もくしょう》の間に迫っていることとが判《わか》った。

「時計を誰に返すのです。青木君！　青木君！　しっかりし給《たま》え。誰に返すのです。」

死の苦しみに、青年は身体《からだ》を、左右にもだえた。信一郎の言葉は、もう瀕死《ひんし》の耳に通じないように見えた。

「時計を誰に返すのです。名前を云って下さい。名前を云って下さい。名前を！」

信一郎の声も、狂人のように上ずッてしまった。その時に、青年の口が、何かを云おうとして、モグ〳〵と動いた。

「青木君、誰に返すのです？」

永久に、消え去ろうとする青年の意識が、ホンの瞬間、此世に呼び返されたのか。それとも死際《しにぎわ》の無意味な囈語《うわごと》であったのだろうか。青年は、「瑠璃子《るりこ》！　瑠璃子！」と、子供の片言のように、口走ると、それを世に残した最後の言葉として、劇しい痙攣が来たかと思うと、それがサッと潮の引くように、衰えてしまってガクリとなったかと思うと、もう、ピクリともしなかった。死が、遂《つい》に来たのである。

やった。

四

信一郎は、ハンカチーフを取り出して、死者の顎《あご》から咽喉《のど》にかけての、血を拭《ぬぐ》ってやった。

だん〳〵蠟色《ろういろ》に、白んで行く、不幸な青年の面《かお》をじっと見詰めていると、信一郎の心も、青年の不慮の横死を悼《いた》む心で一杯になって、ほた〳〵と、涙が流れて止まらなかった。五年も十年も、親しんで来た友達の死顔を見ている心と、少しも変らなかった。何と云《い》う、不思議な運命であろうと、信一郎は思った。親しい友達は、元より、親兄弟、いとしき妻夫《つまおっと》、愛児の臨終にさえ、いろ〳〵な事情や境遇のために、居合わさぬ事もあれば、間に合わぬ事もあるのに、ホンの三十分か四十分の知己《しりあい》、ホンの暫《ざん》時《じ》の友人、云わば路傍の人に過ぎない、苟《かりそめ》の旅の道伴《みちづれ》でありながら、その死床に侍して、介抱をしたり、遺言を聞いてやると云うことは、何と云う不思議な機縁であろうと、信一郎は思った。

が、青年の身になって、考えて見ると、一寸《ちょっと》した小旅行の中途で思いがけない奇禍に逢《あ》って、淋《さび》しい海辺の一角で、親兄弟は勿論《もちろん》親しい友達さえも居合わさず、他人に外ならない信一郎に、死水を――それは水でなく、数滴のウィスキイだったが――取られて、望み多い未来を、不当に予告なしに、切り取られてしまった情なさ、淋しさは、どんなであっただろう。彼は、息を引き取るとき、親兄弟の優しい慰藉《いしゃ》の言葉に、どんなに渇《かつ》えたことだろう。殊《こと》に、母か姉妹か、或《あるい》は恋人かの女性としての優しい愛の言葉を、どんなに欲しただろう。彼が、口走った瑠璃子と云う言葉は、屹度《きっと》、そうした女性の名前に違いないと思った。

その裡《うち》に、信一郎の心に、青年の遺《のこ》した言葉が考えられ始めた。彼は、最初にこう疑って見た。他人同然の彼に、何《ど》うして時計のことを云ったのだろう。若《も》し、時計が誰かに返さるべきものなら名乗り合ったばかりの信一郎などに頼まないでも、遺族の人の手で、当然返さるべきものではなかろうか。が、信一郎は、直《す》ぐこう思い返した。青年はノートの内容も、時計を返すことも、遺族の人々には知られたくなかったのだろう。親兄弟には、飽くまでも、秘密にして置きたかったのであろう。而《しか》も秘密に時計を返すには、信一郎に頼む外には、何の手段もなかったのだ。人間が人間を信じることが一つの美徳であるように、此《この》青年も必死の場合に、心から信一郎を信頼したのだろう。いや、信頼する外には、何の手段もなかったのだ。

信一郎は、青年の死際《しにぎわ》の懸命の信頼を、心に深く受け入れずにはおられなかった。

名乗り合ったばかりの自分に、心からの信頼を置いている。人間として、男として、此の信頼に背く訳には、行かないと思った。

人が、臨終の時に為《な》す信頼は、基督正教《カトリック》の信徒が、死際《しにぎわ》の懺悔《ざんげ》と同じように、神聖な重大なものに違いないと思った。縦令《たとい》、三十分四十分の交際であろうとも、頼まれた以上、忠実に、その信頼に酬《むく》いねばならぬと思った。

そう思いながら、信一郎は死者の右の手首から、恐る恐る時計を脱《はず》して見た。時計も、それを腕に捲《ま》く腕輪も、銀か白銅《ニッケル》らしい金属で出来ていた。ガラスは、その持主の悲惨な最期《さいご》に似て、微塵《みじん》に砕け散っていた。夕暮の光の中で、透して見ると、腕輪に附いている止め金が、衝突のとき、皮肉を切ったのだろう。軽い出血があったと見え、その白っぽい時計の胴に、所々真赤な血が浸《にじ》んでいた。今までは、興奮のために夢中になっていた信一郎も、それを見ると、今更ながら、青年の最期の、むごたらしさに、思わず戦慄《せんりつ》を禁じ得なかった。

五

が、時計を返すとして、一体誰に返したらいゝのだろうかと、信一郎は思った。青年が、死際に口走った瑠璃子と云《い》う名前の女性に返せばいゝのかしら。が、瑠璃子と云ったのは、時計を返すべき相手の名前を、云ったのだろうか。時計などとは何の関係もない、青年の恋人か姉か妹かの名ではないのかしら。『時計を返して呉《く》れ。』と云ったとき、青年の意識は、可なり確《たしか》だった。が、息を引き取る時には、青年の意識は、もう正気を失っていた。『瑠璃子!』と、叫んだのは、たゞ狂った心の最後の、偶然な囈語《うわごと》で、あったかも知れなかった。が、瑠璃子と云う名前は、青年の心に死の刹那《せつな》に深く喰い入った名前に違いなかった。丁度、腕時計が、死の刹那に彼の手首の肉に、喰い入っていたように。

信一郎は、再度その小形な腕時計を、手許《てもと》に迫る夕闇《ゆうやみ》の中で、透して見た。じっと、見詰めていると最初銀かニッケルと思った金属は、銀ほどは光が無くニッケルほど薄っぺらでないのに、気が付いた。彼は指先で、二三度撫《な》でて見た。それは、紛《ま》ぎれもなく白金《プラチナ》だった。しかも撫でている指先が、何かツブ〳〵した物に触れたので、眸《ひとみ》を凝《こら》すと、鋭い光を放つ一顆《か》の宝石が、鏤《ちりば》められていた。而《しか》もそれは金で象眼された小さい短剣の柄《つか》に当っていた。それは希臘風《ギリシャふう》の短剣の形だった。復讐《ふくしゅう》の女神ネメシスが、逆手《さかて》に摑《つか》んでいるような、短剣の形だった。信一郎は、その特異な、不思議な象眼に、劇《はげ》しい好奇心を、唆《そそ》られずにはいられなかった。時計の元来の所有者は、女性に違いなかった。が、その象眼は、何と云う女らしからぬ、鋭い意匠《いしょう》だろう。日は、もうとっぷりと、暮れてしまった。海上にのみ、一脈の薄明が、漂うているばかりだった。運転手は、なか／＼帰って来なかった。淋《さび》しい海岸の一角に、まだ生あたゝかい死屍《しし》を、たゞ一人で見守っていることは、無気味な事に違いなかった。が、先刻から興奮し続けている信一郎には、それが左程、厭《いと》わしい事にも気味の悪い事にも思われなかった。彼はある感激をさえ感じた。人として立派な義務を尽しているように思った。

信一郎は、ふとこう云う事に気が付いた。たとい、青年からあゝした依託を受けたとしても、たゞ黙って、此《こ》の高価な白金《プラチナ》の時計を、死屍から持ち去ってもいゝだろうか。もし、臨検の巡査にでも、咎《とが》められたら、何と返事をしたらいゝだろう。死人に口なく、死に去った青年が、自分のために、弁解して呉《く》れる筈《はず》はない。自分は、人の死屍から、高貴な物品を、剝《は》ぎ取る恐ろしい卑《いや》しい盗人《ぬすっと》と思われても、何の云い訳もないではないか。青年の遺言を受けたと抗弁しても、果して信じられるだろうか。

そう考えると、信一郎の心は、だん／＼迷い始めた。妙ないきがかりから、他人の秘密にまで立ち入って、返すべき人の名前さえ、判然とはしない時計などを預って、つまらぬ心配や気苦労をするよりも、たゞ乗り合わした一個の旅の道伴《みちづれ》として、遺言も何も、聴かなかったことにしようかしら。

が、こう考えたとき、信一郎の心の耳に、『お願いで――お願いです。時計を返して下さい。』と云う青年の、血に咽《むせ》ぶ断末魔の悲壮な声が、再び鳴り響いた。それに応ずるように、信一郎の良心が、『貴様は卑怯《ひきょう》だぞ。貴様は卑怯だぞ。』と、低く然《しか》しながら、力強く囁《ささや》いた。

『そうだ。そうだ。兎《と》に角《かく》、瑠璃子と云う女性を探して見よう。たとい、それが時計を返すべき人でないにしろ、その人は屹度《きっと》、此の青年に一番親しい人に違いない。その人が、屹度時計を返すべき本当の人を、教えて呉れるのに違いない。又、自分が時計を盗んだと云うような、不当な疑いを受けたとき、此人が屹度弁解して呉れるのに違いない。』

信一郎は、『瑠璃子』と云う三字を頼りにして、自分の物でない時計を、ポケット深く、蔵《おさ》めようとした。

その時に、急に近よって来る人声がした。彼は、悪い事でもしていたように、ハッと驚いて振り返った。警察の提灯《ちょうちん》を囲んで、四五人の人が、足早に駈《か》け付けて来るようだった。

六

駈け付けて来たのは、オド〳〵している運転手を先頭にして、年若い巡査と、医者らしい袴《はかま》をつけた男と、警察の小使らしい老人との四人であった。

信一郎は、彼等を迎えるべく扉を開けて、路上へ降りた。

巡査は提灯を車内に差し入れるようにしながら、

「何《ど》うです。負傷者は？」と、訊《き》いた。

「先刻《さっき》、息を引き取ったばかりです。何分胸部をひどく、やられたものですから、助からなかったのです。」と、信一郎は答えた。

暫らくは、誰もが口を利《き》かなかった。運転手が、ブル〳〵顫《ふる》え出したのが、ほの暗い提灯の光の中でも、それと判《わか》った。

「兎《と》も角《かく》、一応診《み》て下さい。」と、巡査は医者らしい男に云った。運転手は顫えながら、車体に取り付けてある洋燈《ランプ》に、点火した。周囲が、急に明るくなった。

「お伴《つれ》じゃないのですね。」医者が検視をするのを見ながら、巡査は信一郎に訊いた。

「そうです。たゞ国府津《こうづ》から乗合わしたばかりなのです。が、名前は判って居ます。

先刻名乗り合いましたから。」

「何と云《い》う名です。」巡査は手帳を開いた。

「青木淳《じゅん》と云う文科大学生です。宿所は訊かなかったけれど、どうも名前と顔付から考えると、青木淳三と云う貴族院議員のお子さんに違いないと思うのです。無論断言は出来ませんが、持物でも調べれば直《す》ぐ判るでしょう。」

巡査は、信一郎の云う事を、一々肯《うなず》いて聴いていたが、

「遭難の事情は、運転手から一通り、聴きましたが、貴君《あなた》からもお話を願いたいのです。運転手の云うことばかりも信ぜられませんから。」

信一郎は言下に「運転手の過失です。」と云い切りたかった。過失と云うよりも、無責任だと云い切りたかった。が、戦《おのの》きながら、信一郎と巡査との問答を、身の一大事とばかり、聞耳を澄ましている運転手の、罪を知った容子《ようす》を見ると、そう強くも云えなかった。その上、運転手の罪を、幾何《いくら》声高に叫んでも、青年の甦《よみがえ》る筈《はず》もなかった。

「運転手の過失もありますが、どうも此方《このかた》が自分で扉を、開けたような形跡もあるのです。扉さえ開《ひら》かなかったら、死ぬようなことはなかったと思います。」

「なるほど。」と、巡査は何やら手帳に、書き付けてから云った。「いずれ、遺族の方から起訴にでもなると、貴君にも証人になって戴《いただ》くかも知れません。御名刺を一枚戴

きたいと思います。」

信一郎は乞《こ》わるゝまゝに、一枚の名刺を与えた。

丁度その時に、医者は血に塗《ま》みれた手を気にしながら、車内から出て来た。

「ひどく血を吐きましたね。あれじゃ負傷後、幾何《いくら》も生きていなかったでしょう。」と、信一郎に云った。

「そうです。三十分も生きていたでしょうか。」

「あれじゃ助かりっこはありません。」と、医者は投げるように云った。

「貴君《あなた》もとんだ災難でした。」と、巡査は信一郎に云った。「が、死んだ方に比《くら》ぶれば、むしろ命拾いをしたと云ってもいゝでしょう。湯河原へ行らっしゃるそうですね。それじゃ小使に御案内させますから真鶴《まなづる》までお歩きなさい。死体の方は、引受けましたから、御自由にお引き取り下さい。」

信一郎は、兎に角当座の責任と義務とから、放たれたように思った。が、ポケットの底にある時計の事を考えれば、信一郎の責任は何時《いつ》果されるとも分らなかった。

信一郎は車台に近寄って、黙礼した。不幸な青年に最後の別れを告げたのである。巡査達に挨拶《あいさつ》して、二三間行った時、彼はふと海に捨つるべく、青年から頼まれたノートの事を思い出した。彼は驚いて、取って帰した。

「忘れ物をしました。」彼は、やゝ狼狽《ろうばい》しながら云った。

「何です。」車内を覗《のぞ》き込んでいた巡査が振り顧《かえ》った。

「ノートです。」信一郎は、やゝ上ずッた声で答えた。

「これですか。」先刻《さっき》から、それに気の付いていたらしい巡査は、座席の上から取り上げて呉《く》れた。信一郎は、そのノートの表紙に、ペンで青木淳とかいてあるらしいのを見ると、ハッと思った。が、光は暗かった。その上、巡査の心にそうした疑《うたがい》は微塵《みじん》も存在しないらしかった。彼は、やっと安心して、自分の物でない物を、自分の物にした。

七

真鶴《まなづる》から湯河原迄《まで》の軽便の汽車の中でも、駅から湯の宿までの、田舎馬車の中でも、信一郎の頭は混乱と興奮とで、一杯になっていた。その上、衝突のときに、受けた打撃が現われて来たのだろう、頭がズキ〳〵と痛み始めた。

青年のうめき声や、吐血の刹那《せつな》や、蒼白《あおじろ》んで行った死顔などが、ともすれば幻覚となって、耳や目を襲って来た。

静子に久し振に逢《あ》えると云《い》ったような楽しい平和な期待は、偶然な血腥《ちなまぐさ》い出来事のために、滅茶苦茶《めちゃくちゃ》になってしまったのである。静子の初々《ういうい》しい面影を、描こうとすると、それが何時《いつ》の間にか、青年の死顔になっている。「静子！　静子！」と、口の中で呼んで、愛妻に対する意識を、ハッキリさせようとすると、その声が何時の間にか「瑠璃子！　瑠璃子！」と、云う悲痛な断末魔の声を、想《おも》い浮べさせたりした。

馬車が、暗い田の中の道を、左へ曲ったと思うと、眼の前に、山懐《やまふところ》にほのめく、湯の街の灯影《ほかげ》が見え始めた。

信一郎は、愛妻に逢う前に、何《ど》うかして、乱れている自分の心持を、整えようとした。なるべく、穏やかな平静な顔になって、自分の激動《ショック》を妻に伝染《うつ》すまいとした。血腥い青年の最期《さいご》も、出来るならば話すまいとした。それは優しい妻の胸には、鋭すぎる事実だった。

藤木川の左岸に添うて走った馬車が、新しい木橋を渡ると、橋袂《はしたもと》の湯の宿の玄関に止まった。

「奥様がお待ち兼でございます。」と、妻に付けてある女中が、宿の女中達と一緒に玄関に出迎えた。ふと気が付くと、玄関の突き当りの、二階への階段の中段に、降りて出迎えようか（それともそれが可なりはしたない事なので）降りまいかと、躊躇《ためら》っていたらしい静子が、信一郎の顔を見ると、艶然《にっこり》と笑って、はち切れそうな嬉《うれ》しさを抑えて、いそ〳〵と駈《か》け降りて来るのであった。

「いらっしゃいませ。何うして、こう遅かったの。」静子は一寸《ちよつと》不平らしい様子を嬉しさの裡《うち》に見せた。

「遅くなって済まなかったね。」

信一郎は、劬《いた》わるように云い捨てゝ、先に立って妻の部屋へ入った。

その時に、彼はふと青年から頼まれたノートを、まだ夏外套《がいとう》のポケットに入れているのに、気が付いた。先刻真鶴まで歩いたとき、引き裂いて捨てよう〳〵と思いながら、小使の手前、何うしても果し得なかったのである。当惑の為《ため》に、彼の表情はやゝ曇った。

「御気分が悪そうね。何うかしたのですか。湯衣《ゆかた》にお着換えなさいまし。それとも、お寒いようなら、褞袍《どてら》になさいますか。」

そう云いながら静子は甲斐々々《かいがい》しく信一郎の脱ぐ上衣《うわぎ》を受け取ったり、襯衣《シャツ》を脱ぐのを手伝ったりした。

その中《うち》に、上衣を衣桁《いこう》にかけようとした妻は、ふと、

「あれ！」と、可なりけたゝましい声を出した。

「何《ど》うしたのだ。」信一郎は驚いて訊《き》いた。

「何でしょう。これは、血じゃなくて。」

静子は、真蒼《まつさお》になりながら、洋服の腕のボタンの所を、電燈《でんとう》の真近に持って行った。それは紛ぎれもなく血だった。一寸四方ばかり、ベットリと血が浸《に》じんでいたのである。

「そうか。やっぱり付いていたのか。」

信一郎の声も、やゝ顫《ふる》いを帯びていた。

「何うかしたのですか。何うかしたのですか。」気の弱い静子の声は、可なり上ずッていた。

信一郎は、妻の気を落着けようと、可なり冷静に答えた。

「いや何うもしないのだ。たゞ、自動車が崖《がけ》にぶっ突《つ》かってね。乗合わしていた大学生が負傷したのだ。」

「貴君《あなた》は、何処《どこ》もお負傷《けが》はなかったのですか。」

「運がよかったのだね。俺は、かすり傷一つ負わなかったのだ。」

「そしてその学生の方は。」

「重傷だね。助からないかも知れないよ。まあ奇禍《きか》と云うんだね。」

静子は、夫が免れた危険を想像する丈《だ》けで、可なり激しい感動に襲われたと見え、目を刳《みは》ったまゝ暫《しば》らくは物も云わなかった。

信一郎も、何だか不安になり始めた。奇禍に逢ったのは、大学生ばかりではないような気がした。自分も妻も、平和な気持を、滅茶々々にされた事が、可なり大きい禍《わざわい》であるように思った。が、それぱかりでなく、時計やノートを受け継いだ事に依《よ》って、青年の恐ろしい運命をも、受け継いだような気がした。彼は、楽しく期待した通り静子に逢いながら、優しい言葉一つさえ、かけてやる事が出来なかった。夫と妻とは、蒼白《まっさお》になりながら、黙々として相対していた。信一郎は、ポケットに入れてある時計が、何か魔の符《ふ》でもあるように、気味悪く感ぜられ始めた。

美しき遅参者

一

青年の横死は、東京の各新聞に依《よ》って、可なり精《くわ》しく伝えられた。青年が、信一郎の想像した通り青木男爵の長子であったことが、それに依って証明された。が、不思議に同乗者の名前は、各新聞とも洩《もら》していた。信一郎は結局それを気安いことに思った。

信一郎が、静子を伴って帰京した翌日に、青木家の葬儀は青山の斎場で、執り行われることになっていた。

信一郎は、自分が青年の最期《さいご》を介抱した当人であると云《い》う事を、名乗って出るような心持は、少しもなかった。が、自分の手を枕《まくら》にしながら、息を引き取った青年が、傷《いた》ましかった。他人でないような気がした。十年の友達であるような気がした。その人の面影を偲《しの》ぶと、何となくなつかしい涙ぐましい気がした。

遺族の人々とは、縁もゆかりもなかった。が、弔われている人とは、可なり強い因縁が、纏《まつ》わっているように思った。彼は、心からその葬《とむら》いの席に、列《つらな》りたいと思った。が、その上、もう一つ是非とも、列るべき必要があった。青年の葬儀である以上、姉も妹も、瑠璃子《るりこ》と呼ばる、女性も、返すべき時計の真の持主も、(もしあれば)青年の恋人も、みんな列っているのに違《ちがい》ない。青年に、由縁《ゆかり》のある人を物色すれば、時計を返すべき持主も、案外容易に、見当が付くに違《ちがい》ない。否《いな》、少くとも瑠璃子と云う女丈《だけ》は、容易に見出《みいだ》し得るに違《ちがい》ない、信一郎はそう考えた。

その日は、廓然《かくぜん》と晴れた初夏の一日だった。もう夏らしく、白い層雲が、むく〳〵と空の一角に湧《わ》いていた。水色の空には、強い光が、一杯に充《み》ち渡って、生々の気が、空にも地にも溢《あふ》れていた。たゞ、青山の葬場に集まった人丈《だけ》は、活々《いきいき》とした周囲の中に、しめっぽい静かな陰翳《いんえい》を、投げているのだった。

青年の不幸な夭折《ようせつ》が、特に多くの会葬者を、惹《ひ》き付けているらしかった。信一郎が、定刻の三時前に行ったときに、早くも十幾台の自動車と百台に近い俥《くるま》が、斎場の前の広い道路に乗り捨てゝあった。控席に待合わしている人々は、もう五百人に近かった。それだのに、自動車や俥が、幾台となく後から〳〵到着するのだった。死んだ青年の父が、貴族院のある団体の有力な幹部である為《ため》に、政界の巨頭は、大抵網羅しているらしかった。貴族院議長のT公爵の顔や、軍令部長のS大将の顔が、信一郎にも直《す》ぐそれと判《わか》った。葉巻を横銜《よこぐわ》えにしながら、場所柄をも考えないように哄笑《こうしょう》している巨漢は、逓信《ていしん》大臣のN氏だった。それと相手になっているのは、戦後の欧洲《おうしゅう》を、廻って来て以来、風雲を待っているらしく思われているG男爵だった。その外首相の顔も見えた。内相もいた。陸相もいた。実業界の名士の顔も、五六人は見覚えがあった。が、見渡したところ信一郎の知人は一人もいなかった。彼は、受附へ名刺を出すと、控《ひかえ》場《じょう》の一隅へ退いて、式の始まるのを待っていた。

誰も彼に、話しかけて呉《く》れる人はなかった。接待をしている人達も、名士達の前には、頭を幾度も下げて、その会葬を感謝しながら、信一郎には、たゞ儀礼的な一揖《いちゆう》を酬《むく》いただけだった。

誰からも、顧みられなかったけれども、信一郎の心には、自信があった。千に近い会葬者が、集まろうとも、青年の臨終に侍したのは、自分一人ではないか。青年の最期を、見届けているのは、自分一人ではないか。青年の信頼を受けているのは自分一人ではないか。その死床に侍して介抱してやったのは、自分一人ではないか。もし、死者にして霊あらば、大臣や実業家や名士達の社交上の会葬よりも、自分の心からな会葬を、どんなに欣《よろこ》ぶかも知れない。そう思うと、信一郎は自分の会葬が、他の何人《なんぴと》の会葬よりも、意義があるように思った。彼はそうした感激に耽《ふけ》りながら、じっと会葬者の群を眺めていた。急に、皆が静かになったかと思うと、戛々《かつかつ》たる馬蹄《ばてい》の響がして、霊柩《れいきゅう》を載せた馬車が遺族達に守られて、斎場へ近づいて来るのだった。

二

霊柩を載せた馬車を先頭に、一門の人々を載せた馬車が、七八台も続いた。信一郎は、群衆を擦り脱《ぬ》けて、馬車の止まった方へ近づいた。次ぎ〳〵に、馬車を降りる一門の人々を、仔細《しさい》に注視しようとしたのである。

霊柩の直《す》ぐ後の馬車から、降り立ったのは、今日の葬式の喪主であるらしい青年であった。一目見ると、横死した青年の肉親の弟である事が、直ぐ判《わか》った。それほど二人はよく似ていた。たゞ学習院の制服を着ている此《この》青年の背丈が、国府津《こうづ》で見たその人の兄よりも、一二寸高いように思われた。

その次ぎの馬車からは、二人の女性が現われた。信一郎は、その孰《いず》れかゞ瑠璃子と呼ばれはしないかと、熱心に見詰めた。二人とも、死んだ青年の妹であることが、直ぐ判った。兄に似て二人とも端正な美しさを持っていた。年の上の方も、まだ二十を越していないだろう。その美しい眼を心持泣き脹《はら》して、雪のような喪服を纏《まと》うて、俯《うつむ》きがちに、しおたれて歩む姉妹の姿は、悲しくも亦《また》美しかった。

それに、続いてどの馬車からも、一門の夫人達であろう、白無垢《しろむく》を着た貴婦人が、一人二人宛《ずつ》降り立った。信一郎は、その裡《うち》の誰かゞ、屹度《きっと》瑠璃子に違いないと思いながら、一人から他へと、慌《あわただ》しい眼を移した。が、たゞいら〳〵する丈《だけ》で、ハッキリと確める術《すべ》は、少しもなかった。

霊柩が式場の正面に安置せられると、会葬者も銘々に、式場へ雪崩《なだ》れ入った。手狭な式場は見る見る、一杯になった。

式が始まる前の静けさが、其処《そこ》に在った。会葬者達は、銘々慎しみの心を、表に現わして紫や緋《ひ》の衣を着た老僧達の、居並ぶ祭壇を一斉に注視しているのであった。

式場が静粛に緊張して、今にも読経《どきよう》の第一声が、この静けさを破ろうとする時だった。突如として式場の空気などを、少しも顧慮しないようなけたゝましい、自動車の響が場外に近づいた。祭壇に近い人々は、逭《さすが》に振向きもしなかった。が、会葬者の殆《ほとん》ど過半が、此無遠慮な闖入者《ちんにゆうしや》に対して叱責《しつせき》に近い注視を投げたのである。

自動車は、式場の入口に横附けにされた。伊太利《イタリー》製らしい、優雅な自動車の扉が、運転手に依《よ》って排せられた。

会葬者の注視を引いた事などには、何の恐れ気もないように、翼を拡《ひろ》げた白孔雀《くじやく》のような、け高さと上品さとで、その踏段から地上へと、スックと降り立ったのは、まだうら若い一個の女性だった。降りざまに、その面《おもて》を掩《おお》うていた黒い薄絹のヴェールを、かなぐり捨てゝ、無造作に自動車の中へ投げ入れた。人々の環視の裡に、微笑とも嬌羞《きようしゆう》とも付かぬ表情を、湛《たた》えた面《おもて》は、くっきりと皎《しろ》く輝いた。

白襟紋付の瀟洒《しようしや》な衣《きぬ》は、そのスラリとした姿を一層気高く見せていた。彼女は、何の悪怯《わるび》れた容子《ようす》も見せなかった。打ち並ぶ名士達の間に、細く残された通路を、足早に通り抜けて、祭壇の右の婦人達の居並ぶ席に就いた。

会葬者達は、場所柄の許す範囲で、銘々熱心な眼で、此の美しい無遠慮な遅参者の姿を追った。が、そうした眼の中でも、信一郎のそれが、一番熱心で一番輝いていたのである。

彼は、何よりも先きに、此女性の美しさに打たれた。年は二十《はたち》を多くは出ていなかったゞろう。が、そうした若い美しさにも拘《かか》わらず、人を圧するような威厳が、何処《どこ》かに備わっていた。

信一郎は、頭の中で自分の知っている、あらゆる女性の顔を浮べて見た。が、そのどれもが、此婦人の美しさを、少しでも冒《おか》すことは出来なかった。

泰西の名画の中からでも、抜け出して来たような女性を、信一郎は驚異に似た心持で暫《しば》らくは、茫然《ぼうぜん》と会衆の頭越しに見詰めていたのである。

三

信一郎が、その美しき女性に、釘付《くぎづ》けにされたように、会葬者の眸《ひとみ》も、一時は此《こ》の女性の身辺に注がれた。が、その裡《うち》に、衆僧が一斉に始めた読経《どきょう》の朗々たる声は、皆の心持を死者に対する敬虔《けいけん》な哀悼《あいとう》に引き統《す》べてしまった。が、此女性が、信一郎の心の裡に起した動揺は、お経の声などに依《よ》って却々《なかなか》静まりそうにも見えなかった。

彼は、直覚的に此女性が、死んだ青年に対して、特殊な関係を持っていることを信じた。此女性の美しいけれども颯爽《さっそう》たる容姿が、あの返すべき時計に鏤《る》刻《こく》されている、鋭い短剣の形を想《おも》い起さしめた。彼は、読経の声などには、殆《ほとん》ど耳も傾けずに、群衆の頭越しに、女性の姿を、懸命に見詰めたのである。

が、見詰めている中《うち》に、信一郎の心は、それが瑠璃子であるか、時計の持主であるかなどと云《い》う疑問よりも、此の女性の美しさに、段々囚《とら》われて行くのだった。

此の女性の顔形は、美しいと云っても、昔からある日本婦人の美しさではなかった。それは、日本の近代文明が、初《はじめ》て生み出したような美しさと表情を持っていた。明治時代の美人のように、個性のない、人形のような美しさではなかった。その眸《ち》は、飽くまでも、理智《りち》に輝いていた。顔全体には、爛熟《らんじゅく》した文明の婦人に特有な、智的な輝きがあった。

婦人席で多くの婦人の中に立っていながら、此の女性の背後丈《だけ》には、ほの〴〵と明るい後光が、射《さ》しているように思われた。

年頃から云えば娘とも思われた。が、何処《どこ》かに備わっている冒しがたい威厳は、名門の夫人であることを示しているように思われた。

信一郎が、此の女性の美貌《びぼう》に対する耽美《たんび》に溺《おぼ》れている裡に、葬式のプログラムはだん〳〵進んで行った。死者の兄弟を先に一門の焼香が終りかけると、此の女性もしとやかに席を離れて死者の為《ため》に一抹《いちまつ》の香を焚《た》いた。

やがて式は了《おわ》った。会葬者に対する挨拶《あいさつ》があると、会葬者達は、我先にと帰途を急いだ。式場の前には俥《くるま》と自動車とが暫《しばら》くは右往左往に、入り擾《みだ》れた。

信一郎は、急いで退場する群衆に、わざと取残された。彼は群衆に押されながら、意識して、彼《か》の女性に近づいた。

女性が、式場を出外《では》ずれると、彼女はそこで、四人の大学生に取り捲《ま》かれた。大学生達は皆死んだ青年の学友であるらしかった。彼女は何か二言《ふたこと》三言《こと》言葉を換すと乗るべき自動車に片手をかけて、華やかな微笑を四人の中の、誰に投げるともなく投げて、その娜《しな》やかな身を飜《ひるがえ》して忽《たちま》ち車上の人となったが、つと上半身を出したかと思うと、

「本当にそう考えて下さっては、妾《わたくし》困りますのよ。」と、嫣然《えんぜん》と云い捨てると、扉《ドア》をハタと閉じたが自動車はそれを合図に散りかゝる群衆の間を縫うて、徐《おもむ》ろに動き始めた。

大学生達は、自動車の後を、暫らく立ち止まって見送ると、その儘《まま》肩を揃《そろ》えて歩き出した。信一郎も学生達の後を追った。学生達に話しかけて、此女性の本体を知ることが時計の持主を知る、唯一《ゆいいつ》の機会であるように思ったからである。

学生達は、電車に乗る積《つもり》だろう。式場の前の道を、青山三丁目の方へと歩き出したのであった。信一郎は、それと悟られぬよう一間ばかり、間隔を以《もっ》て歩いていた。が、学生達の声は、可なり高かった。彼等の会話が、切れ切れに信一郎にも聞えて来た。

「青木の変死は、偶然だと云えばそれまでだが、僕は死んだと聞いたとき、直《す》ぐ自殺じゃないかと思ったよ。」と、一番肥《ふと》っている男が云った。

「僕もそうだよ。青木の奴《やっ》、やったな！　と思ったよ。」と、他の背の高い男は直ぐ賛成した。

四

「僕の所へ三保から寄越した手紙なんか、全く変だったよ。」と、たゞ一人夏外套《がいとう》を着ている男が云った。

信一郎は、そうした学生の会話に、好奇心を唆《そそ》られて、思わず間近く接近した。

「兎《と》に角《かく》、ヒドく悄気《しょげ》ていたことは、事実なんだ。誰かに、失恋したのかも知れない。が、彼奴《あいつ》の事だから誰にも打ち明けないし、相手の見当は、サッパリ付かないね。」

と、肥《ふと》った男が云《い》った。

そう聞いて見ると、信一郎は、自動車に同乗したときの、青年の態度を直《す》ぐ思い出した。その悲しみに閉された面影がアリ〳〵と頭に浮んだ。

「相手って、まさか我々の荘田《しょうだ》夫人じゃあるまいね。」と、一人が云うと、皆高々と笑った。

「まさか。まさか。」と皆は口々に打ち消した。

其処《そこ》は、もう三丁目の停留場だった。四人連の内の三人は、其処に停車している電車に、無理に押し入るようにして乗った。たゞ、後に残った一人丈《だけ》、眼鏡をかけた、皆の話を黙って聴いていた一人だけ、友達と別れて、電車の線路に沿うて、青山一丁目の方へ歩き出した。信一郎は、その男の後を追った。相手が、一人の方が、話しかけることが、容易であると思ったからである。

半町ばかり、付いて歩いたが、何《ど》うしても話しかけられなかった。突然、話しかけることが、不自然で突飛であるように思われた。彼は、幾度も中止しようとした。が、此《この》機会を失しては、時計を返すべき緒《いとぐち》が、永久に見付け得られないようにも思った。

信一郎は到頭思い切った。先方が、一寸《ちよつと》振り返るようにしたのを機会に、つか〳〵と傍へ歩き寄ったのである。

「失礼ですが、貴君《あなた》も青木さんのお葬《とむら》いに？」

「そうです。」先方は突然な問を、意外に思ったらしかったが、不愉快な容子《ようす》は、見せなかった。

「やっぱりお友達でいらっしゃいますか。」信一郎はやゝ安心して訊《き》いた。

「そうです。ずっと、小さい時からの友達です。小学時代からの竹馬の友です。」

「なるほど。それじゃ、嘸《さぞ》お力落しでしたろう。」と云ってから、信一郎は少し躊躇《ちゆうちよ》していたが、「つかぬ事を、承わるようですが、今貴君《あなた》方と話していた婦人の方ですね。」と云うと、青年は直ぐ訊き返した。

「あの自動車で、帰った人ですか。あの人が何《ど》うかしたのですか。」

信一郎は少しドギマギした。が、彼は訊き続けた。

「いや、何うもしないのですが、あの方は何と仰《おつ》しゃる方でしょう。」

学生は、一寸信一郎を憫《あわ》れむような微笑を浮べた。ホンの瞬間だったけれども、それは知るべきものを知っていない者に見せる憫れみの微笑だった。

「あれが、有名な荘田夫人ですよ。御存じなかったのですか。曾《かつ》て司法大臣をした事のある唐沢男爵《だんしゃく》の娘ですよ。唐沢さんと云えば、青木君のお父様と、同じ団体に属している貴族院の老政治家ですよ。お父様同士の関係で、青木君とは近しかったんです。」

そう云われて見ると、信一郎も、荘田夫人なるものゝ写真や消息を婦人雑誌や新聞の婦人欄で幾度も見たことを思い出した。が、それに対して、何の注意も払っていなかったので、その名前は何うしても想《おも》い浮ばなかった。が、此の場合名前まで訊くことが、可なり変に思われたが、信一郎は思い切って訊《たず》ねた。

「お名前は、確か何とか云われたですね。」

「瑠璃子ですよ、我々は、玉桂《たまかつら》の瑠璃子夫人と云っていますよ。ハヽヽヽ。」と、学生は事もなげに答えた。

五

葬場に於《お》ける遅参者が、信一郎の直覚していた通《とおり》、瑠璃子と呼ばるる女性であることが、此《この》大学生に依《よ》って確められると、彼はその女性に就いて、もっといろ〳〵な事が、知りたくなった。

「それじゃ、青木君とあの瑠璃子夫人とは、そう大したお交際《つきあい》でもなかったのですね。」

「いやそんな事もありませんよ。此半年ばかりは、可なり親しくしていたようです。尤《もっと》もあの奥さんは、大変お交際《つきあい》の広い方で、僕なぞも、青木君同様可なり親しく、交際している方です。」

大学生は、美貌《びぼう》の貴婦人を、知己の中に数え得ることが、可なり得意らしく、誇らしげにそう答えた。

「じゃ、可なり自由な御家庭ですね。」

「自由ですとも、夫の勝平氏を失ってからは、思うまゝに、自由に振舞っておられるのです。」

「あ！　じゃ、あの方は未亡人ですか。」信一郎は、可なり意外に思いながら訊《き》いた。

「そうです。結婚してから半年か其処《そこ》らで、夫に死に別れたのです。それに続いて、先妻のお子さんの長男が気が狂ったのです。今では、荘田家はあの奥さんと、美奈子《みなこ》と云《い》う十九の娘さんだけです。それで、奥さんは離縁にもならず、娘さんの親権者として荘田家を切り廻しているのです。」

「なるほど。それじゃ、後妻に来られたわけですね。あの美しさで、あの若さで。」

と、信一郎は事毎《ごと》に意外に感じながらそう呟《つぶや》いた。

大学生は、それに対して、何か説明しようとした。が、もう二人は青山一丁目の、停留場に来ていた。学生は、今発車しようとしている塩町行の電車に、乗りたそうな容子を見せた。

信一郎は、最後の瞬間を利用して、もう一歩進めて見た。

「突然ですが、ある用事で、あの奥さんに、一度お目にかゝりたいと思うのですが、紹介して下さる訳には……」と、言葉を切った。

大学生は、信一郎のそうしたやゝ不自然な、ぶっきら棒な願いを、美貌の女性の知己になりたいと云う、世間普通な色好みの男性の願と、同じものだと思ったらしく、一寸嘲笑《ちよつとちようしよう》に似た笑いを洩《もら》そうとしたが、直ぐそれを嚙《か》み殺して、

「貴君《あなた》の御身分や、御希望を精《くわ》しく承らないと、僕として一寸紹介して差上げることは出来ません。尤も、荘田夫人は普通の奥さん方とは違いますから、突然尋ねて行かれても、屹度逢《きつとあ》って呉《く》れるでしょう。御宅は、麴町《こうじまち》の五番町です。」

そう云い捨てると、その青年は身体《からだ》を捷《すばしこ》く動かしながら、将《まさ》に動き出そうとする電車に巧に飛び乗ってしまった。

信一郎は、一寸おいてきぼりを喰ったような、稍々《やや》不快な感情を持ちながら、暫《しば》ら

く其処《そこ》に佇立《ちょりつ》した。大学生に話しかけた自分の態度が、下等な新聞記者か何かのようであったのが、恥しかった。どんなに、あの女性の本名が知りたくてももっと上品な態度が取れたのにと思った。

が、そうした不愉快さが、段々消えて行った後に、瑠璃子と云う女性の本体を摑《つか》み得た満足が其処にあった。而《しか》も、瑠璃子と云う女性が、今も尚《なお》ハンカチーフに包んで、ポケットの底深く潜ませて、持って来た時計の持主らしい、凡《すべ》ての資格を備えていることが何よりも嬉《うれ》しかった。短剣を鏤《ちりば》めた白金《プラチナ》の時計と、今日見た瑠璃子夫人の姿とは、ピッタリと合いすぎるほど、合っていた。今日にでも夫人を訪ねれば、夫人は屹度、死んだ青年に対する哀悼《あいとう》の涙を浮べながら、あの時計を受取って呉れるに違《ちがい》ない。そして、自分と青年との不思議な因縁に、感激の言葉を発するに違ない。そう思うと、信一郎の瞳《ひとみ》にあざやかな夫人の姿が、歴々《ありあり》と浮かんで来た。彼は一刻も早く、夫人に逢いたくなった。其処へ、彼のそうした決心を促《うなが》すように、九段両国行きの電車が、軋《きし》って来た。此電車に乗れば、麴町五番町迄《まで》は、一回の乗換さえなかった。

六

電車が、赤坂見附から三宅坂《みやけざか》通り、五番町に近づくに従って、信一郎の眼には、葬場で見た美しい女性の姿が、いろいろな姿勢《ポーズ》を取って、現れて来た。返すべき時計のことなどよりも、美しき夫人の面影の方が、より多く彼の心を占めているのに気が付いた。彼は自分の心持の中に、不純なものが交りかけているのを感じた。『お前は時計を返す為《ため》に、あの夫人に逢《あ》いたがっているのではない。時計を返すのを口実として、あの美しい夫人に逢いたがっているのではないか。』と云《い》う叱責《しっせき》に似た声を、彼は自分の心持の中に感じた。それほど、瑠璃子と呼ばれる女性の美しさが、彼の心を悩し惑わしたが、信一郎は懸命にそれから逃れようとした。自分の責任は、たゞ青年の遺言通《どおり》に、時計を真の持主に返せばいゝのだ。荘田瑠璃子が、どんな女性であろうとあるまいと、そんな事は何の問題でもないのだ。たゞ、夫人が本当に時計の持主であるかどうかゞ、問題なのだ。自分はそれを確めて、時計を返しさえすれば、責任は尽きるのだ。信一郎は、そう強く思い切ろうとした。が、幾何《いくら》強く思い切ろうとしても、白孔雀《くじゃく》を見るような、臈《ろう》たけた若き夫人の姿は、彼が思うまいとすればするほど、愈《いよいよ》鮮明に彼の眼底を去ろうとはしなかった。

青い葉桜の林に、キラ〳〵と夏の風が光る英国大使館の前を過ぎ、青草が美しく茂ったお濠《ほり》の堤《どて》に沿うて、電車が止まると、彼は急いで電車を降りた。彼の眼の前に五番町の広い通《とおり》が、午後の太陽の光の下に白く輝いていた。彼は、一寸《ちよつと》した興奮を感じながらも、暫《しばら》くは其処《そこ》に立ち止まった。紳士として、突然訪ねて行くことが、余りにいゝいゝはしたないようにも思われた。手紙位で、一応面会の承諾を得る方が、自然で、かつは礼儀ではないかと思ったりした。が、そうした順序を踏んで相手が、会わないと云えば、それ切りになってしまう。少しは不自然でも、直截《ちよくさい》に訪問した方が、却《かえ》って容易に会見し得るかも知れない。殊《こと》に、今は死んだ青年の葬儀から帰ったばかりであるから、此《こ》の夫人も、きっと青年のことを、考えているに違《ちがい》ない。其処へ、自分が青年の名に依《よ》って尋ねて行けば、案外快く引見するに違いない。そう考えると信一郎は崩《くず》れかゝった勇気を振い興《おこ》して、五番町の表通と横町とを軒並《のきなみ》に、物色して歩いた。彼は、五番町の総《すべ》てを漁《あさ》った。が、何処《どこ》にも、荘田と云う表札は、見出《みいだ》さなかった。三十分近く無駄に歩き廻った末、彼は到頭通り合わした御用聴らしい小僧に尋ねた。

「荘田さんですか。それじゃあの停留場の直《す》ぐ前の、白煉瓦《れんが》の洋館の、お屋敷がそれです。」と、小僧は言下に教えて呉《く》れた。

その家は、信一郎にも最初から判《わか》っていた。信一郎は、電車から降りたとき、直ぐその家に眼を与《や》ったのであるが、花崗岩《みかげいし》らしい大きな石門から、楓《かえで》の並樹《なみき》の間を、爪《つま》先《さき》上りになっている玄関への道の奥深く、青い若葉の蔭《かげ》に聳《そび》える宏壮《こうそう》な西洋館が――

大きい邸宅の揃《そろ》っている此界隈《かいわい》でも、他の建物を圧倒しているような西洋館が荘田夫人の家であろうとは夢にも思わなかった。

彼は、予想以上に立派な邸宅に気圧《けお》されながら、暫らくはその門前に佇立《ちょりつ》した。玄関への青い芝生の中の道が、曲線《カーブ》をしている為に車寄せの様子などは、見えなかったが、ゴシック風の白煉瓦の建物は瀟洒《しょうしゃ》に而《しか》も荘重な感じを見る者に与えた。開け放した二階の窓にそよいでいる青色の窓掩《おお》いが、如何《いか》にも清々《すがすが》しく見えた。二階の縁側《ヴェランダ》に置いてある籐椅子《とういす》には、燃えるような蒲団《クッション》が敷いてあって、此家の主人公が、美しい夫人であることを、示しているようだ。

入ろうか、入るまいかと、信一郎は幾度も思い悩んだ。手紙で訊《き》き合して見ようか、それでも事は足りるのだと思ったりした。彼が、宏壮な邸宅に圧迫されながら思わず踵《きびす》を廻《かえ》そうとした時だった。噴泉の湧《わ》くように、突如として樹の間《こま》から洩《も》れ始めた朗々たるピアノの音が信一郎の心をしっかと摑《つか》んだのである。

七

樹の間を洩れて来るピアノの曲は、信一郎にも聞き覚えのあるショパンの夜曲《ノクチュルン》だった。彼は、廻《かえ》そうとした踵《きびす》を、釘《くぎ》付けにされて、暫《しば》らくはその哀艶《あいえん》な響に、心を奪われずにはいられなかった。嫋々《じょうじょう》たるピアノの音は、高く低く緩やかに劇《はげ》しく、時には若葉の梢《こずえ》を馳《か》け抜ける五月の風のように囁《ささや》き、時には青い月光の下に、俄《にわか》に迸《ほとばし》り出でたる泉のように、激した。その絶えんとして、又続く快い旋律が、目に見えない紫の糸となって、信一郎の心に、後から後から投げられた。それは美しい女郎蜘蛛《ぐも》の吐き出す糸のように、蠱惑《こわく》的に彼の心を囚《とら》えた。

彼の心に、鍵盤《キイ》の上を梭《おさ》のように馳けめぐっている白い手が、一番に浮かんだ。それに続いて葬場でヴェールを取り去った刹那《せつな》の白い輝かしい顔が浮んだ。

彼は時計を返すなどと云《い》うことより、兎《と》に角《かく》、夫人に逢《あ》いたかった。たゞ、訳もなく、惹《ひ》き付けられた。たゞ、会うことが出来さえすれば、その事丈《だけ》でも、非常に大きな欣《よろこ》びであるように思った。

躊躇《ちゅうちょ》していた足を、踏み返した。思い切って門を潜《くぐ》った。ピアノの音に連れて、浮れ出した若き舞踏者のように、彼の心もあやしき興奮で、ときめいた。白い大理石の柱の並んでいる車寄せで、彼は一寸《ちょっと》躊躇した。が、その次の瞬間に、彼の指はもう扉《ドア》の横に取付けてある呼鈴に触れていた。

茲《ここ》まで来ると、ピアノの音は、愈《いよいよ》間近く聞えた。その冴《さ》えた触鍵《タッチ》が、彼の心を強く囚えた。

呼鈴を押した後で、彼は妙な息苦しい不安の裡《うち》に、一分ばかり待っていた。その時、小さい靴の足音がしたかと思うと扉《ドア》が静かに押し開けられた。名刺受の銀の盆を手にした美しい少年が、微笑を含みながら、頭を下げた。

「奥さまに、一寸お目にかゝりたいと思いますが、御都合は如何《いかが》でございましょうか。」

彼は、そう云いながら、一枚の名刺を渡した。

「一寸お待ち下さいませ。」

少年は丁寧に再び頭を下げながら、玄関の突き当りの二階を、栗鼠《りす》のように、すばしこく馳《か》け上った。

信一郎は少年の後を、じっと見送っていた。骰子《さい》は投げられたのだと云ったような、思い詰めた心持で、その二階に消える足音を聞いていた。

忽《たちま》ちピアノの音が、ぱったりと止《や》んだ。信一郎は、その刹那に劇しい胸騒ぎを感じたのである。その美しき夫人が、彼の姓名を初めて知ったと云うことが、彼の心を騒がしたのである。彼は、再びピアノが鳴り出しはしないかと、息を凝《こら》していた。が、ピアノの鳴る代りに、少年の小さい足音が、聞え始めた。愛嬌《あいきょう》のよい微笑《わらい》を浮べた少年は、トン〳〵と飛ぶように階段を馳け降りて来た。

「一体、何《ど》う云う御用でございましょうか、一寸聞かしていたゞくように、仰《おつ》しゃいました。」

信一郎は、それを聞くと、もう夫人に会う確な望みを得た。

「今日、お葬式がありました青木淳《じゅん》氏のことで、一寸お目にかゝりたいのですが……」と、云った。少年は、又勢いよく階段を馳け上って行った。今度は、以前のように早くは、馳け降りて来なかった。会おうか会うまいかと、夫人が思案している様子が、あり〳〵と感ぜられた。五分近くも経《た》った頃だろう。少年はやっと、二階から馳け降りて来た。

「御紹介状のない方には、何方《どなた》にもお目にかゝらないことにしてあるのですが、貴君《あなた》様《さま》を御信用申上げて、特別にお目にかゝるように仰しゃいました。どうぞ、此方《こちら》へ。」と、少年は信一郎を案内した。玄関を上った処《ところ》は、広間だった。その広間の左の壁には、ゴヤの描いた『踊り子』の絵の、可なり精緻《せいち》な模写が掲げてあった。

女王蜘蛛《ぐも》

一

信一郎の案内せられた応接室は、青葉の庭に面している広い明るい部屋だった。花模様の青い絨氈《じゅうたん》の敷かれた床の上には、桃花心木《マホガニイ》の卓子《テーブル》を囲んで、水色の蒲団《クシヨン》の取り附けてある腕椅子《アームチエイア》が五六脚置かれている。壁に添うて横《よこた》わっている安楽椅子《いす》の蒲団《クシヨン》も水色だった。窓掩《おお》いも水色だった。それが純白の布で張られている周囲の壁と映じて、夏らしい清新な気が部屋一杯に充《み》ちていた。信一郎は勧められるまゝに、扉《ドア》を後にして、椅子に腰を下すと、落着いて部屋の装飾を見廻した。三方の壁には、それぞれ新しい油絵が懸っていた。左手《ゆんで》の壁にかゝっているのは、去年の二科の展覧会にかなり世評を騒がした新帰朝のある洋画家の水浴する少女の裸体画だった。此家《この》の女主人公が、裸体画を応接室に掲げるほど、社会上の因襲に囚《とら》われていないことを示しているように、画中の少女は、一糸も纏《まと》っていない肉体を、冷たそうな泉の中に、その両膝《ひざ》の所迄《まで》、オズ／＼と浸しているのであった。その他卓子《テーブル》の上に置いてある灰皿にも、炉《マンテルピース》棚の上の時計にも、草花を投げ入れてある花瓶にも、此家の女主人公の繊細な鋭い趣味が、一々現われているように思われた。

杜絶《とだ》えたピアノの音は、再び続かなかった。が、その音の主は、なか〳〵姿を現わさなかった。少年が茶を運んで来た後は、暫《しば》らくの間、近づいて来る人の気勢《けはい》もなかった。三分経《た》ち、五分経ち、十分経った。信一郎の心は、段々不安になり、段々いらいらして来た。自分が、余りに奇を好んで紹介もなく顔を見たばかりの夫人を、訪ねて来たことが、軽率であったように、悔いられた。

その裡《うち》に、ふと気が付くと、正面の炉《マンテルピース》棚の上の姿見に、自分の顔が映っていた。彼が何気なく自分の顔を見詰めていた時だった。ふと、サラ〳〵と云《い》う衣擦《きぬず》れの音がしたかと思うと、背後《うしろ》の扉《ドア》が音もなく開かれた。信一郎が、周章《あわて》て立ち上がろうとした時だった。正面の姿見に早くも映った白い美しい顔が、鏡の中で信一郎に、嫣然《えんぜん》たる微笑の会釈《えしやく》を投げたのである。

「お待たせしましたこと。でも、御葬式から帰って、まだ着替えも致していなかったのですもの。」

長い間の友達にでも云うような、男を男とも思っていないような夫人の声は、媚羞《びしゆう》と狎々《なれなれ》しさに充ちていた。しかも、その声は、何と云う美しい響と魅力とを持っていただろう。信一郎は、意外な親しさを投げ付けられて最初はドギマギしてしまった。

「いや突然伺いまして……」と、彼は立ち上りながら答えた。声が、妙に上ずッて、少年か何かのように、赤くなってしまった。

深海色《ふかみいろ》にぼかした模様の錦紗縮緬《きんしゃちりめん》の着物に、黒と緑の飛燕《ひえん》模様の帯を締めた夫人は、そのスラリと高い身体《からだ》を、くねらせるように、椅子に落着けた。

「本当に、盛んなお葬式でしたこと。でも淳《じゅん》さんのように、あんなに不意に、死んでは堪《たま》りませんわ。あんまり、突然で丸切り夢のようでございますもの。」

初対面の客に、ロク〳〵挨拶《あいさつ》もしない中《うち》に、夫人は何のこだわりもないように、自由に喋《しゃ》べり続けた。信一郎は、夫人からスッカリ先手を打たれてしまって、暫らくは何《なん》にも云い出せなかった。彼は我にもあらず、十分受け答もなし得ないで、たゞモジモジしていた。夫人は、相手のそうした躊躇《ちゅうちょ》などは、眼中にないように、自由で快活だった。

「淳さんは、たしかまだ二十四でございましたよ。確か五黄《ごおう》でございましたよ。五黄の申《さる》中でございましょうかしら。妾《わたし》と同じに、よく新聞の九星を気にする方でございましたのよ。オホヽヽヽ。」

信一郎は、美しい蜘蛛の精の繰り出す糸にでも、懸ったように、話手の美しさに酔《え》いながら、暫らくは茫然《ぼうぜん》としていた。

二

夫人は、口でこそ青年の死を悼《いた》んでいるものゝ、その華やかな容子《ようす》や、表情の何処《どこ》にも、それらしい翳《かげ》さえ見えなかった。たゞ一寸《ちよつと》した知己《しりあい》の死を、死んでは少し淋《さび》しいが、然《しか》し大したことのない知己の死を、話しているのに過ぎなかった。信一郎は、如何《いか》なり拍子抜けがした。瑠璃子《るりこ》と云《い》う名が、青年の臨終の床で叫ばれた以上、如何なる意味かで、青年と深い交渉があるだろうと思ったのは、自分の思い違いかしら。夫人の容子や態度が、示している通り、死んでは少し淋しいが、然し大したことのない知己に、過ぎないのかしら。そう、疑って来ると、信一郎は、青年の死際《しにぎわ》の囈語《うわごと》に過ぎなかったかも知れない言葉や、自分の想像を頼りにして、突然訪ねて来た自分の軽率な、芝居がかった態度が気恥しくて堪《たま》らなくなって来た。彼は、夫人に会えば、こう云おうあゝ云おうと思っていた言葉が、咽喉《のど》にからんでしまって、たゞモジ〳〵興奮するばかりだった。

「妾《わたくし》、今日すっかり時間を間違えていましてね。気が付くと、三時過ぎでございましょう。驚いて、自動車で馳《は》せ付けましたのよ。あんなに遅く行って、本当にきまりが悪うございましたわ。」

その癖、夫人はきまりが悪かったような表情は少しも見せなかった。あの葬場でも、それを思い出している今も。若い美しい夫人の何処に、そうした大胆な、人を人とも思わないような強い所があるのかと、信一郎はたゞ呆気《あっけ》に取られている丈《だけ》であった。先刻からの容子を見ると、信一郎が何のために、訪ねて来ているかなどと云うことは、丸切り夫人の念頭にないようだった。信一郎の方も、訪ねて来た用向をどう切り出してよいか、途方にくれた。が、彼は漸《ようや》く心を定《き》めて、オズ〳〵話し出した。

「実は、今日伺いましたのは、死んだ青木君の事に就てでございますが……」

そう云って、彼は改めて夫人の顔を見直した。夫人が、それに対してどんな表情をするかゞ、見たかったのである。が、夫人は無雑作だった。

「そう〳〵取次の者が、そんなことを申しておりました。青木さんの事って、何でございますの？」

帝劇で見た芝居の噂話《うわさばなし》をでもしているように夫人の態度は平静だった。

「実は、貴方《あなた》さまにこんなことをお話しすべき筋であるかどうか、それさえ私には分らないのです、もし、人違《ひとちが》いだったら、何《ど》うか御免下さい。」

信一郎は、女王の前に出た騎士のように慇懃《いんぎん》だった。が、夫人は卓上に置いてあっ

た支那《しな》製の団扇《うちわ》を取って、煽《あお》ぐともなく動かしながら、

「ホヽ、何のお話か知りませんが大層面白くなりそうでございますのね。まあ話して下さいまし。人違いでございましたにしろ、お聞きいたしただけ聞き徳でございますから。」と、微笑を含みながら云った。

信一郎は、夫人の真面目《まじめ》とも不真面目とも付かぬ態度に揶揄《からかわ》れたように、まごつきながら云った。

「実は、私は青木君のお友達ではありません。只《ただ》偶然、同じ自動車に乗り合わしたものです。そして青木君の臨終に居合せたものです。」

「ほゝう貴君《あなた》さまが……」

そう云った夫人の顔は、遉《さすが》に緊張した。が、夫人は自分で、それに気が付くと、直《す》ぐ身を躱《かわ》すように、以前の無関心な態度に帰ろうとした。

「そう！ まあ何と云う奇縁でございましょう。」

その美しい眼を大きく刮《みひら》きながら、努めて何気なく云おうとしたが、その言葉には、何となく、あるこだわりがあるように思われた。

「それで、実は青木君の死際の遺言《ゆいごん》を聴いたのです。」

信一郎は、夫人の示した僅《わず》かばかりの動揺に力を得て突っ込むようにそう言った。

「遺言を貴君《あなた》さまが、ほゝう。」

そう云った夫人のけだかい顔にも、隠し切れぬ不安がアリ〳〵と読まれた。

三

今迄《いままで》は、秋の湖のように澄み切っていた夫人の容子が、青年の遺言と云う言葉を聴くと、急に僅《わずか》ではあるが、擾《みだ》れ始めた。信一郎は手答えがあったのを欣《よろこ》んだ。此《こ》の様子では、自分の想像も、必ずしも的《まと》が外れているとは限らないと、心強く思った。

「衝突の模様は、新聞にもある通《とおり》ですが、それでも負傷から臨終までは、先《ま》ず三十分も間がありましたでしょう。その間、運転手は医者を呼びに行っていましたし、通りかゝる人はなし、私一人が臨終に居合わしたと云うわけですが、丁度息を引き取る五分位前でしたろう、青木君は、ふと右の手首に入れていた腕時計のことを言い出したのです。」

信一郎が、茲《ここ》まで話したとき、夫人の面《おもて》は、急に緊張した。そうした緊張を、現すまいとしている夫人の努力が、アリ〳〵と分った。

「その時計を何《ど》うしようと、云われたのでございますか。その時計を！」

夫人の言葉は、可なり急き込んでいた。其《そ》の美しい白い顔が、サッと赤くなった。

「その時計を返して呉《く》れと云われるのです。是非《ぜ》返して呉れと云われるのです。」信一郎も、やゝ興奮しながら答えた。

「誰方《どなた》にでございましょうか。誰方に返して呉れと云われたのでございましょうか。」

夫人の言葉は、更に急き込んでいた。一度赤くなった顔が、白く冷たい色を帯びた。美しい瞳《ひとみ》までが鋭い光を放って、信一郎の答えいかにと、見詰めているのだった。

信一郎は、夫人の鋭い視線を避けるようにして云った。

「それが誰にとも分らないのです。」

夫人の顔に現れていた緊張が、又サッと緩《ゆる》んだ。暫《しば》らく杜絶《とだ》えていた微笑が、ほのかながら、その口辺に現われた。

「じゃ、誰方に返して呉れとも仰《おっ》しゃらなかったのですの。」夫人は、ホッと安堵《あんど》したように、何時《いつ》の間にか、以前の落着を、取り返していた。

「いやそれがです。幾度も、返すべき相手の名前を訊《き》いたのですが、もう臨終が迫っていたのでしょう、私の問には、何とも答えなかったのです。たゞ臨終に貴女《あなた》のお名前を囈語《うわごと》のように二度繰り返したのです。それで、万一貴女に、お心当りがないかと思って参上したのですが。」

信一郎は、肝腎《かんじん》な来意を云ってしまったので、ホッとしながら、彼は夫人が何う答えるかと、じっと相手の顔を見詰めていた。

「ホヽヽヽ。」先ず美しいその唇から、快活な微笑《ほほえみ》が洩《も》れた。

「淳《じゅん》さんは、本当に頼もしい方でいらっしゃいましたわ。そんな時にまで私《わたくし》を覚えていて下さるのですもの。でも、私腕時計などには少しも覚えがございませんの。お持ちなら、一寸《ちょっと》拝見させていたゞけませんかしら。」

もう、夫人の顔に少しの不安も見えなかった。澄み切った以前の美しさが、帰って来ていた。信一郎は、求めらるゝまゝに、ポケットの底から、ハンカチーフに括《くる》んだ謎《なぞ》の時計を取り出した。

「確か女持には違いないのです。少し、象眼の意匠が、女持としては奇抜過ぎますが。」

「妹さんのものじゃございませんのでしょうか。」夫人は無造作に云いながら、信一郎の差し出す時計を受取った。

信一郎は断るように附け加えた。

「血が少し附いていますが、わざと拭《ふ》いてありません。衝突の時に、腕環《うでわ》の止金《とめがね》が肉に喰い入ったのです。」

そう信一郎が云った刹那《せつな》、夫人の美しい眉《まゆ》が曇った。時計を持っている象牙《ぞうげ》のように白い手が、思い做《な》しか、かすかにブル〳〵と顫《ふる》え出した。

四

時計を持っている手が、微《かす》かに顫えるのと一緒に、夫人の顔も蒼白《あおじろ》く緊張したようだった。ほんのもう、痕跡《こんせき》しか残っていない血が、夫人の心を可なり、脅《おびや》かしたようにも思われた。

一分ばかり、無言に時計をいじくり廻していた夫人は、何かを深く決心したように、そのひそめた眉《まゆ》を開いて、急に快活な様子を取った。その快活さには、可なりギゴチない、不自然なところが、交っていたけれども。

「あゝ判《わか》りました。やっと思い付きました。」夫人は突然云《い》い出した。

「私此《この》時計に心覚えがございますの。持主の方も存じておりますの。お名前は、一寸《ちよつと》申上げ兼ますが、ある子爵《ししやく》の令嬢でいらっしゃいますわ。でも、私あの方と青木さんとが、こうした物を、お取り換《かわ》しになっていようとは、夢にも思いませんでしたわ。屹度《きつと》、誰方《どなた》にも秘密にしていらしったのでございましょう。だから青木さんは臨終の時にも、遺族の方には知られたくなかったのでございましょう。道理で見ず知らずの貴方《あなた》にお頼みになったのでございますわ。その令嬢と、愛の印としてお取り換しになったものを、遺品《かたみ》としてお返しになりたかったのでは、ございませんかしら。」

夫人は、明瞭《めいりよう》に流暢《りゆうちよう》に、何のよどみもなく云った。が、何処《どこ》となく力なく空々しいところがあったが、信一郎は夫人の云うことを疑う確《たし》な証拠は、少しもなかった。

「私も、多分そうした品物だろうとは思っていたのです。それでは、早速その令嬢にお返ししたいと思いますが、御名前を教えていたゞけませんでしょうか。」

「左様でございますね。」と、夫人は首を傾《かし》げたが、直《す》ぐ「私を信用していたゞけませんでしょうか、私が、女同士で、そっと返して上げたいと思いますのよ。男の方の手からだと、どんなに恥しくお思いになるか分らないと、存じますのよ。いかゞ？」

と、承諾を求めるように、ニッコリと笑った。華やかな艶美《えんび》な微笑だった。そう云われると、信一郎はそれ以上、かれこれ言うことは出来なかった。兎《と》に角《かく》、謎《なぞ》の品物が思ったより容易に、持主に返されることを、欣《よろこ》ぶより外はなかった。

「じゃ、貴女《あなた》さまのお手でお返し下さいませ。が、その方のお名前丈《だけ》は、承ることが出来ませんでしょうか。貴女さまを、お疑い申す訳では決してないのでございますが。」と、信一郎はオズ〳〵云った。

「ホヽヽ貴方様《あなたさま》も、他人の秘密を聴くことが、お好きだと見えますこと。」夫人は、忽《たちま》ち信一郎を突き放すように云《い》った。その癖、顔一杯に微笑を湛《たた》えながら、「恋人を突然奪われたその令嬢に、同情して、黙って私に委《まか》して下さいませ。私が責任を以《もっ》て、青木さんの霊《たましい》が、満足遊ばすようにお計《はから》いいたしますわ。」

信一郎は、もう一歩も前へ出ることは出来なかった。そうした令嬢が、本当にいるか何《ど》うかは疑われた。が、夫人が時計の持主を、知っていることは確かだった。それが、夫人の云う通《とおり》、子爵の令嬢であるか何うかは分らないとしても。

「それでは、お委せいたしますから、何うかよろしくお願いいたします。」

そう引き退《さが》るより外はなかった。

「確《たしか》にお引き受けいたしましたわ。貴方さまのお名前は、その方にも申上げて置きますわ。屹度、その方も感謝なさるだろうと存じますわ。」

そう云いながら、夫人はその血の附いた時計を、懐《ふところ》から出した白い絹のハンカチーフに包んだ。

信一郎は、時計が案外容易に片づいたことが、嬉《うれ》しいような、同時に呆気《あっけ》ないような気持がした。少年が紅茶を運んで来たのを合図のように立ち上った。

信一郎が、勧められるのを振切って、将《まさ》に玄関を出ようとしたときだった。夫人は、何かを思い付いたように云った。

「あ、一寸《ちよつと》お待ち下さいまし。差上げるものがございますのよ。」と、呼び止めた。

五

信一郎が、暇《いとま》を告げたときには何とも引き止めなかった夫人が、玄関のところで、急に後から呼び止めたので、信一郎は一寸意外に思いながら、振り顧《かえ》った。

「つまらないものでございますけれども、之《これ》をお持ち下さいまし。」

そう云いながら、夫人は何時《いつ》の間に、手にしていたのだろう、プログラムらしいものを、信一郎に呉《く》れた。一寸開いて見ると、それは夫人の属するある貴婦人の団体で、催される慈善音楽会の入場券とプログラムであった。

「御親切に対する御礼は、妾《わたくし》から、致そうと存じておりますけれど、これはホンのお知己《ちかづき》になったお印に差し上げますのよ。」

そう云いながら、夫人は信一郎に、最後の魅するような微笑を与えた。

「いたゞいて置きます。」辞退するほどの物でもないので信一郎はその儘《まま》ポケットに入れた。

「御迷惑でございましょうが、是非お出《い》で下さいませ、それでは、その節またお目にかゝります。」

そう云いながら、夫人は玄関の扉《ドア》の外へ出て暫《しば》らくは信一郎の歩み去るのを見送っているようであった。

電車に乗ってから、暫らくの間信一郎は夫人に対する酔《えい》から、醒《さ》めなかった。それは確かに酔心地《よいごこち》とでも云うべきものだった。夫人と会って話している間、信一郎はそのキビ〳〵した表情や、優しいけれども、のしかゝって来るような言葉に、云い知れぬ魅力《みりよく》をさえ感じていた。男を男とも思わないような夫人に、もっとグン〳〵引きずられたいような、不思議な欲望をさえ感じていたのである。

が、そうした酔が、だん〳〵醒めかゝるに連れ、冷たい反省が信一郎の心を占めた。彼は、今日の夫人の態度が、何となく気にかゝり始めた。夫人の態度か、言葉かの何《ど》処《こ》かに、嘘《うそ》偽りがあるように思われてならなかった。最初冷静だった夫人が、遺言と云う言葉を聞くと、急に緊張したり、時計を暫らく見詰めてから、急に持主を知っていると云い出したりしたことが、今更のように、疑念の的になった。疑ってかゝると、信一郎は大事な青年の遺品《かたみ》を、夫人から体《てい》よく捲《ま》き上げられたようにさえ思われた。従って、夫人の手に依《よ》って、時計が本当の持主に帰るかどうかさえが、可なり不安に思われ出した。

その時に、信一郎の頭の中に、青年の最後の言葉が、アリ〳〵と甦《よみがえ》って来た。『時計を返して呉れ』と云う言葉の、語調までが、ハッキリと甦って来た。その叫びは、恋人に恋の遺品《かたみ》を返すことを、頼む言葉としては、余りに悲痛だった。その叫びの裡《うち》には、もっと鋭い骨を刺すような何物かゞ、混じっていたように思われた。『返して呉れ』と云う言葉の中に『突っ返して呉れ』と云うような凄《すご》い語気を含んでいたことを思い出した。たとい、死際《しにぎわ》であろうとも、恋人に物を返すことを、あれほど悲痛に頼むことはない筈《はず》だと思われた。

そう考えて来ると、瑠璃子夫人の云った子爵《ししゃく》令嬢と青年との恋愛関係は、烟《けむり》のように頼りない事のようにも思われた。夫人はあゝした口実で、あの時計を体よく取返したのではあるまいか。本当は、自分のものであるのを、他人のものらしく、体よく取返したのではあるまいか。

が、そう疑って見たものゝ、それを確める証拠は何もなかった。それを確めるために、もう一度夫人に会って見ても、あの夫人の美しい容貌《ようぼう》と、潑剌《はつらつ》な会話とで、もう一度体よく追い返されることは余りに判《わか》り切っている。

信一郎は、夫人の張る蜘蛛《くも》の網にかゝった蝶《ちょう》か何かのように、手もなく丸め込まれ、肝心な時計を体よく、捲き上げられたように思われた。彼は、自分の腑甲斐《ふがい》なさが、口惜《くや》しく思われて来た。

彼の手を離れても、謎《なぞ》の時計は、やっぱり謎の尾を引いている。彼は何《ど》うかして、その謎を解きたいと思った。

その時にふと、彼は青年が海に捨つるべく彼に委託したノートのことを思い出したのである。

六

青年から、海へ捨てるように頼まれたノートを、信一郎はまだトランクの裡《うち》に、持っていた。海に捨てる機会を失《なく》したので、焼こうか裂こうかと思いながら、ついその儘《まま》になっていたのである。

それを、今になって披《ひら》いて見ることは、死者に済まないことには違《ちがい》なかった。が、時計の謎《なぞ》を知るためには、――それと同時に瑠璃子夫人の態度の謎を解くためには、ノートを見ることより外に、何の手段も思い浮ばなかった。あんな秘密な時計をさえ、自分には託したのだ、その時計の本当の持主を知るために、ノートを見る位は、許して呉《く》れるだろうと、信一郎は思った。

でも家に帰って、まだ旅行から帰ったまゝに、放り出してあったトランクを開いたとき、信一郎は可なり良心の苛責《かしゃく》を感じた。

が、彼が時計の謎を知ろうと云《い》う慾望は、もっと強かった。美しい瑠璃子夫人の謎を解こうと云う慾望は、もっと強かった。

彼は、恐る恐るノートを取り出した。秘密の封印を解くような興奮と恐怖とで、オズ〳〵表紙を開いて見た。彼の緊張した予期は外れて、最初の二三枚は、白紙だった。その次ぎの五六枚も、白紙だった。彼は、裏切られたようなイラ〳〵しさで、全体を手早くめくって見た。が、何の頁《ページ》も、真白な汚《よご》れない頁《ページ》だった。彼が、妙な失望を感じながら、最後までめくって行ったとき、やっと其処《そこ》に、インキの匂《におい》のまだ新しい青年の手記を見たのである。それは、ノートの最後から、逆にかき出されたものだった。

信一郎は胸を躍らしながら、貪《むさぼ》るようにその一行々々を読んだのである。可なり興奮して書いたと見え、字体が荒《すさ》んでいる上に、字の書き違《ちがい》などが、彼処《かしこ》にも此処《ここ》にもあった。

――彼女は、蜘蛛《くも》だ。恐ろしく、美しい蜘蛛だ。自分が彼女に捧《ささ》げた愛も熱情も、たゞ彼女の網にかゝった蝶《ちょう》の身悶《みもだ》えに、過ぎなかったのだ。彼女は、彼女の犠牲の悶えを、冷やかに楽しんで見ていたのだ。

今年の二月、彼女は自分に、愛の印だと云って、一個の腕時計を呉れた。それを、彼女の白い肌から、直《す》ぐ自分の手首へと、移して呉れた。彼女は、それをかけ替のない秘蔵の時計であるようなことを云った。彼女を、純真な女性であると信じていた自分は、そうした賜物《たまもの》を、どんなに欣《よろこ》んだかも知れなかった。彼女を囲んでいる多くの男性の中で、自分こそ選ばれたる唯《ただ》一人であると思った。勝利者であると思った。自分は、人知れず、得々として之《こ》れを手首に入れていた。彼女の愛の把握が其処にあるように思っていた。彼女の真実の愛が、自分一人にあるように思っていた。

が、自分のそうした自惚《うぬぼれ》は、そうした陶酔《とうすい》は滅茶苦茶《めちゃくちゃ》に、蹂《ふ》み潰《つぶ》されてしまったのだ。皮肉に残酷に。

昨日自分は、村上海軍大尉《たいい》と共に、彼女の家の庭園で、彼女の帰宅するのを待っていた。その時に、自分はふと、大尉がその軍服の腕を捲《まく》り上げて、腕時計を出して見ているのに気が附いた。よく見ると、その時計は、自分の時計に酷似しているのである。自分はそれとなく、一見を願った。自分が、その時計を、大尉の頑丈な手首から、取り外した時の駭《おどろ》きは、何《ど》んなであったろう。若《も》し、大尉が其処に居合せなかったら、自分は思わず叫声を挙げたに違《ちが》いない。自分が、それを持っている手は思わず、顫《ふる》えたのである。

自分は急《せ》き込んで訊《き》いた。

「これは、何処《どこ》からお買いになったのです。」

「いや、買ったのではありません。ある人から貰《もら》ったのです。」

大尉の答は、憎々しいほど、落着いていた。しかも、その落着の中に、得意の色がアリ〳〵と見えているではないか。

七

——その時計は、自分の時計と、寸分違ってはいなかった。象眼の模様から、鏤《ちりば》めてあるダイヤモンドの大きさまで。それは、彼女に取ってかけ替のない、たった一つの時計ではなかったのか。自分は自分の手中にある大尉の時計を、庭の敷石に、叩《たた》き付けてやりたいほど興奮した。が、大尉は自分の興奮などには気の付かないよ

うに、

「何《ど》うです。仲々奇抜な意匠でしょう。一寸類《ちょつと》のない品物でしょう。」と、その男性的な顔に得意な微笑を続けていた。自分は、自分の右の手首に入れているそれと、寸分違《たが》わぬ時計を、大尉の眼に突き付けて大尉の誇《プライド》を叩き潰《つぶ》してやりたかった。が、大尉に何の罪があろう。自分達立派な男子二人に、こんな皮肉な残酷な喜劇を演ぜしめるのは、皆彼女ではないか。彼女が操る蜘蛛《くも》の糸の為《ため》ではないか。自分は、彼女が帰り次第、真向から時計を叩き返してやりたいと思った。

が、彼女と面と向って、不信を詰責《きつせき》しようとしたとき、自分は却《かえ》って、彼女から忍びがたい恥かしめを受けた。自分は小児の如《ごと》く、飜弄《ほんろう》され、奴隷《どれい》の如く卑《いや》しめられた。而《しか》も、美しい彼女の前に出ると、唖のようにたわいもなく、黙り込む自分だった。自分は憤《いきどおり》と恨《うらみ》との為に、わな〳〵顫《ふる》えながら而も指一本彼女に触れることが出来なかった。自分は力と勇気とが、欲しかった。彼女の華奢《きやしや》な心臓を、一思いに突き刺し得る丈《だけ》の勇気と力とを。

が、二つとも自分には欠けていた。彼女を刺す勇気のない自分は、彼女を忘れようとして、都を離れた。が、彼女を忘れようとすればするほど、彼女の面影は自分を追い、自分を悩ませる。

手記は茲《ここ》で中断している。が半頁《ページ》ばかり飛んでから、前よりももっと乱暴な字体で始まっている。

何うしても、彼女の面影が忘れられない。それが蝮《まむし》のように、自分の心を噛《か》み裂く。彼女を心から憎みながら、しかも片時も忘れることが出来ない。彼女が彼女のサロンで多くの異性に取囲まれながら、あの悩ましき媚態《びたい》を惜しげもなく、示しているかと思うと、自分の心は、夜の如く暗くなってしまう。自分が彼女を忘れるためには、彼女の存在を無くするか、自分の存在を無くするか、二つに一つだと思う。

又一寸中断されてから、

そうだ、一層《いっそ》死んでやろうかしら。純真な男性の感情を弄《もてあそ》ぶことが、どんなに危険であるかを、彼女に思い知らせてやるために。そうだ。自分の真実の血で、彼女の偽《いつわり》の贈物を、真赤に染めてやるのだ。そして、彼女の僅《わずか》に残っている良心を、恥《はずか》しめてやるのだ。

手記は、茲《ここ》で終っている。信一郎は、深い感激の中に読み了《おわ》った。これで見ると、青年の死は、形は奇禍であるけれども、心持は自殺であると云《い》ってもよかったのだ。青年は死場所を求めて、箱根から豆相《ずそう》の間を逍遥《さまよ》っていたのだった。彼の奇禍は、彼の望み通《どおり》に、偽りの贈り物を、彼の純真な血で真赤に染めたのだ。が、その血潮が、彼女の心に僅かに残っている良心を、恥しめ得るだろうか。『返して呉《く》れ』と云ったのは『叩き返して呉れ』と云う意味だった。信一郎は果して叩き返しただろうか。

彼女が、瑠璃子夫人であるか何うかは、手記を読んだ後も、判然とは判《わか》らなかった。が、たゞ生易《なまやさ》しく平和の裡《うち》に、返すべき時計でないことは明《あきらか》だった。その時計の中に含まれている青年の恨みを、相手の女性に、十分思い知らさなければならない時計だったのだ。たゞ、ボンヤリと返しただけでは青年の心は永久に慰《なぐさ》められていないのだ。信一郎はもう一度瑠璃子夫人の手から取り返して、青年の手記の中の所謂《いわゆる》『彼女』に突き返してやらねばならぬ責任を感じたのである。

が、『彼女』とは一体誰であろう。

そのかみの事

一

「あら！　お危《あぶの》うございますわ。」と、赤い前垂掛の女中姿をした芸者達に、追い纏《まと》われながら、荘田《しょうだ》勝平は庭の丁度中央《まんなか》にある丘の上へ、登って行った。飲み過ごした三鞭酒《シャンペンしゅ》のために、可なり危かしい足付をしながら。

　丘の上には、数本の大きい八重桜が、爛漫《らんまん》と咲乱れて、移り逝《ゆ》く春の名残りを止《とど》めていた。其処《そこ》から見渡される広い庭園には、晩春の日が、うら〳〵と射《さ》している。五万坪に近い庭には、幾つもの小山があり芝生があり、芝生が緩やかな勾配《こうばい》を作って、落ち込んで行ったところには、美しい水の湧《わ》く泉水があった。

　その小山の上にも、麓《ふもと》にも、芝生の上にも、泉水の畔《ほと》りにも、数奇《すき》を凝らした四阿《あずまや》の中にも、モーニングやフロックを着た紳士や、華美な裾《すそ》模様を着た夫人や令嬢が、三々伍々《さんさんごご》打ち集《つど》うているのだった。

人の心を浮き立たすような笛や鼓《つづみ》の音が、楓《かえで》の林の中から聞えている。小松の植込の中からは、其処に陣取っている、三越《みつこし》の少年音楽隊の華やかな奏楽が、絶え間なく続いている。拍子木が鳴っているのは、市村座の若手俳優の手踊りが始まる合図だった。それに吸い付けられるように、裾模様や振袖《ふりそで》の夫人達が、その方へゾロ〳〵と動いて行くのだった。

勝平は、そうした光景や、物音を聞いていると、得意と満足との微笑が後から後から湧いて来た。自分の名前に依《よ》って帝都の上流社会がこんなに集まっている。自分の名に依って、大臣も来ている。大銀行の総裁や頭取も来ている。侯爵《こうしゃく》や伯爵の華族達も見えている。いろ〳〵な方面の名士を、一堂の下に蒐《あつ》めている。自分の名に依って、自分の社会的位置で。

そう考えるに付けても、彼は此《こ》の三年以来自分に振りかゝって来た夢のような華やかな幸運が、振り顧《かえり》みられた。

戦争が始まる前は、神戸の微々たる貿易商であったのが、偶々《たまたま》持っていた一隻《せき》の汽船が、幸運の緒を紡《つむ》いで極端な遣繰《やりく》りをして、一隻一隻と買い占めて行った船が、お伽噺《とぎばなし》の中の白鳥のように、黄金の卵を、次ぎ次ぎに産んで、わずか三年後の今は、千万円を越す長者になっている。

しかも、金の出来るに従って、彼は自分の世界が、だん〱拡《ひろ》がって行くのを感じた。今までは、『其処にいるか』とも声をかけて呉《く》れなかった人々が、何時《いつ》の間にか自分の周囲に蒐まって来ている。近づき難いと思っていた一流の政治家や実業家達が、何時の間にか、自分と同じ食卓に就くようになっている。自分を招待したり、自分に招待されたりするようになっている。その他、彼の金力が物を云《い》うところは、到《いた》る処《ところ》にあった。緑酒紅燈《こうとう》の巷《ちまた》でも、彼は自分の金の力が万能であったのを知った。彼は、金さえあれば、何でも出来ると思った。現に、此の庭園なども、都下で屈指の名園を彼が五十万円に近い金を投じて買ったのである。現に、今日の園遊会も、一人宛《あて》百金に近い巨費を投じて、新邸披露として、都下の名士達を招《よ》んだのである。

聞えて来る笛の音も、鼓の音も奏楽の響も、模擬店《もぎてん》でビールの満を引いている人達の哄笑《こうしょう》も、勝平の耳には、彼の金力に対する讃美《さんび》の声のように聞えた。『そうだ。凡《すべ》ては金だ。金の力さえあればどんな事でも出来る』と、心の裡《うち》で呟《つぶや》きながら、彼が日頃の確信を、一層強めたときだった。

「いや、どうも盛会ですな。」と、ビールの杯《コップ》を右の手に高く翳《かざ》しながら、蹌踉《ひょろひょろ》と近づいて来る男があった。それは、勝平とは同郷の代議士だった。その男の選挙費用も、悉《ことごと》く勝平のポケットから、出ているのだった。

「やあ！　お蔭《かげ》さまで。」と、勝平は傲然《ごうぜん》と答えた。『茲《ここ》にも俺の金の力で動いている男が一人いる。』と、心の中で思いながら。

二

「よく集まったものですね。随分珍しい顔が見えますね。松田老侯までが見えていますね。我輩《わがはい》一昨日は、英国大使館の園遊会《ガードンパーティ》に行きましたがね。とても、本日の盛況には及びませんね。尤《もっと》も、此《この》名園を見る丈《だけ》でも、来る価値《ねうち》は十分ありますからね。ハヽヽヽ。」

代議士の沢田は真正面からお世辞を云《い》うのであった。

「いゝ天気で、何よりですよ。ハヽヽヽ。」と、勝平は鷹揚《おうよう》に答えたが、内心の得意は、包隠《つつみかく》すことが出来なかった。

「素晴らしい庭ですな。彼処《あすこ》の杉林から泉水の裏手へかけての幽邃《ゆうすい》な趣は、とても市内じゃ見られませんね。五十万円でも、これじゃ高くはありませんね。」

そう云いながら、沢田は持っていたビールの杯《コップ》を、またグイと飲み乾《ほ》した。色の白い肥《ふと》った顔が、咽喉《のど》の処《ところ》まで赤くなっている。彼は、転げかゝるように、勝平に近づいて右の二の腕を捕えた。

「主人公が、こんな所に、逃げ込んでいては困りますね。さあ、彼方《あっち》へ行きましょう。先刻も我党の総裁が、貴方《あなた》を探していた。まだ挨拶《あいさつ》をしていないと云って。」

沢田は、勝平をグン〳〵麓《ふもと》の方へ、園遊会の賑《にぎわ》いと混雑の方へ引きずり込もうとした。

「いや、もう少しこの儘《まま》にして置いて下さい。今日一時から、門の処で一時間半も立ち続けていた上に、先刻三鞭酒《シャンペンしゅ》を、六七杯も重ねたものだから。もう暫《しば》らく捨てゝ置いて下さい。直《す》ぐ行きますよ、後から直ぐ。」

そう云って、捕えられていた腕を、スラリと抜くと、沢田はその機《はず》みで、一間ばかりひょろひょろと下へ滑って行ったが、其処《そこ》で一寸《ちょっと》踏み止《とど》まると、

「それじゃ後ほど。」と云ったまゝ空になった杯《コップ》を、右の手で振り廻すようにしながら、ふら〳〵丘の麓にある模擬店の方へ行ってしまった。

園内の数ケ所で始まっている余興は、それ〴〵に来会した人々を、分け取りにしているのだろう。勝平の立っている此の広い丘の上にも五六人の人影しか、残っていなかった。勝平に付き纏《まと》っていた芸妓《げいぎ》達も、先刻《さっき》踊りが始まる拍子木が鳴ると、皆その方へ馳《か》け出してしまった。

が、勝平は四辺《あたり》に人のいないのが、結局気楽だった。彼は、其処に置いてある白い陶製の腰掛に腰を下しながら、快い休息を貪《むさぼ》っていた。心の中は、燃ゆるような得意さで一杯になりながら。

彼が、暫らく、ぼんやりと咲き乱れている八重桜の梢《こずえ》越しに、薄青く澄んでいる空を、見詰めている時だった。

「茲《ここ》は静かですよ。早く上っていらっしゃい。」と、近くで若い青年の声がした。ふと、その方を見ると、スラリとした長身に、学校の制服を着けた青年が、丘の麓を見下しながら、誰かを麾《さしまね》いている所だった。

青年は、今日招待した誰かゞ伴って来た家族の一人であろう。勝平には、少しも見覚えがなかった。青年も、此の家の主人公が、こんな淋《さび》しい処に、一人いようなどとは、夢にも気付いていないらしく、麓の方を麾いてしまうと、ハンカチーフを出して、其処にある陶製の腰掛の埃《ほこり》を払っているのだった。

急に、丘の中腹で、うら若い女の声がした。

「まあ、ひどい混雑ですこと。妾《わたし》いやになりましたわ。」

「どうせ、園遊会なんてこうですよ。あの模擬店の雑沓《ざっとう》は、何《ど》うです。見ている丈《だけ》でも、あさましくなるじゃありませんか。」と、青年は丘の中腹を、見下しながら、答えた。

それには何とも答えないで、昇って来るらしい人の気勢《けはい》がした。青年の言葉に、一寸傷つけられた勝平は、じっと其方を、睨《にら》むように見た。最初、前髪を左右に分けた束髪の頭の形が見えた。それに続いて、細面の透き通るほど白い女の顔が現れた。

三

やがて、女は丘の上に全身を現した。年は十八か九であろう。その気高い美しさは、彼女の頭上に咲き乱れている八重桜の、絢爛《けんらん》たる美しさをも奪っていた。目も醒《さ》むるような藤納戸《ふじなんど》色《いろ》の着物の胸のあたりには、五色の色糸のかすみ模様の繍《ぬい》が鮮かだった。そのぼかされた裾《すそ》には、さくら草が一面に散り乱れていた。白地に孔雀《くじやく》を浮織にした唐織の帯には、帯止めの大きい真珠が光っていた。

「疲れたでしょう。お掛けなさい。」

青年は、埃《ほこり》を払った腰掛を、女に勧めた。彼女は勧められるまゝに、腰を下しながら、横に立っている青年を見上げるようにして云った。

「妾《わたし》来なければよかったわ。でも、お父様が一緒に行こう〳〵云って、お勧めになるものですから。」

「僕も、妹のお伴《とも》で来たのですが、こう混雑しちゃ厭《いや》ですね。それに、此《こ》の庭だって、都下の名園だそうですけれども、ちっともよくないじゃありませんか。少しも、自然な素直な所がありゃしない。いやにコセ〳〵していて、人工的な小刀細工が多すぎるじゃありませんか。殊《こと》に、あの四阿《あずまや》の建て方なんか厭ですね。」

年の若い二人は、此日の園遊会の主催者なる勝平が、たゞ一人こんな淋《さび》しい処《ところ》にいようなどとは夢にも考え及ばないらしく、勝平の方などは、見向きもしないで話し続けた。

「お金さえかければいゝと思っているのでしょうか。」

美しい令嬢は、その美しさに似合わないような皮肉な、口の利《き》き方をした。

「どうせ、そうでしょう。成金と云《い》ったような連中は、金額と云う事より外には、何にも趣味がないのでしょう。凡《すべ》ての事を金の物差で計ろうとする。金さえかければ、何でもいゝものだと考える。今日の園遊会なんか、一人宛《ずつ》五十円とか百円とかを、入れるとか何とか云っているそうですが、あの俗悪な趣向を御覧なさい。」

青年は、何かに激しているように、吐き出すように云った。

先刻から、聞くともなしに、聞いていた勝平は、烈《はげ》しい怒《いかり》で胸の中が、煮えくり返るように思った。彼は、立ち上りざま、悪口を云っている青年の細首を捕えて、邸《やしき》の外へ放り出してやりたいとさえ思った。彼は若い時、東京に出たときに労働をやった時の名残りに、残っている二の腕の力瘤《ちからこぶ》を思わず撫《な》でた。が、遉《さすが》に彼の位置が、つい三四分前まで、あんなに誇らしく思っていた彼の社会的位置が彼のそうした怒を制して呉《く》れた。彼は、ムラ〳〵と湧《わ》いて来る心を抑えながら、青年の云うことを、じっと聞き澄していた。

「成金だとか、何とかよく新聞などに、彼等の豪奢《ごうしゃ》な生活を、謳歌《おうか》しているようですが、金で贏《か》ち得る彼等の生活は、何《ど》んなに単純で平凡でしょう。金が出来ると、女色《にょしょく》を漁《あさ》る、自動車を買う、邸を買う、家を新築する、分りもしない骨董《こっとう》を買う、それ切りですね。中に、よっぽど心掛のいゝ男が、寄附をする。物質上の生活などは、いくら金をかけても、直《す》ぐ尽きるのだ。金で、自由になる芸妓などを、弄《もてあそ》んでいて、よく飽きないものですね。」

青年は、成金全体に、何か烈しい恨みでもあるように、罵《のの》しりつゞけた。

「飽きるって。そりゃどうだか、分りませんね。貴方《あなた》のように、敏感な方なら、直ぐに飽きるでしょうが、彼等のように鈍い感じしか持っていない人達は、何時迄《いつまで》同じことをやっていても飽きないのじゃなくって！」女は、美しい然《しか》し冷めたい微笑を浮べながら云った。

「貴方《あなた》は、悪口は僕より一枚上ですね。ハヽヽヽ。」

二人は相顧みて、会心の笑いを笑い合った。

黙って聞いていた勝平の顔は、憤怒《ふんぬ》のため紫色になった。

四

まだ年の若い元気な二人は、自分達の会話が、傍に居合す此邸《このやしき》の主人の勝平にどんな影響を与えているかと云《い》う事は、夢にも気の付いていないように、無遠慮に自由に話し進んだ。

「でも、お招《よ》ばれを受けていて、悪口を云うのは悪いことよ。そうじゃなくって。」

令嬢は、右の手に持っている華奢《きゃしゃ》な象牙《ぞうげ》骨《ぼね》の扇を、弄《まさぐ》りながら、青年の顔を見上げながら、逭《さすが》に女らしく云った。

「いや、もっと云ってやってもいゝのですよ。」と、青年はその浅黒い男性的な凛々《りり》しい顔を、一層引き緊《し》めながら、「第一華族階級の人達が、成金に対する態度なども、可なり卑《いや》しいと思っているのですよ。平生門閥《もんばつ》だとか身分だとか云う愚にも付かないものを、自慢にして、平民だとか町人だとか云って、軽蔑《けいべつ》している癖に、相手が金があると、平民だろうが、成金だろうが、此方《こっち》からペコ〳〵して接近するのですからね。僕の父なんかも、何時《いつ》の間にか、あんな連中と知己《しりあい》になっているのですよ。此間も、あんな連中に担《かつ》がれて、何とか云う新設会社の重役になるとか云って、騒いでいるものですから、僕はウンと云ってやったのですよ。」

「おや！　今度は、お父様にお鉢が廻ったのですか。」女は、青年の顔を見上げて、ニッコリ笑った。

「其処《そこ》へ来ると、貴女《あなた》のお父様なんか立派なものだ。何処《どこ》へ出しても恥かしくない。いつでも、清貧に安んじていらっしゃる。」青年は靴の先で散り布《し》いている落花を踏み躙《にじ》りながら云った。

「父のは病気ですのよ。」女は、一寸《ちょっと》美しい眉《まゆ》を落し「あんなに年が寄っても、道楽が止《や》められないのですもの。」そう云った声は、一寸淋《さび》しかった。

「道楽じゃありませんよ。男子として、立派な仕事じゃありませんか。三十年来貴族院の闘将として藩閥政府と戦って来られたのですもの。」

青年は、女を慰めるように云った。が、先刻成金を攻撃したときほどの元気はなかった。二人は話が何時か、理に落ちて来た為《ため》だろう。孰《ど》ちらからともなく、黙ってしまった。青年は、他の一つの腰掛を、二三尺動かして来て、女と並んで腰をかけた。生あたゝかい晩春の微風が、襲って来た為だろう。花が頻《しき》りに散り始めた。

勝平は先刻から、幾度此の場を立ち去ろうと思ったか、分らなかった。が、自分に対する悪評を怖《おそ》れて、コソ〳〵と逃げ去ることは、傲岸《ごうがん》な彼の気性が許さなかった。張り裂けるような憤怒《ふんぬ》を、胸に抑えて、じっと青年の攻撃を聞いていたのであった。

彼は、つい十分ほど前まで、今日の園遊会に集まっている、凡《すべ》ての人々は自分の金力に対する讃美者《さんびしゃ》であると思っていた。讃美者ではなくとも、少くとも羨望者《せんぼうしゃ》であると思っていた。否《いな》少くとも、自分の持っている金の力丈《だけ》は、認めて呉《く》れる人達だと思っていた。今日集まっている首相を初め、いろ〳〵な方面の高官も、M公爵《こうしゃく》を筆頭に多くの華族連中も、海軍や陸軍の将官達も、銀行や会社の重役達も、学者や宗教家や、角力《すもう》や俳優達も、自分の持っている金力の価値丈《だけ》は認めて呉れる人だと思っていた。認めていて呉れゝばこそやって来たのだと思っていた。それだのに、歯牙《しが》にもかけたくない、生若い男女の学生が、たとい貴族の子女であるにしろ、今日の会場の中央《まんなか》で、たとい自分の顔を見知らぬにせよ、自分の目前で、自分の生活を罵《ののし》るばかりでなく、自分が命綱《いのちづな》とも思う金の力を、頭から否定している。金を持っている自分達の生活を、否人格まで、散々に辱《はずかし》めている。そう考えて来ると、先刻まで晴やかに華やかに、昂《たか》ぶっていた勝平の心は、苦い韮《にら》を喰ったように、不快な暗いものになってしまった。彼は、かすり傷を負った豹《ひょう》のような、凄《すご》い表情をしながら、二人の後姿を睨《にら》んでいた。もう一言何とか云って見ろ。そのまゝには済まさないぞ。彼の激昂《げっこう》した心がそうした呻《うめき》を洩《もら》していた。

五

そうした恐ろしい豹が、彼等の背後に蹲《うずく》まっていようとは、気の付いていない二人は、今度は四辺《あたり》を憚《はばか》るように、しめやかに何やら話し始めた。

もう一言、学生が何か云《い》ったら、飛び出して、面と向って云ってやろうと、逸《はや》っていた勝平も、相手が急に静《しず》かになったので、拍子抜がしながら、而《しか》もその儘《まま》立ち去ることも、業腹《ごうはら》なので、二人の容子《ようす》を、じっと睨《にら》み詰めていた。

自分に対する罵詈《ばり》のために、カッとなってしまって、青年の顔も少女の顔も、十分眼に入らなかったが、今は少し心が落着いたので、二人の顔を、更《あらた》めて見直した。

気が付いて見れば見るほど、青年は男らしく、美しく、女は女らしく美しかった。殊《こと》に、少女の顔に見る浄《きよ》い美しさは、勝平などが夢にも接したことのない美しさだった。彼は、心の中で、金で購《あがな》った新橋や赤坂の、名高い美妓《びぎ》の面影と比較して見た。何と云う格段な相違が其処《そこ》にあっただろう。彼等の美しさは、造花の美しさであった。偽《にせ》真珠の美しさであった。一目丈《だけ》は、ごまかしが利《き》くが二目見るともう鼻に付く美しさであった。が、この少女は、夜毎《ごと》に下る白露に育《はぐく》まれた自然の花のような生きた新鮮な美しさを持っていた。人間の手の及ばない海底に、自然と造り上げられる、天然真珠の如《ごと》き輝きを持っていた。一目見て美しく、二目見て美しく、見直せば見直す毎に蘇《よみがえ》って来る美しさを持っていた。

勝平が、今迄《いままで》金で買い得た女性の美しさは、此《この》少女の前では、皆偽物だった。金で買い得るものと思っていたものは、皆贋物《にせもの》だったのだ。勝平は此少女の美しさからも、今迄の誇《プライド》を可なり傷《きず》つけられてしまった。

それ丈《だけ》ではなかった。此二人が、恋人同士であることが、勝平にもすぐそれと判《わか》った。二人の交している言葉は、低くて聞えなかったが、時々お互に投げ合っている微笑には、愛情が籠《こ》もっていた。愛情に燃えていながら、而《しか》も浄く美しい微笑だった。二人の睦《むつま》じい容子を見ている裡《うち》に、勝平の心の中の憤《ふん》怒《ぬ》は何時《いつ》の間にか、嫉妬《しっと》をさえ交えていた。『凡《すべ》ての事は金だ。金さえあればどんな事でも出来る。』と思っていた彼の誇は、根柢《こんてい》から揺り動かされていた。此の二人の恋人が、今感じ合っているような幸福は、勝平の全財産を、投じても得られるか、何《ど》うか分らなかった。少女の顔に浮ぶ、浄いしかも愛に溢《あふ》れた微笑の一つでさえ、購うことが出来るだろうか。いかにも、新橋や赤坂には、彼に対して、千の媚《こび》を呈し、万の微笑を贈る女は、幾何《いくら》でもいる。が、その媚や微笑の底には、袖乞《そでご》いのような卑《いや》しさや、狼《おおかみ》のような貪慾《どんよく》さが隠されていた。此の若い男女が交しているような微笑とは、金剛石と木炭のように違っていた。同じ炭素から成っていても、金剛石が木炭と違うように、同じ笑でも質が違っていたのだ。

青年が、勝平の金力をあんなに、罵倒《ばとう》するのも無理はなかった。実際彼は、金力で得られない幸福があることを、勝平の前で示しているのだった。

青年の罵倒が単なる悪口でなく、勝平に取っては、苦い真理である丈《だけ》に、勝平の恨みは骨に入った。また、罵倒した後で、罵倒する権利のあることを、勝平にマザ〳〵と見せ付けた丈《だけ》に、勝平の憤《いきどおり》は、肝に銘じた。彼は、一突き刺された闘牛のように、怒っていた。もう、自制もなかった。彼が、先刻まで誇っていた社会的位置に対する遠慮もなかった。彼は樫《かし》の木に出来る木瘤《きこぶ》のような掌《てのひら》を握りしめながら、今にも青年に飛びかゝるような身構えをしていた。

その時に、蹲《うずく》まっていた青年がつと立ち上った。女も続いて立ち上りながら云った。

「でも、何か召し上ったら何う。折角いらしったのですもの。」

「僕は、成金輩《ばら》の粟《ぞく》を食《は》むを潔《いさぎよ》しとしないのです。ハヽヽ。」

青年は、半分冗談で云ったのだった。が、憤怒に心の狂いかけていた勝平にとっては、最後の通牒《つうちよう》だった。彼は、寝そべっていた獅子《しし》のように、猛然と腰掛から離れた。

六

勝平の激怒には、まだ気の付かない青年は、連の女を促して、丘を下ろうとしているのだった。

「もし、もし、暫《しば》らく。」勝平の太い声も、逭《さすが》に顫《ふる》えた。

青年は、何気ないように振返った。

「何か御用ですか。」落着いた、しかも気品のある声だった。それと同時に、連の女も振返った。その美しい眉《まゆ》に、一寸《ちよつと》勝平の突然な態度を咎《とが》めるような色が動いた。

「いや、お呼び止めいたして済みません。一寸御挨拶《ごあいさつ》がしたかったのです。」と、云《い》って勝平は、息を切った。昂奮《こうふん》の為《ため》に、言葉が自由でなかった。二人の相手は、勝平の昂奮した様子を、不思議そうにジロ〳〵見ていた。

「先刻、皆様に御挨拶した筈《はず》ですが、貴君方《あなた》は遅くいらしったと見えて、まだ御挨拶をしなかったようです。私が、此《この》家の主人の荘田勝平です。」

そう云いながら、勝平はわざと丁寧に、頭を下げた。が、両方の手は、激怒のために、ブル〳〵と顫えていた。

遉に、青年の顔も、彼に寄り添うている少女の顔もサッと変った。が、二人とも少しも悪怯《わるび》れたところはなかった。

「あゝそうですか。いや、今日はお招きに与《あずか》って有難うございます。僕は、御存じの杉野直《ただし》の息子です。茲《ここ》に、いらっしゃるのは、唐沢男爵《だんしゃく》のお嬢さんです。」

青年の顔色は、青白くなっていたが、少しも狼狽《ろうばい》した容子は見せなかった。昂然とした立派な態度だった。青年に紹介されて、しとやかに頭を下げた令嬢の容子にも、微塵《みじん》狼狽《うろた》えた様子はなかった。

「いや、先刻から貴君の御議論を拝聴していました。いろ〳〵我々には、参考になりました。ハヽヽ。」

勝平は、高飛車に自分の優越を示すために、哄笑《こうしょう》しようとした。が、彼の笑い声は、咽喉《のど》にからんだまゝ、調子外れの叫び声になった。

自分の罵倒《ばとう》が、その的の本人に聴かれたと云うことが、明かになると、青年も遉《さすが》に当惑の容子を見せた。が、彼は冷静に落着いて答えた。

「それはとんだ失礼を致しました。が、つい平生の持論が出たものですから、何とも止《や》むを得ません。僕の不謹慎はお詫《わ》びします。が、持論は持論です。」

そう云いながら、青年は冷めたい微笑を浮べた。

自分が飛び出して出さえすれば、周章狼狽《しゅうしょうろうばい》して、一溜《ひとたま》りもなく参ってしまうだろうと思っていた勝平は、当が外れた。彼は、相手が思いの外に、強いのでタジ〳〵となった。が、それ丈《だけ》彼の憤怒《ふんぬ》は胸の裡《うち》に湧《わ》き立った。

「いや、お若いときは、金なんかと云って、よく軽蔑《けいべつ》したがるものです。私なども、その覚えがあります。が、今にお判《わか》りになりますよ。金が、人生に於《お》てどんなに大切であるかが。」

勝平は、出来る丈《だけ》高飛車に、上から出ようとした。が、青年は少しも屈しなかった。

「僕などは、そうは思いません。世の中で、高尚な仕事の出来ない人が、金でも溜めて見ようと云うことに、なるのじゃありませんか。僕は事業を事業として、楽しんでいる実業家は好きです。が、事業を金を得る手段と心得たり、又得た金の力を他人に、見せびらかそうとするような人は嫌いです。」

もう、其処《そこ》に何等の儀礼もなかった。それは、言葉で行われている格闘だった。青年の顔も蒼《あお》ざめていた。勝平の顔も蒼ざめていた。

「いや、何とでも仰《おっ》しゃるがよい。が、理窟《りくつ》じゃありません。世の中のことは、お坊《ぼっ》ちゃんの理想通《どおり》に行くものではありません。貴君《あなた》にも金の力がどんなに恐ろしいかが、お判りになるときが来ますよ。いや、屹度《きっと》来ますよ。」

勝平は、その大きい口を、きっと結びながら青年を睨《にら》みすえた。が、青年の直《す》ぐ傍《かたわら》に、立ち竦《すく》んだまゝ、黙っている彫像のような姿に目を転じたとき、勝平の心は、再びタジ〳〵となった。その美しい顔は勝平に対する憎悪《ぞうお》に燃えていたからである。

七

青年が、何かを答えようとしたとき、女は突如《いきなり》彼を遮《さえ》ぎった。

「もういゝじゃございませんか。私達が、参ったのがいけなかったのでございますもの。御主人には御主人の主義があり貴君《あなた》には貴君の主義があるのですもの。その孰《いず》れが正しいかは、銘々一生を通じて試して見る外はありませんわ。さあ、失礼をしてお暇《いとま》しようじゃありませんか。」

少女は、青年より以上に強かった。其処《そこ》には火花が漏れるような堅さがあった。

それ丈《だけ》、勝平に対する侮辱《ぶじょく》も、甚だしかった。こんな男と言葉を交えるのさえ、馬鹿々々《ばかばか》しいと、云《い》った表情が、彼女の何処《どこ》かに漂っていた。孔雀《くじゃく》のように美しい彼女は、孔雀のような襟度を持っているのだった。

青年も、自分の態度を、余り大人気ないと思い返したのだろう。女の言葉を、戈《ほこ》を収める機会にした。

「いや、飛んだ失礼を申上げました。」

そう云い捨てたまゝ、青年は女と並んで足早に丘を下って行った。敵に、素早く身を躱《かわ》されたように、勝平は心の憤怒《ふんぬ》を、少しも晴さない中《うち》に、やみ〳〵と物別れになったのが、口惜《くや》しかった。もっと、何とか云えばよかった。もっと、青年を恥しめてやればよかったと、口惜しがった。睦《むつま》じそうに並んで、遠ざかって行く二人を見ていると、勝平は自分の敗れたことが、マザ〳〵と判《わか》って来た。青年の罵倒《ばとう》に口惜しがって、思わず飛び出したところを、手もなく扱われて、うまく肩透《かたすか》しを喰ったのだった。どんな点から、考えて見ても、自分にいゝ所はなかった。敗戦だった。醜《みにく》い敗戦だった。そう思うと、わざ〳〵五万を越す大金を消《つか》って、園遊会をやったことまでが、馬鹿らしくなった。大臣や総裁や公爵《こうしゃく》などの挨拶《あいさつ》を受けて、有頂天にまで行った心持が、生若い男女のために地の底へまで引きずり込まれたのだ。

彼の憤《いきどお》りと恨みとが、胸の中で煮えくり返った時だった。その憤りと恨みとの嵐《あらし》の中に、徐々に鎌首《かまくび》を擡《もた》げて来た一念があった。それは、云うまでもなく、復讐《ふくしゅう》の一念だった。そうだ、俺の金力を、あれほどまで、侮辱した青年を、金の力で、骨までも思い知らしてやるのだ。青年に味方して、俺にあんな憎悪《ぞうお》の眼を投げた少女を、金の力で髄までも、思い知らしてやるのだ。そう思うと、彼の胸に、新しい力が起った。

青年の父の杉野直《ただし》と云う子爵も、少女の父の唐沢男爵も、共に聞えた貧乏華族である。黄金の戈《ほこ》の前に、黄金の剣の前には、何の力もない人達だった。が、何《ど》うして戦ったらいゝだろう。彼等の父を苛《いじ》めることは何でもないことに違いない。が、単なる学生である彼等を、苛める方法は容易に浮かんで、来なかった。その時に、勝平の心に先刻の二人の様子が浮かんだ。睦じく語っている恋人同士としての二人が浮かんだ。それと同時に、電《いなずま》のように、彼の心にある悪魔的な考えが思い浮かんだ。その考えは、電のように消えないで、徐々に彼の頭に喰い入った。

まだ、春の日は高かった。彼が招いた人達は園内の各所に散って、春の半日を楽しく遊び暮している。が、その人達を招いた彼丈《だけ》は、たゞ一人快々《おうおう》たる心を懐《いだ》いて、長閑《のどか》な春の日に、悪魔のような考えを、考えている。

「あら、まだ茲《ここ》にいらしったの、方々探したのよ。」

突如、後に騒がしい女の声がした。先刻の芸妓《げいぎ》達が帰って来たのである。

「さあ！　彼方《あっち》へいらっしゃい。お客様が皆、探しているのよ。」二三人彼のモーニングコートの腕に縋《すが》った。

「あゝ行くよ行くよ。行って酒でも飲むのだ。」彼は、気の抜けたように、呟《つぶや》きながら、芸妓達に引きずられながら、もう何の興味も無くなった来客達の集まっている方へ拉《らっ》せられた。

父と子

一

『またお父様と兄様の争いが始まっている。』そう思いながら、瑠璃子《るりこ》は読みかけていたツルゲネフの『父と子』の英訳の頁《ページ》を、閉じながら、段々高まって行く父の声に耳を傾けた。

『父と子』の争い、もっと広い言葉で云《い》えば旧時代と新時代との争い、旧思想と新思想との争い、それは十九世紀後半の露西亜《ロシア》や西欧諸国丈《だけ》の悩みではなかった。それは、一種の伝染病として、何時《いつ》の間にか、日本の上下の家庭にも、侵入しているのだった。五六十になる老人の生活目標と、二十年代の青年の生活目標とは、雪と炭のように違っている。一方が北を指せば、一方は西を指している。老人が『山』と云っても、青年は『川』とは答えない。それだのに、老人は自分の握っている権力で、父としての権力や、支配者としての権力や、上長者としての権力で、青年を束縛しようとする。西へ行きたがっている者を、自分と同じ方向の、北へ連れて行こうとする。其処《そこ》から、色々な家庭悲劇が生れる。

瑠璃子は、父の心持も判《わか》った。兄の心持も判った。父の時代に生れ、父のような境遇に育ったものが、父のような心持になり、父のような目的のために戦うのは、当然であるように想《おも》われた。が、兄のような時代に生れ、兄のような境遇に育ったものが、兄のように考えるのも亦《また》当然であるように思われた。父も兄も間違ってはいなかった。お互に、間違っていないものが、争っている丈に、その争いは何時が来ても、止《や》むことはなかった。何時が来ても、一致しがたい平行線の争いだった。

母が、昨年死んでから、淋《さび》しくなった家庭は、取り残された人々が、その淋しさを償《つぐな》うために、以前よりも、もっと睦《むつ》まじくなるべき筈《はず》だのに、実際はそれと反対だった。調和者《ピイスメイカア》としての母がいなくなった為《ため》、兄と父との争いは、前よりも激しくなり、露骨になった。

「馬鹿《ばか》を云え！　馬鹿を云え！」

父のしわがれた張り裂けるような声が、聞えた。それに続いて、何かを擲《なげう》つような物音が、聞えて来た。

瑠璃子は、その音をきくと、何時も心が暗くなった。また父が兄の絵具を見付けて、擲っているのだ。

そう思っていると、又カンバスを引き裂いているらしい、帛《きぬ》を裂く激しい音が聞えた。瑠璃子は、思わず両手で、顔を掩《おお》うたまゝかすかに顫《ふる》えていた。

芸術と云ったようなものに、粟粒《あわつぶ》ほどの理解も持っていない父が悲しかった。絵を描くことを、ペンキ屋が看板を描くのと同じ位に卑《いや》しく見貶《みくだ》している父の心が悲しかった。それと同じように、芸術をいろ〳〵な人間の仕事の中で、一番尊《たっと》いものだと思っている、兄の心も悲しかった。父から、描けば勘当だと厳禁されているにも拘《かか》わらず、コソ〳〵と父の眼を盗んで、写生に行ったり、そっと研究所に通ったりする兄の心が、悲しかった。が、何よりも悲劇であることは、そうしたお互に何の共鳴も持っていない人間同士が、父と子であることだった。父が、卑しみ抜いていることに、子が生涯を捧《さゝ》げていることだった。父の理想には、子が少しも同感せず、子の理想には父が少しも同感しないことだった。

カンバスが、引き裂かれる音がした後は、暫《しば》らくは何も聞えて来なかった。争いの言葉が聞えて来る裡《うち》は、それに依《よ》って、争いの経過が判った。が、急に静《しずか》になってしまうと、却《かえ》って妙な不安が、聞いている者の心に起って来る。瑠璃子はまた父が、興奮の余り心悸《しんき》が昂進《こうしん》して、物も云えなくなっているのではないかと思うと、急に不安になって来て、争いの舞台《シーン》たる兄の書斎の方へ、足音を忍ばせながらそっと近づいて行った。

二

瑠璃子は、そっと足音を立てないように、縁側《ヴエランダ》を伝《つと》うて兄の書斎へ歩み寄った。とゞろく胸を押えながら縁側《ヴエランダ》に向いている窓の硝子《ガラス》越しに、そっと室内をのぞき込んだ。彼女が予期した通りの光景が其処《そこ》にあった。長身の父は威丈高に、無言のまゝ、兄を睨《にら》み付けて立っていた。瘦《や》せた面長な顔は、白く冷めたく光っている。腰の所へやっている手は、ブル〳〵顫《ふる》えている。兄は兄で、昂然《こうぜん》とそれに対していた。たゞさえ、蒼白《あおじろ》い顔が、激しい興奮のために、血の気を失って、死人のように蒼ざめている。

父と子とは、思想も感情もスッカリ違っていたが、負けぬ気の剛情なところ丈《だけ》が、お互に似ていた。父子《おやこ》の争いは、それ丈激しかった。

二人の間には、絵具のチューブが、滅茶苦茶《めちゃくちゃ》に散っていた。父の足下には、三十号の画布《カンバス》が、枠に入ったまゝ、ナイフで横に切られていた。その上に描かれている女の肖像も、無残にも頰の下から胸へかけて、一太刀浴びているのだった。

そうした光景を見た丈で、瑠璃子の胸が一杯になった。父が、此上《この》兄を恥《はずか》しめないように、兄が大人しく出て呉《く》れるようにと、心私《ひそ》かに祈っていた。が、父と兄との沈黙は、それは戦いの後の沈黙でなくして、これからもっと怖《おそろ》しい戦いに入る前の沈黙だった。

画布《カンバス》までも、引き裂いた暴君のような父の前に、真面目《まじめ》な芸術家として兄の血は、熱湯のように、沸いたのに違いなかった。いつもは、父に対して、冷然たる反抗を示す兄だったが、今日は心の底から、憤《いきどお》っているらしかった。憤怒《ふんぬ》の色が、アリ〳〵とその秀《ひい》でた眉《まゆ》のあたりに動いていた。

「考えて見るがいゝ。堂々たる男子が、画筆などを弄《もてあそ》んでいて何《ど》うするのだ。」父は、今迄《いままで》張り詰めていた姿勢を、少しく崩しながら、苦い物をでも吐き出すように云った。

「考えて、見る迄もありません。男子として、立派な仕事です。」兄の答えも冷たく鋭かった。

「馬鹿《ばか》を云え！　馬鹿を！」父は、又カッとなってしまった。「画《え》などと云うものは、男子が一生を捧《ささ》げてやる仕事では決してないのだ。云わば余戯なのだ。なぐさみなのだ。お前が唐沢の家の嗣子《しし》でなければ、どんな事でも好き勝手にするがいゝ。が、俺《わし》の子であり、唐沢の家の嗣子である以上、お前の好き勝手にはならないのだ。唐沢の家には、画描きなどは出したくないのだ。俺の子は、画描きなどにはなって貰《もら》いたくないのだ！」

父は、そう叫びながら、手近にある卓《デスク》の端を力委《まか》せに二三度打った。瑠璃子には、父が貴族院の演壇で獅子《しし》吼《く》する有様が、何処《どこ》となく偲《しの》ばれた。が、相手が現在の子であることが、父の姿を可なり淋《さび》しいものにした。

「お前は、父が三十年来の苦闘を察しないのか。お前は、俺《わし》の子として、父の志《こころざし》を継ぐことを、名誉だとは思わないのか、俺の志を継いで、俺が年来の望みを、果させて呉れようとは思わないのか。お前は、唐沢の家の歴史を忘れたのか、お前にいつも話している、お祖父様《じいさま》の御無念を忘れたのか。」

それは、父が少し昂奮《こうふん》すれば、定《き》まって出る口癖だった。父は、それを常に感激を以《もつ》て語った。が、子はそれを感激を以て聞くことが、出来なかった。唐沢の家が、三万石の小大名ではあったが、足利《あしかが》時代以来の名家であるとか、維新の際には祖父が勤王の志が、厚かったにも拘《かか》わらず、薩長《さっちょう》に売られて、朝敵の汚名《おめい》を取り、悶々《もんもん》の裡《うち》に憤死したことや、その死床で洩《もら》した『敵《かたき》を取って呉れ。』という遺言を体して、父が三十年来貴族院で、藩閥政府と戦って来たことなど、それは父にとって重大な一生を支配する生活の刺戟《しげき》だったかも知れない。が、子に取っては、彼の画題となる一茎《けい》の草花に現われている、自然の美しさほどの、刺戟も持っていなかった。時代が違っていい、人間が違っていた。何の共通点もない人間同士が、血縁でつながっていることが、何より大きい悲劇だった。

「黙っていては分らない。何とか返事をなさい！」日本の大正の王《キング》リアは、こう云《い》って石のように黙っている子に挑んだ。

三

「お父さん！」兄は静《しずか》に頭を擡《あ》げた。平素《いつも》は、黙々として反抗を示す丈《だけ》の兄だったが、今日は徹底的に云《い》って見ようという決心が、その口の辺に動いていた。「貴方《あなた》が、幾《いく》何仰《らおつ》しゃっても、僕は政治などには、興味が向かないのです。殊《こと》に現在のような議会政治には、何の興味も持っていないのです。僕は、お父さんの仰《おつ》しゃるように、法科を出て政治家になるなどと云うことには、何の興味もないのです。」兄の言葉は、針のように鋭く澄んで来た。

「もう少し待って下さい。もう少し、気長に私のすることを見て居て下さい。その中《うち》に、画《え》を描くことが、人間としてどんなに立派な仕事であるか、堂々たる男子の事業として恥かしくないかを、お父さんにも、お目にかけ得る時が来るだろうと思うのです。」

「あゝよして呉れ!」父は排《はら》い退《の》けるように云った。「そんな事は聞きたくない。馬《ば》鹿《か》な!　画描きなどが、画を描くことなどが、……」父は苦々しげに言葉を切った。

「お父さんには、幾何《いくら》云っても解《わか》らないのだ。」兄も投げ捨てるように云った。

「解ってたまるものか。」父の手がまたかすかに顫《ふる》えた。

二人が、敵《かたき》同士のように黙って相対峙《あいたいじ》している裡《うち》に、二三分過ぎた。

「光一!」父は改まったように呼びかけた。

「何です!」兄も、それに応ずるように答えた。

「お前は、今年の正月俺《わし》が云った言葉を、まさか忘れはしまいな。」

「覚えています。」

「覚えているか、それじゃお前は、此《こ》の家にはおられない訳だろう。」

兄の顔は、憤怒《ふんぬ》のために、見る〳〵中に真赤になり、それが再び蒼《あお》ざめて行くに従って、悲壮な顔付になった。

「分りました。出て行けと仰《おつ》しゃるのですか。」怒のために、兄はわな〳〵顫えていた。

「二度と、画を描くと、家には置かないと、あの時云って置いた筈《はず》だ。お前が、俺《わし》の干渉を受けたくないのなら、此家を出て行く外はないだろう。」父の言葉は鉄のように堅かった。

瑠璃子は、胸が張り裂けるように悲しかった。一徹な父は、一度云い出すと、後へは引かない性質《たち》だった。それに対する兄が、父に劣らない意地張だった。彼女が、常々心配していた大破裂《カタストロフ》がとうとう目前に迫って来たのだった。

父の言葉に、カッと逆上してしまったらしい兄は、前後の分別もないらしかった。

「いや承知しました。」

そう云うかと思うと、彼は俯《うつむ》きながら、狂人のように其処《そこ》に落ち散っている絵具のチューブを拾い始めた。それを拾ってしまうと、机の引き出しを、滅茶苦茶に掻《か》き廻し始めた。机の上に在った二三冊のノートのようなものを、風呂敷《ふろしき》に包んでしまうと、彼は父に一寸《ちよつと》目礼して、飛鳥のように室《へや》から駈《か》け出そうとした。

父が、駭《おど》ろいて引き止めようとする前に、狂気のように室内に飛び込んだ瑠璃子は、早くも兄の左手《ゆんで》に縋《すが》っていた。

「兄さん！　待って下さい！」

「お放しよ。瑠璃ちゃん！」

兄は、荒々しく叱《しつ》するように、瑠璃子の手をもぎ放した。

瑠璃子が、再び取り縋ろうとしたときに、兄は下へ行く階段を、激しい音をさせながら、電光の如《ごと》く馳《か》け下っていた。

「兄さん！　待って下さい！」

瑠璃子が、声をしぼりながら、後から馳け下ったとき、帽子も被《かぶ》らずに、玄関から門の方へ足早に走っている兄の後姿が、チラリと見えた。

四

兄の後姿が見えなくなると、瑠璃子はよゝと泣き崩れた。張り詰めていた気が砕けて、涙はとめどもなく、双頬《そうきよう》を湿《うる》おした。

母が亡《な》くなってからは、父子《おやこ》三人の淋《さび》しい家であった。段々差し迫って来る窮迫に、召使の数も減って、たゞ忠実な老婢《ばあや》と、その連合《つれあい》の老僕とがいる丈《だけ》だった。

それだのに、僅《わず》かしか残っていない歯の中から、またその目ぼしい一本が、抜け落ちるように、兄がいなくなる。父と兄とは、水火のように、何処《どこ》まで行っても、調和するようには見えなかったけれども、兄と瑠璃子とは、仲のよい兄妹だった。母が亡くなってからは、更に二人は親しみ合った。兄はたゞ一人の妹を愛した。殊《こと》に父と不和になってから、肉親の愛を換《かわ》し得るのはたゞ妹だけだった。妹もたゞ一人の兄を頼った。父からは、得られない理解や同情を兄から仰いでいた。瑠璃子には父の一徹も悲しかった。兄の一徹も悲しかった。

が、何よりも気遣われたのは、着のみ着の儘《まま》で、飛び出して行った兄の身の上である。理性の勝った兄に、万一の間違があろうとは思われなかった。が、貧乏はしていても、華族の家に生れた兄は、独立して口を糊《のり》して行く手段を知っている訳はなかった。が、一時の激昂《げっこう》のために、カッと飛び出したものゝ屹度《きっと》帰って来て下さるに違《ちがい》ない。或《あるい》は麻布《あざぶ》の叔母さんの家にでも、行くに違ない。やっと、そう気休めを考えながら、瑠璃子は涙を拭《ぬぐ》い拭い、階段を上って行った。二階にいる父の事も、気がかりになったからである。

　父はやっぱり兄の書斎にいた。先刻と寸分違わない位置にいた。たゞ、傍にあった椅子《いす》を引き寄せて、腰を下したまゝじっと俯《うつむ》いているのだった。たった一人の男の子に、背き去られた父の顔を見ると、瑠璃子の眼には新しい涙が、また一時に湧《わ》いて来るのであった。此《こ》の頃、交じりかけた白髪《しらが》が急に眼に立つように思った。『歯が脱《ぬ》けて演説の時に声が洩《も》れて困まる』と、此頃口癖のように云う通《とおり》、口の辺《あたり》が淋しく凋《しな》びているのが、急に眼に付くように思った。

　一生を通じて、やって来た仕事が、自分の子から理解せられない、それほど淋しいことが、世の中にあるだろうかと思うと、瑠璃子は、父に言葉をかける力もなくなって、その儘《まま》床の上に、再び泣き崩れた。

　最愛の娘の涙に誘われたのであろう。老いた政治家の頬にも、一条の涙の痕《あと》が印せられた。

「瑠璃子！」父の声には、先刻《さつき》のような元気はなかった。

「はい！」瑠璃子は、涙声でかすかに答えた。

「出て行ったかい！　彼《あれ》は？」遉《さすが》に何処となく恩愛の情が纏《まつ》わっている声だった。

「はい！」彼女の声は前よりも、力がなかった。

「いやいゝ。出て行くがいゝ。志《こころざし》を異にすれば親でない、子でない、血縁は続いていても路傍《ろぼう》の人だ。瑠璃子！　お前には、父さんの心持は解《わか》るだろう。お前丈《だけ》は、俺《わし》の心持は解るだろう。お前が男であったら、屹度お父さんの志を継いで呉《く》れるだろうとは、平生思っているのだが。」父は元気に云《い》った。が、声にも口調にも力がなかった。

瑠璃子は、それには何とも答えなかった。が、瑠璃子の胸に、一味焼くような激しい気性と、父にも兄にも勝るような強い意志があることは、彼女の平生の動作が示していた。それと同じように、貴族的な気品があった。昔気質《かたぎ》の父が時々瑠璃子を捕えて『男なりせば』の嘆を漏《もら》すのも無理ではなかった。

まだ父が、何か云おうとする時であった。邸前の坂道を疾駆して馳《か》け上る自動車の爆音が聞えたかと思うと、やがてそれが門前で緩んで、低い警笛《アラーム》と共に、一輛《りよう》の自動車が、唐沢家の古びた黒い木の門の中に滑り入った。

五

父子の悲しい淋《さび》しい緊張は、自動車の音で端なく破られた。瑠璃子は、もっとこうしていたかった。父の気持も訊《き》き、兄に対する善後策も講じたかった。彼女は、自分の家の恐ろしい悲劇を知らず顔に、自動車で騒々しく、飛び込んで来る客に、軽い憎《ぞう》悪《お》をさえ感じたのである。

老婢《ばあや》は、何かに取り紛れているのだろう、容易に取次ぎには出て来ないようだった。

「老婢はいないのかしら！」そう呟《つぶや》くと、瑠璃子は自分で、取次ぎするために、階段を下りかけた。

「大抵の人だったら、会えないと断るのだよ。いゝかい。」

そう言葉をかけた父を振り顧《かえ》って見ると、相変らず蒼《あお》い顫《ふる》えているような顔色をしていた。

瑠璃子が、階段を下りて、玄関の扉を開けたとき、彼女は訪問者が、一寸《ちよつと》意外な人だったのに駭《おどろ》いた。それは、彼女の恋人の父の杉野子爵《ししやく》であったからである。

「おや入らっしゃいまし。」そう云《い》いながら、彼女は心の中で可なり当惑した。杉野子爵は、彼女にとっては懐《なつか》しい恋人の父だった。が、父と子爵とは、決して親しい仲ではなかった。同じ政治団体に属していたけれども、二人は少しも親しんでいなかった。父は、内心子爵を賤《いや》しんでいた。政商達と結託して、私利を追うているらしい子爵の態度を、可なり不快に思っているらしかった。公開の席で、二三度可なり激しい議論をしたと云う噂《うわさ》なども、瑠璃子は何時《いつ》となく聴いていた。

そうした人を、こんな場合、父に取次ぐことは、心苦しかった。それかと云って、自分の恋人の父を、情《すげ》なく返す気にもなれなかった。彼女が躊躇《ちゅうちょ》しているのを見ると、子爵は不審《いぶかし》そうに訊《き》いた。

「いらっしゃらないのですか。」

「いゝえ！」彼女は、そう答えるより外はなかった。

「杉野です。一寸お取次を願います。」

そう云われると、瑠璃子は一も二もなく取次がずにはいられなかった。が、階段を上るとき、彼女の心にふとある動揺《どよめき》が起った。『まさか』と、彼女は幾度も打ち消した。が、打ち消そうとすればするほど、その動揺《どよめき》は大きくなった。

杉野子爵の長男直也《なおや》は、父に似ぬ立派な青年だった。音楽会で知り合ってから、瑠璃子は知らず識《し》らずその人に惹《ひ》き付けられて行った。男らしい顔立と、彼の火のような熱情とが、彼女に対する大きな魅惑だった。二人の愛は、激しく而《しか》も清浄だった。二人は将来を誓い合った。学校を出れば、正式に求婚します。青年は口癖のように繰返した。

青年は今年の四月学習院の高等科を出ている。『学校を出ると云うことが、学習院を出ることを、意味するなら。』そう考えると瑠璃子は踏んでいる足が、階段に着かぬように、そわ〳〵した。まだ一度も、尋ねて来たことのない子爵が、わざ〳〵尋ねて来る。そう考えて来ると、瑠璃子の小さい胸は取り止めもなく掻《か》き擾《みだ》されてしまった。

が、つい此間《この》青年と園遊会で会ったとき、彼はおくびにも、そんなことは云わなかった。正式に突然求婚して、自分を駭《おどろ》かそうと云う悪戯《いたずら》かしら。彼女は、そんなことまで、咄嗟《とっさ》の間に空想した。

が、苦り切っている、父の顔を見たとき彼女の心は、急に暗くなった。縦令《たとい》、それが瑠璃子の思う通りの求婚であったにしろ、父がオイソレと許すだろうか。心の中で、賤《いや》しんでいる者の子息に、最愛の娘を与えるだろうか。子は子である。父は父である。之《こ》れ位の事理の分らない父ではない。が、兄が突然家出して、さなきだに淋しい今、自分を手離して、他家《よそ》へやるだろうか。そう思うと、瑠璃子の心に伸びた空想の翼は、また忽《たちま》ち半《なかば》以上切り取られてしまった。が、万一そうなら、又万一父が容易に承諾したら？

「あの！　杉野子爵がお見えになりました。」彼女の息は可なりはずんでいた。

父は娘の心を知らなかった。杉野子爵《ししやく》の突然の来訪を、迷惑がる表情がありありと動いた。

六

「杉野！ふーむ。」父は苦り切ったまゝ容易に立とうとはしなかった。

父が、杉野子爵に対してこうした感情を持っている以上、又兄の家出と云《い》う傷《いた》ましい事件が起っている以上、縦令《たとい》子爵の来訪が、瑠璃子の夢見ている通《とおり》の意味を持っていたにしろ、容易に纏《まと》まる筈《はず》はなかった。そう考えると、彼女の心は、墨を流したように暗くなってしまった。

「仕方がない！お通しなさい！」

そう云ったまゝ、父は羽織を着るためだろう、階下《した》の部屋へ下りて行った。

瑠璃子は、恋人の父と自分の父との間に、まつわる不快な感情を悲しみながら、玄関へ再び降りて行った。

「お待たせいたしました、何《ど》うぞお上り下さいませ。」

「いや、どうも突然伺《うかが》いまして。」と、子爵は如才なく挨拶《あいさつ》しながら先に立って、応接室に通った。

古いガランとした応接室には、何の装飾もなかった。明治十幾年に建てたと云う洋館は、間取りも様式も古臭く旧式だった。瑠璃子は、客を案内する毎《ごと》に、旧式の椅子《いす》の蒲団《クッション》が、破れかけていることなどが気になった。

父は、直《す》ぐ応接室へ入った。心の中の感情は可なり隔たっていたが、面と向うと、這《さす》に打ち解けたような挨拶をした。瑠璃子は、茶を運んだり、菓子を運んだりしながらも、主客の話が気にかゝった。が、話は時候の挨拶から、政界の時事などに進んだまゝ用向きらしい話には、容易に触れなかった。

立ち聞きをするような、はしたない事は、思いも付かなかった。瑠璃子は、来客が気になりながらも、自分の部屋に退いて、不安な、それかと云って、不快ではない心配を続けていた。

恋人の顔が、絶えず心に浮かんで来た。過ぎ去った一年間の、恋人とのいろ〳〵な会合が、心の中に蘇《よみが》えって来た。どの一つを考えても、それは楽しい清浄な幸福な思出だった。二人は火のような愛に燃えていた。が、お互に個性を認め合い、尊敬し合った。上野の音楽会の帰途に、ガスの光が、ほのじろく湿《うる》んでいる公園の木下暗《このしたやみ》を、ベエトーフェンの『月光曲』を聴いた感激を、語り合いながら、辿《たど》った秋の一夜の事も思い出した。新緑の戸山ケ原の橡《とち》の林の中で、その頃読んだトルストイの『復活』を批評し合った初夏の日曜の事なども思い出した。恋人であると共に、得難い友人であった。彼女の趣味や知識の生活に於《お》ける大事な指導者だった。

恋人の凜々《りり》しい性格や、その男性的な容貌《ようぼう》や、その他いろ〳〵な美点が、それからそれと、彼女の頭の中に浮かんで来た。若《も》し子爵の来訪の用向きが、自分の想像した通りであったら、(それが何と云う子供らしい想像であろう)とは、打消しながらも、瑠璃子の真珠のように白い頬は、見る人もない部屋の中にありながら、ほのかに赤らんで来るのだった。

が、来客の話は、そう永くは続かなかった。瑠璃子の夢のような想像を破るように、応接室の扉《ドア》が、父に依《よ》って荒々しく開かれた。瑠璃子は、客を送り出すため、急いで玄関へ出て行った。

見ると父は、兄の家出を見送った時以上に、蒼《あお》い苦り切った顔をしていた。杉野子爵はと見ると、その如才のないニコニコした顔に、微笑の影も見せず、周章として追われるように玄関に出て、ロクロク挨拶もしないで、車上の人となると、運転手を促し立てゝ、あわたゞしく去ってしまった。

父は、自動車の後影を憎悪《ぞうお》と軽蔑《けいべつ》との交《まじ》った眼付で、しばらくの間見詰めていた。

「お父様どうか遊ばしたのですか。」瑠璃子は、おそる〳〵父に訊《き》いた。

「馬鹿《ばか》な奴《やつ》だ。華族の面汚《つらよご》しだ。」父は唾《つば》でも吐きかけるように罵《ののし》った。

七

杉野子爵《ししやく》に対する、父の燃ゆるような憎悪《ぞうお》の声を聞くと、瑠璃子は自分の事のように、オドオドしてしまった。胸の中に、ひそかに懐《いだ》いていた子供らしい想像は、跡形もなく踏み躙《にじ》られていた。踏んでいた床が、崩れ落ちて、其儘《そのまま》底知れぬ深い淵《ふち》へ、落ち込んで行くような、暗い頼りない心持がした。之迄《これまで》でさえ、父と父との感情に、暗い翳《かげ》のあることは、恋する二人の心を、どんなに傷《いたま》しめたか分らない。それだのに、今日はその暗い翳が、明らさまに火を放って、爆発を来《きた》したらしいのである。

「一体何《ど》うしたのでございます。そんなにお腹立ち遊ばして。」

瑠璃子は、父の顔を見上げながら、オズ〳〵訊《き》いた。父は、口にするさえ、忌々《いまいま》しそうに、

「訊くな。訊くな。汚《けが》らわしい。俺達《わし》を侮辱している。俺《わし》ばかりではない、お前までも侮辱しているのだ。」と、歯嚙《はがみ》をしないばかりに激昂《げつこう》しているのだった。

自分までもと、云《い》われると、瑠璃子は更に不安になった。自分のことを、一体何《ど》う云ったのだろう。自分に就いて、一体何を云ったのだろう。恋人の父は、自分のことを、一体何う侮辱したのだろう。そう考えて来ると、瑠璃子は父の機嫌を恐れながらも、黙っている訳には行かなかった。

「一体どんなお話が、ございましたの。妾《わたくし》の事を、杉野さんは何う仰《おっ》しゃるのでございますか。」

「訊くな。訊くな。訊かぬ方がいゝ。聞くと却《かえ》って気を悪くするから。あんな賤《いや》しい人間の云うことは、一切耳に入れぬことじゃ。」

やゝ興奮の去りかけた父は、却って娘を宥《なだ》めるように優しく云いながら、二階の居間へ行くために階段を上りかけた。父は、杉野子爵を賤しい人間として捨てゝ置くことが出来た。が、瑠璃子には、それは出来なかった。どんなに、子爵が賤しくても、自分の恋人の父に違《ちがい》なかった。その人が、自分のことを、何う云ったかは、瑠璃子に取っては是非にも訊きたい大事な事だった。

「でも、何と仰《おっ》しゃったか知りたいと思いますの。妾《わたくし》のことを何と仰《おっ》しゃったか、気がかりでございますもの。」

瑠璃子は、父を追いながら、甘えるような口調で云った。娘の前には、目も鼻もない父だった。母のない娘のためには、何物も惜しまない父だった。瑠璃子が執拗《しつよう》に二三度訊くと、どんな秘密でも、明しかねない父だった。

「なにも、お前の悪口を云ったのじゃない。」

父は憤怒《ふんぬ》を顔に現しながらも、娘に対する言葉丈《だけ》は、優しかった。

「じゃ、何うして侮辱になりますの、あの方から、侮辱を受ける覚えがないのでございますもの。」

「それを侮辱するから怪《け》しからないのだ。俺を侮辱するばかりでなく、清浄潔白《せいじょうけつぱく》なお前までも侮辱してかゝるのだ。」

父は、又杉野子爵の態度か言葉かを思い出したのだろう、その人が、前にでもいるように、拳《こぶし》を握りしめながら、激しい口調で云った。

「何うしたと云うのでございます、お父様、ハッキリと仰《おっ》しゃって下さいまし、一体どんなお話で、あの方が、私の事を何う仰しゃったのです。一体どんな用事で、入《い》らしったのでございます。」

瑠璃子も、可なり興奮しながら、本当のことを知りたがって、畳みかけて訊いた。

「彼《あ》の男は、お前の縁談があると云って来たのだ。」父の言葉は意外だった。

「妾《わたくし》の縁談！」瑠璃子は、そう云ったまゝ、二の句が次げなかった。彼女は化石したように、父の書斎の入口に立ち止まった。父は、瑠璃子の駭《おどろ》きに、深い意味があろうとは、夢にも知らずに、興奮に疲れた身体《からだ》を、安楽椅子《いす》に投げるのであった。

買い得るか

一

父から、杉野子爵《ししやく》の来訪が、縁談の為《ため》であると、聞かされると、瑠璃子《るりこ》は電火にでも、打たれたように、ハッと駭《おどろ》いた。

やっぱり、自分の子供らしい想像は当ったのだ。杉野子爵は子のために、直接話を進めに来たのだ。その話の中に、子爵の不用意な言葉か、不遜《ふそん》の態度かが、潔癖な父を怒らせたに違《ちがい》ない。そう思うと、瑠璃子はあまりに潔癖過ぎる父が急に恨めしくなった。少しも妥協性のない、一徹な父が恨めしかった。自分の一生の運命を狂わすかも知れない、父の態度《ど》が、恨めしかった。瑠璃子は父に抗議するように云《い》った。

「縁談のお話が、何うして妾《わたくし》を、侮辱することになりますの。またそんなお話なら、一応妾にも、話して下さってから、お断りになっても、遅くはないと思いますわ。」

瑠璃子は、誰に対しても、自己を主張し得る女だった。彼女は、父にでも兄にでも恋人にでも、自己を主張せずには、いられない女だった。

瑠璃子の抗議を、父は憫《あわれ》むように笑った。

「縁談！　ハヽヽヽ。普通の縁談なら、無論瑠璃さんにも、よく相談する。が、あの男の縁談は、縁談と云う名目で、貴女《あなた》を買いに来たのじゃ。金を積んで、貴女を買いに来たのじゃ。怪《け》しからん！　俺《わし》の娘を！」

父の眼は、激怒のために、狂わしいまでに、輝いた。そう云われると、瑠璃子は、一言もなかったが、そうした縁談の相手は、一体誰だろうかと、思った。

「彼《あ》の男が来て娘をやらんかと云う。平素から、快く思っていない男じゃが、折角来て呉《く》れたものだから、無碍《むげ》に断るのもと、思ったから、与《や》らんこともないと云うと、段々相手の男のことを話すのじゃ。人を馬鹿《ばか》にして居る。四十五で、先妻の子が、二人まであると云うのじゃ。俺は、頭から怒鳴り付けてやったのじゃ。すると、彼《あ》の男が、オズ〳〵何を云い出すかと思うと、支度金は三十万円まで出すと、云うのじゃ。俺は憤然と立ち上って、彼の男を応接室の外へ引きずり出したのだ。」父の声は、わな〳〵顫《ふる》えた。

「此年《この》になるまで、こんな侮辱を受けたことはない。貧乏はしている。政戦三十年、家も邸《やしき》も抵当に入っている。が、三十万円は愚か、千万一億の金を積んでも、娘を金のために、売るものか。」

父は、傍《はた》の見る眼も、傷《いた》ましいほど、激昂《げっこう》している。年老いた肉体は、余りに激しい憤怒《ふんぬ》のために今にも砕けそうに、緊張している。瑠璃子も、胸が一杯になった。父の怒《いかり》を、尤《もっと》もだと思った。が、その怒を宥《なだ》むべき何の言葉も、思い浮ばなかった。が、それに付けても、杉野子爵は、何の恨《うらみ》があって、こうした侮辱を、年老いた父に与えるのだろう。そう思うと、瑠璃子の胸にも、張り裂けるような怒りが、湧《わ》いて来た。が、それが恋人の父であると、思い返すと、身も世もないような悲しみが伴った。

「彼の男は、金のために、あんなに賤《いや》しくなってしまったのだ。政商連《づれ》と結託して、金のためにばかり、動いているらしいのだ。今日の縁談なども、纏《まと》まれば幾何《いくら》と云う、口銭が取れる仕事だろう。ハヽヽヽ。」父は、怒を嘲《あざけり》に換えながら、蔑《さげす》むように哄《こう》笑《しょう》した。

「何でも、今日の縁談の申込み手と云うのが、ホラ瑠璃さんも行ったゞろう。此間園遊会をやった荘田《しょうだ》と云う男らしいのだ。」

父は何気なく云った。が、荘田と云う名を聞くと、瑠璃子は直《す》ぐ、豹《ひょう》の眼のように恐ろしい執拗《しつよう》なその男の眼付を思い出した。冷静な、勝気な、瑠璃子ではあったけれども、悪魔に頬を、舐《な》められたような気味悪さが、全身をゾク〳〵と襲って来た。

二

荘田と云《い》う名前を聴くと、瑠璃子が気味悪く思ったのも、無理ではなかった。彼女は、その人の催した園遊会で、妙な機《はず》みから、激しい言葉を交《かわ》して以来、その男の顔付や容子《ようす》が、悪夢の名残りのように、彼女の頭から離れなかった。

太いガサツな眉《まゆ》、二段に畳まれている鼻、厚い唇、いかにも自我の強そうな表情、その顔付を思い出して見る丈《だけ》でも、イヤな気がした。そんな男と、云い争いをしたことが、執念深い蛇とでも、恨を結び合ったように、何となく不安だった。処が、その男が意外にも自分に婚を求めている。そう思う丈でも、彼女は妙な悪寒《おかん》を感じた。よく伝説の中にある、白蛇などに見込まれた美少女のように。

瑠璃子は、相手の心持が、容易には分らなかった。容易に、その事を信ずることが出来なかった。

「本当でございますの？　杉野さんが、本当に荘田と仰《おつ》しゃったのでございますの？」

「確かに、あの男だと云わないが、何《ど》うも彼奴《あいつ》の事らしい。杉野はお前の話を始める前に、それとなく荘田の事を賞《ほ》めているのだ。何うも彼奴らしい。金が出来たのに、付け上って、華族の娘をでも貰《もら》いたい肚《はら》らしいが、俺の娘を貰いに来るなんて狂人の沙汰《さた》だ！」

父は相手の無礼を怒ったものゝ、先方に深い悪意があろうとは思わないらしく、先刻から見ると余程機嫌が直っているらしかった。

が、瑠璃子はそうではなかった。此《こ》の求婚を、気紛《きまぐ》れだとか、冗談だとか、華族の娘を貰いたいと云うような単なる虚栄心だとは、何うしても思われなかった。父の一喝《いつかつ》に逢《あ》って、這々《ほうほう》の体《てい》で、逃げ帰った杉野子爵《ししやく》は、ほんの傀儡《かいらい》で、その背後に怖《おそ》ろしい悪魔の手が、動いていることを感ぜずにはいられなかった。そう思って来ると、八重桜の下で、自分達二人を、睨《にら》み付けた恐ろしい眼が、アリアリと浮んで来た。そう思って来ると、自分の恋人の父を、自分に対する求婚の使者にした相手のやり方に、悪魔のような意地悪さを、感ぜずにはいられなかった。

瑠璃子は思った。自分が傷つけた蛇は、ホンの僅《わずか》な恨を酬《むく》いるために猛然と、襲いかゝっているのだと。が、そう思うと、瑠璃子は却《かえ》って、必死になった。来るならば来て見よ。あんな男に、指一つ触れさせてなるものか。彼女は心の中《うち》でそう決心した。

「いや、杉野の奴《やつ》一喝してやったら、一縮みになって帰ったよ。あゝ云って置けば、二度と顔向けは出来ないよ。」

父は、もう凡《すべ》てが済んでしまったように、何気なく云った。が、瑠璃子にはそうは思われなかった。一度飛び付き損《そこな》った蛇は、二度目の飛躍の準備をしているのだ。いや、二度目どころではない。三度目四度目五度目十度目の準備まで整っているのかも知れない。そう思うと、瑠璃子は又更に自分の胸の処女の誇《ほこり》が、烈火のように激しく燃えるのを感じた。

「本当に口惜《くや》しゅうございます。あんな男が妾《わたくし》を。それに杉野さんが、そんな話をお取次ぎになるなんて、本当にひどいと思いますわ。」

瑠璃子は、興奮して、涙をポロ〳〵落しながら云った。それは口惜しさの涙であり、怒《いかり》の涙だった。

「だから、聴かない方が、いゝと云ったのだ。そうだ！　杉野が怪《け》しからんのだ。あんな馬鹿《ばか》な話を取次ぐなんて、彼奴《あいつ》が怪しからんのだ。が、あんな堕落《だらく》した人間の云うことは、気に止めぬ方がいゝ。縁談どころか、瑠璃さんには、何時《いつ》までも、茲《ここ》にいて貫いたいのだ。殊《こと》に、光一があゝなってしまえば、お父様の子はお前丈《だけ》なのだ。百万円はおろか、お父様の首が飛んでも、お前を手離しはしないぞ。ハヽヽヽ。」

父は、瑠璃子を慰めるように、快活に笑った。瑠璃子の心も、父に対する愛で、一杯になっていた。何時までも、父の傍にいて、父の理解者であり、慰安者であろうと思った。

「妾《わたくし》もそう思っていますの。何時までも、お父様のお傍《そば》にいたいと思っていますの。」

そう云って瑠璃子は初めてニッコリ笑った。嵐《あらし》の過ぎ去った後の平和を思わせるような、寂しいけれども静かな美しい微笑《ほほえみ》だった。

三

二つの忌《いま》わしい事件が、渦を捲《ま》いて起った日から、瑠璃子の家は、暴風雨の吹き過ぎた後のような寂しさに、包まれてしまった。

家出した兄からは、ハガキ一つ来なかった。父は父でおくびにも兄の事は云《い》わなかった。人を頼んで、兄の行方を探すとか、警察に捜索願を出すなどと云うことを、父は夢にも思っていないらしかった。自分を捨てた子の為《ため》には、指一つ動かすことも、父としての自尊心が許さないらしかった。

こうした父と兄との間に挟まって、たゞ一人、心を傷《いた》めるのは瑠璃子だった。彼女は、父に隠れて兄の行方をそれとなく探って見た。兄が、その以前父に隠れて通ったことのある、小石川の洋画研究所も尋ねて見た。兄が、予《かね》てから私淑《ししゅく》している二科会の幹部のN氏をも訪ねて見た。が、何処《どこ》でも兄の消息は判《わか》らなかった。

兄の友達の二三にも、手紙で訊《き》き合して見た。が、どの返事も定《き》まったように、兄に暫《しば》らく会ったことがないと云うような、頼りない返事だった。縦令《たとい》父とは不和になっても、自分丈には安否位は、知らせて呉《く》れてもよいものと、彼女は兄の気強さが恨めしかった。が、彼女の心を傷ましめることは外にもう一つあった。それは、これまで感情の疎隔《そかく》していた父と杉野子爵《ししやく》との間が、到頭最後の破裂に達したことである。あんな事件が起った以上、再び元通りになることは、殆《ほとん》ど絶望のように思われた。従って、自分達の恋が、正式に認められるような機《おり》は、永久に来ないように思われた。自分が、恋を達するときは、やっぱり兄と同じように、父に背かなければならぬ時だと思うと、彼女の心は暗かった。

突然な非礼な求婚が、斥《しりぞ》けられてから、それに就いては何事も起らなかった。十日経《た》ち二十日経った。父は、その事をもうスッカリ忘れてしまったようだった。が、瑠璃子にはそれが中断された悪夢のように、何となく気がかりだったが、一度限《ぎり》で何の音沙汰《おとさた》もないところを見ると、その求婚を、恐ろしい復讐《ふくしゅう》の企てでもあるように思ったのは、自分の邪推であったようにさえ、瑠璃子は思った。

その裡《うち》に五月が過ぎ六月が来た。政治季節の外は、何の用事もない父は、毎日のように書斎にばかり、閉じ籠《こ》もっていた。瑠璃子は何うかして、父を慰めたいと思いながらも、父の暗い眉《まゆ》や凋《しな》びた口の辺《あたり》を見ると、たゞ涙ぐましい気持が先に立って、話しかける言葉さえ、容易に口に浮ばなかった。兄がいる裡は、父と時々争いが起ったものゝ、それでも家の中が、何となく華やかだった。父娘《おやこ》二人になって見ると、ガランとした洋館が修道院か何かのように、ジメ〳〵と淋《さび》しかった。

六月のある晴れた朝だった。兄が家出した悲しみも、不快な求婚に擾《みだ》された心も、だん〳〵薄らいで行く頃だった。瑠璃子は、その朝、顔を洗ってしまうと平素《いつも》の通り、老婢《ばあや》が自分の室《へや》の机の上に置いてある郵便物を、取り上げて見た。

父宛《あて》に来た書状も、一通り目を通すのが、彼女の役だった。その朝は、父宛の書留が一通雑《ま》じっていた。それは内容証明の書留だった。裏を返すと、見覚えのある川上万吉と云う金貸業者の名前だった。

『あゝまた督促かしら。』と、瑠璃子は思った。そうした書状を見る毎《ごと》に、平素は感じない家の窮状が彼女にもヒシ〳〵感ぜられるのであった。

彼女は、何気なく封を破った。が、それは平素の督促状とは、違っていた。簡単な書式のようなものだった。一寸《ちよつと》意外に思いながら読んで見た。最初の『債権譲《ゆずりわたし》渡通知書』と云う五字から、先《ま》ず名状しがたい不快な感じを受けた。

債権譲渡通知書

通知人川上万吉は被通知人に対して有する金弐万五千円の債権を今般都合に依《よ》り荘田勝平殿に譲渡し候《そうろう》に付き通知候也《なり》

大正六年六月十五日

通知人　川上万吉

被通知人　唐沢光徳《みつのり》殿

荘田勝平と云う名前が、目に入ったとき、その書式を持っている瑠璃子の手は、その儘《まま》しびれてしまうような、厭《いや》な重くるしい衝動《ショック》を受けずにはいられなかった。

悪魔は、その爪《つめ》を現し始めたのである。

四

相手が、あの儘《まま》思い切ったと思ったのは、やっぱり自分の早合点《はやがてん》だったと瑠璃子は思った。求婚が一時の気紛《きまぐ》れだと思ったのは、相手を善人に解し過ぎていたのだ。相手はその二つの眼が示している通り、やっぱり恐ろしい相手だったのだ。

が、それにしても何と云《い》う執念ぶかい男だろう。父が負うている借財の証書を買入れて、父に対する債権者となってから、一体何《ど》うしようと云う積りなのかしら。卑怯《ひきよう》にも陋劣《ろうれつ》にも、金の力であの清廉《せいれん》な父を苦しめようとするのかしら。そう思うと、瑠璃子は、女ながらにその小さい胸に、相手の卑怯を憤《いきどお》る熱い血が、沸々と声を立てゝ、煮え立つように思った。

父の借財は多かった。藩閥内閣打破の運動が、起る度に、父はなけ無しの私財を投じて惜しまなかった。藩閥打破を口にする志士達に、なけ無しの私財を散じて惜しまなかった。父が持って生れた任侠《にんきよう》の性質は、頼まるゝ毎《ごと》に連帯の判も捺《お》した。手形の裏書もした、取れる見込のない金も貸した。そうした父の、金に対する豪快な遣《や》り口は、最初から多くはなかった財産を、何時《いつ》の間にか無一物にしてしまった。が、財産は無くなっても、父の気質は無くならなかった。初めは親類縁者から金を借りた。親類縁者が、見放してしまうと、高利貸の手からさえ、借ることを敢《あえ》てした。住んでいる家も、手入は届いていないが、可なりだゞっ広い邸地も、一番も二番もの抵当に入っていることを、瑠璃子さえよく知っている。

金力と云ったものが、丸切り奪われている父が、黄金魔と云ってもよいような相手から、赤児《あかご》の手を捻《ね》じるように、苛責《いじめ》られる。そう思って来ると、瑠璃子はやるせない憤りと悲しみとで、胸が一杯になって来た。金さえあれば、どんな卑《いや》しい者でもが、得手勝手なことをする世の中全体が、憤ろしく呪《のろ》わしく思われた。

瑠璃子は、今の場合、こうした不快な通知書を、父に見せることが、一番厭《いや》なことだった。父が、どんなに怒り、どんなに口惜《くや》しがるかが余りに見え透いていたから。でも、こうした重要な郵便物を、父に隠し通すことは出来なかった。瑠璃子は、重い足を運びながら、父の寝室へ行って見た。が、父はまだ起きてはいなかった。スヤスヤと安らかな呼吸をしながら名残りの夢を貪《むさぼ》っている父の窶《やつ》れた寝顔を見ると、瑠璃子は出来る丈こうした不快な物を父の眼には触れさせたくはなかった。彼女は、そっと忍び足に枕元《まくらもと》に寄り添って、枕元の小さい卓子《テーブル》の上に置いてある、父の手文庫の中にその呪われた紙片を、そっと音を立てずに入れた。何時までも、父の眼には触れずにあれ、瑠璃子は心の中で、そう祈らずにはいられなかった。

その日、食事の度毎に顔を合せても、父は何とも云わなかった。夜の八時頃、一人で棊譜《きふ》を開いて盤上に石を並べている父に、紅茶を運んで行ったときにも、父は二言《ふたこと》三言《みこと》瑠璃子に言葉をかけたけれど、書状のことは、何も云わなかった。

願わくは、何時までも、父の眼に触れずにあれ、瑠璃子は更にそう祈った。どうせ、一度は触れるにしても、一日でも二日でも先きへ、延ばしたかった。

が、翌日眼を覚まして、瑠璃子が前の日の朝の、不快な記憶を想《おも》い浮べながら、その朝の郵便物に眼をやったとき、彼女は思わず、口の裡《うち》で、小さい悲鳴を挙げずにはいられなかった。其処《そこ》に、昨日と同じ内容証明の郵便物が、三通まで重ねられていたのである。

それを取り上げた彼女の手は、思わずかすかに顫《ふる》えた。もう、父に隠すとか隠さないとか云う余裕は、彼女になかった。彼女はそれを取り上げると、救いを求むる少女のように、父の寝室に駈《か》け込んだ。

父は起きてはいなかったが、床の中で眼を覚ましていた。

「お父様！　こんな手紙が参りました。」瑠璃子の声は、何時になく上ずッていた。

「昨日のと同じものだろう。いや心配せいでもえゝ、お前が心配せいでもえゝ。」

父は、静かにそう云った。昨日の書状も、父は何時の間にか、見ていたのである。

瑠璃子は、今更ながら、自分の父を頼もしく思わずにはいられなかった。

五

唐沢の家を呪詛《じゅそ》するような、その不快な通知状は、その翌日もその又翌日も、無心な配達夫に依《よ》って運ばれて来た。

初《はじめ》ほどの驚駭《ショック》は、受けなかったけれども、その一葉々々に、名状しがたい不快と不安とが、見る人の胸を衝《つ》いた。

「なに、捨てゝ置くさ。同一人に債権の蒐《あつ》まった方が、弁済をするにしても、督促を受くるにしても手数が省《はぶ》けていゝ。」

父は何気ないように、済ましているようだったが、然《しか》し内心の苦悶《くもん》は、表面《うわべ》へ出ずにはいなかった。殊《こと》に、父は相手の真意を測りかねているようだった。何のために、相手がこれほど、執念深く、自分を追窮して来るのか、判《わか》りかねているようだった。

が、瑠璃子には相手の心持が、判っている丈、わずかばかりの恨を根に持って、何《ど》処《こ》までも何処までも、付き纏《まと》って来る相手の心根の恐ろしさが、しみ〴〵と身に浸《し》みた。通知状を見る度に、相手に対する憎悪《ぞうお》で、彼女の心は一杯になった。彼の金力を罵《ののし》った自分達丈を苦しめる丈なら、まだい丶、罪も酬《むく》いもない老いた父を、苦しめる相手の非道を、心の底より憎まずにはいられなかった。

こうして、父が負うている総額二十万円に近い負債に対する数多い証書が、たった一つの黒い堅い冷たい手に、握られてしまった頃であった。

ある朝、彼女は平生《いつも》のように郵便物を見た。——こうした通知状の来ない前は、それは楽しい仕事に違いなかった。其処《そこ》には恋人からの手紙や、親しい友達の消息が見《み》出《いだ》されたから——。が、今では不安な、いやな仕事になってしまった。

彼女は、その朝もオズ〳〵郵便物に目を通した。幾通かの手紙の一番最後に置かれていた鳥の子の立派な封筒を取り上げて、ふと差出人の名前に、目を触れたとき、彼女の視線はそこに、筆太に書かれている四字に、釘付《くぎづ》けにされずにはいなかった。それは紛《まぎ》れもなく荘田勝平の四字だったのである。

黒手組の脅迫状を受けたように、悪魔からの挑戦状を受けたように、瑠璃子の心は打たれた。反感と、憎悪とある恐怖とが、ごっちゃになって、わく〳〵と胸にこみ上げて来た。

彼女は、その封筒の端をソッと、醜い蠑螈《いもり》の尻尾《しっぽ》をでも握るように、摘《つま》み上げながら、父の部屋へ持って行った。

父は差出人の名前を、一目見ると、苦々しげに眉《まゆ》をひそめた。暫《しば》らくは開いて見ようとはしなかった。

「何と申して参ったのでございましょう。」瑠璃子は、気になって、急《せ》かすように訊《き》いた。

父は、荒々しく封筒を引き破った。

「何だ！」父の声は、初から興奮していた。

「――此度《このたび》小生に於《おい》て、買占め置き候《そうろう》貴下に対する債権に就《つい》て、御懇談《ごこんだん》いたしたきこと有之《これあり》、且《か》つ先日杉野子爵《ししやく》を介して、申上げたる件に付きても、重々の行違有之《ゆきちがいこれあり》、右釈明旁々《かたがた》近日参邸いたし度く――あゝ何と云う図々《ずうずう》しさだ。何と云う！　獣のような図々しさだ。よし、やって来い。やって来るがいゝ。来れば、面と向って、あの男の面皮《めんぴ》を引き剝《む》いて呉《く》れるから。」

父は、そう云いながら、奉書の巻紙を微塵《みじん》に引き裂いた。老い凋《しな》んだ手が、怒《いかり》のために、ブル〳〵顫《ふる》えるのが、瑠璃子の眼には、傷《いた》ましくかなしかった。

六

父も瑠璃子も、心の中に戦いの準備を整えて、荘田勝平の来るのを遅しと待っていた。

手紙が来た日の翌日の午前十時頃、瑠璃子が、二階の窓から、邸前の坂道を、見下していると、遥《はるか》に続いているプラタナスの並樹《なみき》の間から、水色に塗られた大形の自動車が、初夏の日光をキラ〳〵と反射しながら、眩《まぶ》しいほどの速力で、坂を馳《か》け上ったかと思うと、急に速力を緩めて、低いうめくような警笛の音を立てながら、門前に止まるのを見たのである。覚悟をしていたことながら、瑠璃子は今更のように、不快な、悪魔の正体をでも、見たような憎悪《ぞうお》に、囚《とら》われずにはいられなかった。

自動車の扉は、開かれた。ハンカチーフで顔を拭《ふ》きながら、ぬっとその巨《おお》きい頭を出したのは、紛れもないあの男だった。何が嬉《うれ》しいのか、ニコ〳〵と得体の知れぬ微笑を浮べながら、玄関の方へ歩いて来るのだった。

瑠璃子は、取次ぎに出ようか出まいかと、考え迷った。顔を合わしたり、一寸《ちょっと》でも言葉を交すのが厭《いや》でならなかった。が、それかと云《い》って、平素気が付けば取次ぎに出る自分が、此《こ》の人に限って出ないのは、何だか相手を怖《おそ》れているようで彼女自身の勝気が、それを許さなかった。そうだ！ あんな卑《いや》しい人間に怯《おそ》れてなるものか。彼《あ》の男こそ、自分の清浄な処女《おとめ》の誇《ほこり》の前に、愧《は》じ怯れていゝのだ。そう思うと、瑠璃子は処女《おとめ》にふさわしい勇気を振い興《おこ》して、孔雀《くじやく》のような誇と美しさとを、そのスラリとした全身に湛《たた》えながら、落着いた冷たい態度で、玄関へ現れた。

勝平は、瑠璃子の姿を見ると、此間会った時とは別人でもあるように、頭を叮嚀《ていねい》に下げた。

「お嬢さまでございますか、先日は大変失礼を致しまして、申訳もございません。今日は、あのう！ お父様はお在宅《いで》でございましょうか。」

こうも白々しく、——あゝした非道なことをしながら、こうも白々しく出られるものかと、瑠璃子が呆《あき》れたほど、相手は何事もなかったように、平和で叮嚀であった。

瑠璃子は、一寸拍子抜けを感じながらも、冷たく引き緊《し》めた顔を、少しも緩めなかった。

「在宅《いま》すことは、在宅《いま》すが、お目にかゝれますかどうか一寸伺って参ります。」

瑠璃子は、そう高飛車に云いながら、二階の父の居間に取って返した。

「やって来たな。よし、下の応接室に通して置け。」

瑠璃子の顔を見ると、父は簡単にそう云った。

応接室に案内する間も、勝平は叮嚀に而《しか》も馴々《なれなれ》しげに、瑠璃子に話しかけようとした。が、彼女は冷たい切口上で、相手を傍へ寄せ付けもしなかった。

「やあ！」挨拶《あいさつ》とも付かず、懸声とも付かぬ声を立てながら、父は応接室に入って来た。父は相手と初対面ではないらしかった。二三度は会っているらしかった。が、苦り切ったまゝ時候の挨拶さえしなかった。瑠璃子は、茶を運んだ後も、はしたないとは知りながら、一家の浮沈に係る話なので、応接室に沿う縁側の椅子《いす》に、主客には見えないように、そっと腰をかけながら、一語も洩《もら》さないように相手の話に耳を聳《そばだ》てた。

「此の間から、一度伺おう〳〵と思いながら、つい失礼いたしておりました。今度、閣下に対する債権を、私が買い占めましたことに就《つい》ても、屹度《きっと》私を怪《け》しからん奴《やつ》だと、お考えになったゞろうと思いましたので、今日はお詫《わ》び旁《かたがた》、私の志のある所を、申述べに参ったのです。」

勝平は、いかにも鄭重《ていちょう》に、恐縮したような口調で、ボツリ〳〵話し始めたのであった。丁度暴風雨の来る前に吹く微風のように、気味の悪い生あたゝかさを持った口調だった。

「うむ。志！　借金の証書を買い蒐《あつ》めるのに、志があるのか。ハゝゝゝゝゝ。」父は、頭から嘲《あざけ》るように詰《なじ》った。

「ございますとも。」相手は強い口調で、而も下手から、そう云い返した。

七

「初《はじめ》から中上げねば分りませんが、実は私は閣下の崇拝者です。閣下の清節を、平生から崇拝致している者であります。」

そう云《い》って、勝平は叮嚀に言葉を切った。老狐《ろうこ》が化《ばか》そうと思う人間の前で、木の葉を頭から被《かぶ》っているような白々しさであった。人を馬鹿《ばか》にしている癖に、態度丈《だけ》はいやに、真剣に大真面目《おおまじめ》であるようだった。

「殊《こと》に近頃になって、所謂《いわゆる》政界の名士達なるものと、お知己《ちかづき》になるに従って、大抵の方には、殆《ほとん》ど愛想を尽《つか》してしまいました。お口丈は立派なことを云っていらしっても、一歩裏へ廻ると、我々町人風情《ふぜい》よりも、抜目がありませんからな。口幅《くちはば》ったいことを、申す様でございますが、金で動かせない方と云ったら、数える丈しかありませんからね。」

父は黙々として、一言も発しなかった。いざと云う時が来たら、一太刀に切って捨てようとする気勢《けはい》が、あり〳〵と感ぜられた。が、勝平は相手の容子《ようす》などには、一切頓着《とんちゃく》しないように、臆面《おくめん》もなく話し続けた。

「いつか、日本倶楽部《クラブ》で、初めて閣下の崇高なお姿に接して以来、益々《ますます》閣下に対する私の敬慕の念が高くなったのです。多年の間、利慾《りよく》権勢に目もくれず、たゞ国家のために、一意奮闘していらっしゃる。こう云うお方こそ、本当の国士本当の政治家だと思ったのです。」

父が、面と向ってのお世辞に、苦り切っている有様が、室外にいる瑠璃子にもマザマザと感ぜられた。

「御存じの通り、私は外に能のある人間でありません。たゞ、二三年来の幸運で、金丈《だけ》は相当儲《もう》けました。私は、今何に使っても心残りのない金を、五百万円ばかり現金で持っています。あゝ使え、こう寄附しろと云って呉《く》れる人もありますが、私は閣下のようなお方に、後顧《こうこ》の憂《うれ》いなからしめ、国家のために思い切り奮闘していたゞけるようにする事も、可なり意義のある立派な仕事だと思ったのです。それには、是非ともお交際《つきあい》を願って、いろ〳〵な立ち入った御相談にも、与《あずか》らせて戴《いただ》きたいと、それで実はあんな突然なお申込を……」

そう云って、言葉を切った、がいかにも恐縮に堪《た》えないと云う口調で、

「ところが、その申込が杉野さんの思い違《ちがい》で、と云うよりも、あの方の軽率から、私がお嬢さまをお望み致したなどととんでもない。ハヽヽヽ。御立腹遊ばすのは当然です。五十に近い私が、お嬢さまに求婚するなどと笑い話にもなりません。実は、当人と申すのは私の伜《せがれ》、今年二十五になります。亡妻の遺児《わすれがたみ》です。」

一寸《ちょっと》殊勝らしく声を落しながら、

「その伜とても、年こそお嬢様に似合いでございますが、いやもう一向下らない人物です。が、若《も》し万一お嬢様を下さるような事がありましたら、これほど有難い――私の財産を半分無くしても惜しくはない――仕合せだと思いますのですが。が、そのお話は、兎《と》も角《かく》、閣下の御債務は凡《すべ》て、私に払わせていたゞきたいと思いましたから、一月あまりも心掛けて、もう大抵は買い蒐《あつ》めた積りでございますが、縁談のお話などとは別に、これ丈は私の寸志です。どうか御心置きなく、お受取り下さるように。」

そう云いながら、父の負うている借財の証書の全部を一つの袋に収めて父の前に差し出したらしかった。

虚心平気に、勝平の云い分を聴けば、無躾《ぶしつけ》なところは、あるにせよ、成金らしい傲《ごう》岸《がん》な無遠慮なところはあるにせよ、それほど、悪意のあるものとは思われなかった。が、瑠璃子にはそうではなかった。瑠璃子と、その恋人とを思い知らせるために、悪魔は、瑠璃子を奪って、自分の妻に――名前丈《だけ》は妻でも、本当はその金力を示すための装飾品に――しようとした。が、瑠璃子の父が、予想以上に激怒したのと、年齢の余りな相違から来る世間の非難とを慮《おもんぱか》って、自分の名義で買う代りに、息子の名義で買おうとする、瑠璃子を商品と見ている点に於《お》いては、何の相違もない。瑠璃子と彼女の恋人とを思い知らせようとする、蛇のような執念には何の相違もない。正面から飛びかゝって父から、手ひどく跳付《はねつ》けられた悪魔は、今度は横合から、そっと騙《たぶら》かそうと掛っているのだった。

八

瑠璃子には、相手の心が十分に見透かされている。が、相手の本心を知らない父は、その空々しい上部《うわべ》の理由丈《だけ》に、うか〳〵と乗せられて、もしや相手の無躾《ぶしつけ》な贈り物を、受け取りはしないかと、瑠璃子はひそかに心を痛めた。縁談などとは別にと、口で美しく云《い》うものゝ、父が相手の差し出す餌《えさ》にふれた以上、それを機《しお》に、否応《いやおう》なしに自分を、浚《さら》って行こうとする相手の本心が、彼女には余りに明かであった。

父を何《ど》うにか騙《だま》して娘を浚って行く、それで娘にも、彼女の恋人にも、苦痛を与えればよいのだと相手が謀《たくら》んでいるらしいのが、瑠璃子には、余りに判《わか》り過ぎているように思えた。

が、瑠璃子の心配は無駄だった。父は相手が長々と喋《しゃ》べり続けたのを聞いた後で、二三分ばかり黙っていたらしいが、急に居ずまいを正したらしく、厳格な一分も緩みのない声で云った。

「いや、大きに有難う。あなたの好意は感謝する。が、考うる所あって、お受けすることは出来ない。借財は証文の期限通《どお》りに、ちゃんと弁済する。それから、縁談の事じゃが、本人が貴方《あなた》であろうが御子息であろうが、お断りすることには変りがない。何うか悪《あ》しからず。」

父は激せず熱せず、毅然《きぜん》とした立派な調子で云い放った。父の立派な男らしい態度を、瑠璃子は蔭《かげ》ながら、伏し拝まずにはいられなかった。何と云う凜々《りり》しい態度であろう。どんなに此《こ》の先苦しもうとも、あゝした父を、父としていることは、何という幸福であろうかと思うと、熱い涙が知らず識《し》らず、頬を伝って流れた。

真向から平手でピシャッと、殴《なぐ》るような父の返事に、相手は暫《しば》らくは、二の句が、次《つ》げないらしかった。が、暫らくすると、太い渋い不快な声が聞え始めた。

「ふゝむ。これほど申し上げても、私の好意を汲《く》んで下さらない。これほど申上げても、私の心がお分りになりませんのですか。」

相手の言葉付は、一眸《いちぼう》の裡《うち》に変っていた。豹《ひょう》が、一太刀受けて、後退《あとじさり》しながら、低くうなっているような無気味な調子だった。

「はゝゝゝ、好意！　はゝゝゝ、お前さんは、こんなことを好意だと、云い張るのですか。人の顔に唾《つば》を吐きかけて置いて、好意であるもないものだ、はゝゝゝゝゝ。」父は、相手を蔑《さげ》すみ切ったように嘲笑《あざわら》った。

「はゝゝ、閣下も、貧乏をお続けになったために、何時《いつ》の間にか、僻《ひが》んでおしまいになったと見える。此の荘田が、誠意誠心申上げていることが、お分りにならない。」

相手も、負けてはいなかった。豹が、その本性を現して、猛然と立ち上ったのだった。

「はゝゝゝゝ、誠意誠心か！　人の娘を、金で買うと云う恥知らずに、誠意などがあって、堪《たま》るものか。出直してお出《いで》なさい！」父は、低い力強い声で、そう罵《ののし》った。

「よろしい！　出直して参りましょう。閣下、覚えて置いて下さい！　此の荘田は、好意を持っておりますと同時に、悪意も人並に持っているものでございますから。お言葉に従って、いずれ出直して参りますから。」そう云い捨てると、相手は荒々しく扉《ドア》を排して、玄関へ出て行った。

瑠璃子が、急いで応接室に駈《か》け込んだとき、父はそこに、昂然《こうぜん》と立っていた。半白の髪が、逆立《さかだ》っているようにさえ見えた。

「お父様！」瑠璃子は、胸が一杯になりながら、駈け寄った。

「あゝ瑠璃子か。聞いていたのか。さあ！　お前もしっかりして、飽くまでも戦うのだ。強くあれ、そうだ飽くまでも強くあることだ！」

そう云いながら父は、彼の痩《や》せた胸懐《むなぶところ》に顔を埋《うず》めている娘の美しい撫肩《なでがた》を、軽く二三度叩《たた》いた。

罠《わな》

一

羊の皮を被《かぶ》って来た狼《おおかみ》の面皮《めんぴ》を、真正面から、引き剝《は》いだのであるから、その次ぎの問題は、狼が本性を現して、飛びかゝって来る鋭い歯牙《しが》を、どんなに防ぎ、どんなに避くるかにあった。

が、その狼の毒牙《どくが》は、法律に依《よ》って、保護されている毒牙だった。今の世の中では、国家の公正な意志であるべき法律までが、富める者の味方をした。勝平に買い占められた証書の一部分の期限はもう十日と間のない六月の末であった。今までは、期限が来る毎《ごと》に、幾度も幾度も証書の書換をした。そのために、証書の金額は、年一年増《ふ》えて行ったものゝ、何《ど》うにか遣繰《やりくり》は付いていた。が、それが悪意のある相手の手に帰して、こちらを苛責《いじめ》るための道具に使われている以上、相手が書換や猶予《ゆうよ》の相談に応ずべき筈《はず》はなかった。

六月の末日が、段々近づいて来るに従って、父は毎日のように金策に奔走した。が、三万を越している巨額の金が、現在の父に依って容易に、才覚さるべき筈もなかった。朝起きると、父は蒼《あお》ざめながらも、眼丈《まなこだけ》は益《ます》鋭くなった顔を、曇らせながら、黙々として出て行った。玄関へ送って出る瑠璃子《るりこ》も、

「お早くお帰りなさいまし。」と、挨拶《あいさつ》する外は何の言葉もなかった。が、送り出す時は、まだよかった。其処《そこ》に、僅《わずか》でも希望があった。が、夕方、その日の奔走が全く空に帰して、悄然《しょうぜん》と帰って来る父を迎えるのは、何うにも堪《たま》らなかった。父と娘とは、黙って一言も、交わさなかった。お互の苦しみを、お互に知っていた。

今迄《いままで》は、元気であった父も、折々は嗟嘆《さたん》の声を出すようになった。夕方の食事が済

んで、父娘《おやこ》が向い合っている時などに、父は娘に詫《わ》びるように云《い》った。

「皆、お父様が悪かったのだ。自分の志ばかりに、気を取られて、最愛の子供のことまで忘れていたのじゃ。俺《わし》の家を治めることを忘れたために、お前までがこんな苦しい思いをするのだ。」

父の耿々《こうこう》の気が――三十年火のように燃えた野心が、こうした金の苦労のために、砕かれそうに見えるのが、一番瑠璃子には悲しかった。

父の友人や知己は、大抵は、父のために、三度も四度も、迷惑をかけさせられていた。父が、金策の話をしても、彼等は体よく断った。断られると、潔癖な父は、二度と頼もうとはしなかった。

六月が二十五日となり、二十七日となった。連日の奔走が無駄になると、父はもう自棄《やけ》を起したのであろう。もう、ふッつりと出なくなった。幡随院長兵衛《ばんずいいんちょうべえ》が、水野の邸《やしき》に行くように、父は怯《わる》びれもせず、悪魔が、下す毒手を、待ち受けているようだった。

今年の春やっと、学校を出たばかりの瑠璃子には、父が連日の苦悶《くもん》を見ても、何うしようと云う術《すべ》もなかった。彼女は、たゞオロ〳〵して、一人心を苦しめる丈《だけ》だった。

彼女の小さい胸の苦しみを、打ち明けるべき相手としては、たゞ恋人の直也《なおや》がある丈だった。が、彼女は恋人に、まだ何も云っていなかった。

家の窮状を訴えるためには、いろ／＼な事情を云わなければならない。荘田《しょうだ》の恨みの原因が、直也の罵倒《ばとう》であることも云わなければならない。直也の父が、不倫《ふりん》な求婚の賤《いや》しい使者を務《つと》めたことも云わなければならない。それでは、恋人に訴えるのではなくして、恋人を責めるような結果になる。潔癖な恋人が、父の非行を聴いて、どんなに悲嘆するかは、瑠璃子にもよく分っていた。自分のふとした罵倒が、瑠璃子父娘《おやこ》に、どんなに禍《わざわい》しているかと云うことを聴けば、熱情な恋人は、どんな必死なことをやり出すかも分らない。そう思うと、瑠璃子は、出来る丈は、自分の胸一つに収めて、恋人にも知らすまいと思った。

父や瑠璃子の苦しみなどとは、没交渉に、否凡《いなすべ》ての人間の喜怒哀愁《きどあいしゅう》とは、何の渉《かかわ》りもなく、六月は暮れて行った。

二

もう、明日が最後の日という六月二十九日の朝だった。荘田勝平の代理人と云《い》う男が、瑠璃子の家を訪ずれた。鷲《わし》の嘴《くちばし》のような鼻をした四十前後の男だった。詰襟の麻の洋服を着て、胸の辺《あたり》に太い金の鎖を、仰々しくきらめかしていた。

父は、頭から面会を拒絶した。瑠璃子が、その旨《むね》を相手に伝えると、相手は薄気味の悪い微笑をニヤリと浮べながら、

「いや、お会い下さらなくっても、結構です。それでは、お嬢様から、よろしくお伝え下さい。外の事ではございませんが、今度手前共の主人が、拠《よ》ん所ない事情から、買入れました、此方《こちら》の御主人に対する証文の中《うち》、一部の期限が明日に当っていますから、是非ともお間違なくお払い下さるように、当方にも事情がございまして、何分御《ご》猶予《ゆうよ》いたすことが出来ませんから、そのお積りで、お間違のないよう。もし、万一お間違がありますと、手前共の方では、直《す》ぐ相当な法律上の手段に訴えるような手筈《てはず》に致しておりますから。後でお怨《うら》みなさらないように。」と、云ったが、此の冷たそうな男の胸にも、美しい瑠璃子に対する一片の同情が浮んだのであろう。彼は急に、口調を和《やわら》げながら、

「どうかお嬢様、こんなことを申上げる私の苦しい立場もお察し下さい。怨《うらみ》も報《むくい》もない御当家へ参って、こんなことを申上げる私は可なり苦しい思いを致しているのでございます。然《しか》し、これも全く、使われています主人の命令でございますから。それでは、いずれ明日改めて伺いますから。」

瑠璃子が、大理石で作った女神の像のように、冷たく化石したような美しい顔の、眉《まゆ》一つ動かさず黙って聞いているために、男はある威圧を感じたのであろう。そう云ってしまうと、コソコソと、逃ぐるように去ってしまった。

父に、この督促を伝えようかしら。が伝えたって何《なん》にもならない。何万と云う金が、今日明日に迫って、父に依《よ》って作られる筈《はず》がなかった。が、もし払わないとすると、向うでは直ぐ相当な法律上の手段に、訴えると云う。一体それはどんなことをするのだろう。そう考えて来ると、瑠璃子は自分の胸一つには、収め切れない不安が湧《わ》いて来て、進まないながら、父の部屋へ、上って行かずにはいられなかった。

「うむ！　直ぐ法律上の手段に訴える！」

父はそう云って、腕を拱《こまぬ》いて、遉《さすが》に抑え切れない憂慮の色が、アリ〳〵と眉の間に溢《あふ》れた。

「執達吏を寄越すと云うのだな。あはゝゝゝ、まかり違ったら、競売にすると云うのかな。それもいゝ、こんなボロ屋敷なんか、ない方が結句気楽だ！　はゝゝゝ。」

父は、元気らしく笑おうとした。が、それは空《むな》しい努力だった。瑠璃子の眼には、笑おうとする父の顔が、今にも泣き出すように力なくみじめに見えた。

「何《ど》うにかならないものでございましょうか、ほんとうに。」

父の大事などには、今迄《いままで》一度も口出しなどをしたことのない彼女も、恐ろしい危機に、つい平生のたしなみを忘れてしまった。

父も、それに釣り込まれたように、

「そうだ！　本多さえ早く帰っておれば、何《ど》うにかなるのだがな。八月には帰ると云うのだから、此《こ》の一月か二月さえ、何うにか切り抜ければ――」

父は、娘に対する虚勢も捨てたように、首をうな垂れた。そうだ、父の莫逆《ばくぎゃく》の友たる本多男爵《だんしゃく》さえ日本におればと、瑠璃子も考えた。が、その人は、宮内省《くないしょう》の調度頭《ちょうどのかみ》をしている男爵は、内親王の御降嫁《ごこうか》の御調度買入れのために、欧洲《おうしゅう》へ行っていて、此の八月下旬でなければ、日本へは帰らないのだった。

住んでいる家に、執達吏が、ドヤ〳〵と踏み込んで来て家財道具に、封印をベタベタと付ける。そうした光景を、頭の中に思い浮べると、瑠璃子は生きていることが、味気ないようにさえ思った。

父も娘も、無言のまゝに、三十分も一時間も坐《すわ》っていた。いつまで、坐っていても父娘《おやこ》の胸の中の、黒いいやな塊《かたまり》が、少しもほぐれては行かなかった。

その時である。また唐沢家を訪《おとな》う一人の来客があった。悪魔の使であるか、神の使であるかは分らなかったけれど。

三

父と娘《こ》とが、差し迫まる難関に、やるせない当惑の眉《まゆ》をひそめて、向い合って坐っている時に、尋ねて来た客は、木下と云《い》う父の旧知だった。政治上の乾分《こぶん》とも云うべき男だった。父が、日本で初《はじめ》ての政党内閣に、法相の椅子《いす》を、ホンの一月半ばかり占めた時、秘書官に使って以来、ズッと目をかけて来た男だった。長い間、父の手足のように働いていた。父も、いろ〳〵な世話を焼いた。が、二三年来父の財力が、尽きてしまって、乾分の面倒などは、少しも見ていられなくなってから、此《こ》の男も段々、父から遠ざかって行ったのだ。

が、父は久し振《ぶり》に、旧知の尋ねて来たことを欣《よろこ》んだ。溺《おぼ》るゝ者は、藁《わら》をでも摑《つか》むように、窮し切っている父は、何処《どこ》かに救いの光を見付けようと、焦《あせ》っているのだった。その男は、今年の五月来た時とは、別人のような立派な服装《なり》をしていた。

「何《ど》うだい！　面白い事でもあるかい！」

父は、心の中《うち》の苦悶《くもん》を、此の来客に依《よ》って、少しは紛ぎらされたように、淋《さび》しい微笑を、浮べながら応接室へ入って行った。

「お蔭《かげ》さまで此の頃は、何うにかこうにか、一本立で食って行けるようになりました。もう、二年お待ち下さい！　その中《うち》には、閣下への御恩報じも、万分の一の御恩報じも、出来るような自信もありますから。」

そう云いながら、得意らしく哄笑《こうしょう》した。此の場合の父には、そうした相手のお世辞さえ嬉《うれ》しかった。

「そうかい！　それは、結構だな、俺《わし》は、相変らず貧乏でのう。年頃になった娘にさえ、いろ〳〵の苦労をかけている始末でのう。」

父はそう云いながら、茶を運んで行った瑠璃子の方を、詫《わ》びるように見た。

「いや、今に閣下にも、御運が向いて来る時代が参りますよ。此の頃ポツ〳〵新聞などに噂《うわさ》が出ますように、若《も》し××会中心の貴族院内閣でもが、出来るような事がありましたら、閣下などは、誰を差し措《お》いても、第一番の入閣候補者ですから、本当に、今暫《しばら》くの御辛抱です。三十年近い間の、閣下の御清節が、報《むく》われないで了《おわ》ると云うことは、余りに不当なことですから。……いやどうも、閣下のお顔を見ると、思わずこうした愚痴が出て困ります。いや、実は本日参ったのは、一寸《ちょっと》お願いがあるのです。」

そう云いながら、その男は立ち上って、応接室の入口に、立てかけてあった風呂敷《ふろしき》包《づつみ》を、卓《テーブル》の上に持って来た。その長方形な恰好《かっこう》から推して、中が軸物《じくもの》であることが分っていた。

「実は、之《これ》を閣下に御鑑定していたゞきたいのです。友人に頼まれましたのですが、書画屋などには安心して頼まれませんものですから。是非一つ閣下にお願いしたいと思うたものですから。」

瑠璃子の父は、素人《しろうと》鑑定家として、堂に入っていた。殊《こと》に北宗画南宗画に於《おい》ては、その道の権威だった。

「うむ！　品物は何《なん》なのだな。」父は余り興味がないように云った。書画を鑑定すると云ったような、落着いた気分は、彼の心の何処にも残っていなかったのである。

「夏珪《かけい》の山水図です。」

「馬鹿《ばか》な。」父は頭から嘲《あざけ》るように云った。「そんな品物が、君達の手にヒョコ〳〵あるものかね。それに、見れば、大幅じゃないか。まあ黙って持って帰った方がいゝだろう。見なくっても分っているようなものだ。ハヽヽヽ。」

父は、丸切《まるき》り相手にしようとはしなかった。相手は、父にそう云われると、恐縮したように、頭をかきながら、

「閣下に、そう手厳《てきび》しく出られると、一言もありません。が、諦《あきら》めのために見て戴《いただ》きたいのです。贋物《にせもの》は覚悟の前ですから。持っている当人になると、怪しいと思いなが

ら、諦めらないものですから。ハヽヽヽヽ。」

四

久し振で、訪ねて来た旧知の熱心な頼みを聞くと、父は素気《すげ》なく、断りかねたのであろう、それかと云《い》って、書画を鑑定すると云ったような、静かな穏かな気持は、今の場合、少しも残ってはいないのだった。

「見ないことはないが、今日は困るね、日を改めて、出直して来て貰《もら》いたいね。」父は余儀なさそうに云った。

「いや決して、直《す》ぐ只今《ただいま》見て下さいなどと、そんな御無理をお願いいたすのではありません。お手許《てもと》へおいて置きますから、一月でも二月でも、お預けしておきますから、何《ど》うかお暇な時に、お気が向いたときに。」相手は、叮嚀《ていねい》に懇願《こんがん》した。

「だが、夏珪《かけい》の山水なんて、大した品物を預っておいて、若《も》しもの事があると困るからね。尤《もっと》も、君などが、そうヒョックリ本物を持って来ようなどとは、思わないけれども、ハヽヽヽ。」

父は、品物が贋物であることに、何の疑いもないように笑った。

「いやそんな御心配は、御無用です。閣下のお手許に置いて置けば、日本銀行へ供託《きようたく》して置くより安全です、ハヽヽ。閣下のお口から、贋だと一言仰《おつ》しゃって下さると当人も諦めが、付くものですから。」

相手に、そう如才なく云われると、父も断りかねたのであろう。口では、承諾の旨《むね》を答えなかったけれども、有耶無耶《うやむや》の裡《うち》に、預ることになってしまった。

その用事が、片付くと客は、取って付けたように、政局の話などを始めた、父は暫《しば》らくの間、興味の乗らないような合槌《あいづち》を打っていた。

客が、帰って行くとき、父は玄関へ送って出ながら、

「凡《およ》そ何時《いつ》取りに来る？」と訊《き》いた。やっぱり、軸物《じくもの》のことが少しは気になっているのだった。

「御覧になったら、ハガキででも、御一報を願えませんか、本当にお気に向いた時でよろしいのですから。当方は、少しも急ぎませんのですから。」

客は幾度も繰返しながら、帰って行った。応接室へ引き返した父は、瑠璃子を呼びながら、

「之《これ》を蔵《しま》って置け、俺《わし》の居間の押入へ。」と、命じた。が、瑠璃子が、父の云い付《つけ》に従って、その長方形の風呂敷包を、取り上げようとした時だった。父の心が、急にふ

と変ったのだろう。

「あ、そう。やっぱり一寸《ちょっと》見て置くかな。どうせ贋に定《きま》っているのだが。」

そう云いながら、父は瑠璃子の手から、その包みを取り返した。父は包みを解《と》いて、箱を開くと遉《さすが》に丁寧に、中の一軸を取り出した。幅三尺に近い大幅だった。

「瑠璃さん！　一寸掛けて御覧。その軸の上へ重ねてもいゝから。」

瑠璃子は父の命ずるまゝに、応接室の壁に古くから懸っている、父が好きな維新の志士雲井龍雄《たつお》の書の上へ、夏珪の山水を展開した。

先《ま》ず初め、層々と聳《そび》えている峰巒《ほうらん》の相《すがた》が現れた。その山が尽きる辺から、落葉し尽くした疎林《そりん》が淡々と、浮かんでいる。疎林の間には一筋の小径《こみち》が、遥々《はるばる》と遠く続いている。その小径を横ぎって、水の乾《か》れた小流《さながれ》が走っている。その水上に架する小さい橋には、牛に騎した牧童が牧笛を吹きながら、通り過ぎている。夕暮が近いのであろう、蒼茫《そうぼう》たる薄靄《うすもや》が、ほのかに山や森を掩《おお》うている。その寂寞《せきばく》を僅《わず》かに破るものは、牧童の吹き鳴らす哀切なる牧笛の音であるのだろう。

父は、軸が拡《ひろ》げられるのと共に、一言も言葉を出さなかった。が、じっと見詰めている眸《ひとみ》には感激の色がアリ〳〵と動いていた。五分ばかりも黙っていただろう。父は感に堪《た》えたように、もう黙ってはいられないように云った。

「逸品《いっぴん》だ。素晴らしい逸品だ。此《この》間、伊達《だて》侯爵《こうしゃく》家の売立に出た夏珪《かけい》の『李白観瀑《りはくかんばく》』以上の逸品だ！」

父は熱に浮かされたように云っていた。夏珪の『李白観瀑』は、つい此間行われた伊達家の大売立に九万五千円と云う途方もない高価《たかね》を附せられた品物だった。

五

「不思議だ！ 木下などが、こんな物を持って来る！」父は暫《しば》らくの間は魅せられたように、その山水図に対して、立っていた。

「そんなに、此《この》絵がいゝのでございますか。」瑠璃子も、つい父の感激に感染して、こう訊《き》いた。

「いゝとも。徽宗《きそう》皇帝、梁楷《りようかい》、馬遠《ばえん》、牧渓《もっけい》、それから、この夏珪、みんな北宗画の巨頭なのだ、どんな小幅だって五千円もする。この幅などは、お父様が、今迄《いままで》見た中での傑作だ。北宗画と云《い》うのは、南宗画とはまた違った、柔かい佳《い》い味のあるものだ。」

父は、名画を見た欣《よろこ》びに、つい明日に迫る一家の窮境を忘れたように、瑠璃子に教えた。

「そうだ。早く木下に知らせてやらなければいけない。贋物《にせもの》だからいくら預っていても、心配ないと思って預かったが、本物だと分ると急に心配になった。そうだ瑠璃さん！　二階の押入れへ、大切に蔵《しま》って置いておくれ！」

父は十分もの間、近くから遠くから、つくづくと見尽した後、そう云った。

瑠璃子は、それを持って、二階への階段を上りながら思った。自分の手中には、一幅十万円に近い名画がある。此の一幅さえあれば一家の窮状は何の苦もなく脱することが出来る。何んなに名画であろうとも、長さ一丈を超えず、幅五尺に足らぬ布片に、五万十万の大金を投じて惜しまない人さえある。それと同時に、同じ金額のために、いろ／＼な侮辱や迫害を受けている自分達父娘《おやこ》もある。そう思うと、手中にあるその一幅が、人生の不当な、不公平な状態を皮肉に示しているように思われて、その品物に対して、妙な反感をさえ感じた。

その日の午後、二階の居間に閉じ籠《こも》った父は、何《ど》うしたのであろう。平素《いつも》に似ず、檻《おり》に入れられた熊《くま》のように、部屋中を絶間なしに歩き廻っていた。瑠璃子は、階下の自分の居間にいながら、天井に絶間なく続く父の足音に不安な眸《ひとみ》を向けずには、いられなかった。常には、軽い足音さえ立てない父だった。今日は異常に昂奮《こうふん》している様子が、瑠璃子にもそれと分った。暫《しば》らく音が、絶えたかと思うと、又立ち上って、ドシ〳〵と可なり激しい音を立てながら、部屋中を歩き廻るのだった。瑠璃子はふと、父が若い時に何かに激昂《げっこう》すると、直《す》ぐ日本刀を抜いて、ビュウビュウと、部屋の中で振り廻すのが癖だったと、亡《な》き母から聞いたことを思い出した。あんなに、父が昂奮しているとすると、若《も》し明日荘田の代理人が、父に侮辱に近い言葉でも吐くと短慮な父は、どんな椿事《ちんじ》を惹《ひ》き起さないとも限らないと思うと、瑠璃子は心配の上に、又新しい心配が、重なって来るようで、こんな時家出した兄でも、いて呉《く》れゝばと、取止めもない愚痴さえ、心の裡《うち》に浮んだ。

その日、五時を廻った時だった。父は、瑠璃子を呼んで、外出をするから、車を呼べと云った。もう、金策の当《あて》などが残っている筈はないと思うと、彼女は父が突然出かけて行くことが、可なり不安に思われた。

「何処《どこ》へ行らっしゃるのでございますか。もう直ぐ御飯でございますのに。」瑠璃子は、それとなく引き止めるように云った。

「いや、木下から預った軸物が急に心配になってね。これから行って、届けてやろうと思うのだ。向うでは、あゝした高価なものだとは思わずに、預けたのだろうから。」

父の答えは、何だか曖昧《あいまい》だった。

「それなら、直ぐ手紙でもお出しになって、取りに参るように申したら、如何《いかが》でございましょう。別に御自身でお出かけにならなくても。」瑠璃子は、妙に父の行動が不安だった。

「いや、一寸《ちよつと》行って来よう。殊《こと》に此《この》家は、何時《いつ》差押えになるかも知れないのだから。預って置いて差押えられたりすると、面倒だから。」父は声低く、弁解するように云った。そう云えば、父が直ぐ返しに行こうと云うのにも、訳がないことはなかった。が、父が車に乗って、その軸物の箱を肩に靠《もた》せながら、何処《いずこ》ともなく出て行く後姿を見た時、瑠璃子の心の中の妙な不安は極点に達していた。

六

到頭呪《のろ》われた六月の三十日が来た。梅雨《つゆ》時には、珍らしいカラリとして朗《ほがら》かな朝だった。明るい日光の降り注いでいる庭の樹立《こだち》では、朝早くから蟬《せみ》がさん〳〵と鳴きしきっていた。

が、早くから起きた瑠璃子の心には、暗い不安と心配とが、泥のように澱《よど》んでいた。父が、昨夜遅く、十二時に近く、酒気を帯びて帰って来たことが、彼女の新しい心配の種だった。還暦《かんれき》の年に禁酒してから、数年間一度も、酒杯を手にしたことのない父だったのだ。あれほど、気性の激しい父も、不快な執拗《しつよう》な圧迫のために、自棄《やけ》になったのではないかと思うと、その事が一番彼女には心苦しかった。

つい此間来た、鷲《わし》の嘴《くちばし》のような鼻をした男が、今にも玄関に現れて来そうな気がして、瑠璃子は自分の居間に、じっと坐《すわ》っていることさえ、出来なかった。あの男が、父に直接会って、弁済を求める。父が、素気《すげ》なく拒絶する。相手が父を侮辱するような言葉を放つ。いら〳〵し切っている父が激怒する。恐ろしい格闘が起る。父が、秘蔵の貞宗《さだむね》の刀を持ち出して来る。そうした厭《いや》な空想が、ひっきりなしに瑠璃子の頭を悩ました。が、午前中は無事だった。一度玄関に訪う声《おとな》がするので驚いて出て見ると、得体の知れぬ売薬を売り付ける偽癈兵《にせはいへい》だった。午後になってからも、却々《なかなか》来る様子はなかった。瑠璃子は絶えずいら〳〵しながら厭な呪わしい来客を待っていた。

父は、朝食事の時に、瑠璃子と顔を合わせたときにも、苦り切ったまゝ一言も云《い》わなかった。昨日《きのう》よりも色が蒼《あお》く、眼が物狂わしいような、不気味な色を帯びていた。瑠璃子もなるべく父の顔を見ないように、俯《うつむ》いたまゝ食事をした。それほど、父の顔は傷《いたま》しく惨《みじめ》に見えた。昼の食事に顔を合した時にも、親子は言葉らしい言葉は、交さなかった。まして、今日が呪われた六月三十日であると云ったような言葉は、孰《ど》ちらからも、おくびにも出さなかった。その癖、二人の心には六月三十日と云う字が、毒々しく烙《や》き付けられているのだった。

　が、長い初夏の日が、漸《ようや》く暮れかけて、夕日の光が、遥《はる》かに見える山王台の青葉を、あか〱と照し出す頃になっても、あの男は来なかった。あんなに、心配した今日が、何事も起らずに済むのだと思うと、瑠璃子は妙に拍子抜けをしたような、心持にさえなろうとした。

　が、然《しか》し悪魔に手抜かりのある筈《はず》はなかった。その犠牲《いけにえ》が、十分苦しむのを見すまして、最後に飛びかゝる猫のように瑠璃子父子《おやこ》が、一日を不安な期待の裡《うち》に、苦しみ抜いて、やっと一時逃れの安心に入ろうとした間隙《すき》に、かの悪魔の使者は護謨輪《ゴムわ》の車に、音も立てず、そっと玄関に忍び寄ったのだった。

「いや、大変遅くなりまして相済みません。が、遅く伺いました方が、御都合が、およろしかろうと思いましたものですから、お父様は御在宅でしょうか。」

　瑠璃子が、出迎えると、その男は妙な薄笑いをしながら、言葉丈《だけ》はいやに、鄭重《ていちょう》だった。

　来る者が、到頭来たのだと思いながらも、瑠璃子はその男の顔を見た瞬間から、憎《ぞう》悪《お》と不快とで、小さい胸が、ムカムカと湧《わ》き立って来るのだった。

「お父様！　荘田の使が参りました。」

そう父に取り次いだ瑠璃子の声は、かすかに顫《ふる》えを帯びるのを、何《ど》うともする事が出来なかった。

「よし、応接室に通して置け。」

そう云いながら、父は傍の手文庫を無造作に開いた。部屋の中は可なり暗かったが、その開かれた手文庫の中には、薄紫の百円紙幣の束《たば》が、――そうだ一寸にも近い束が、二つ三つ入れられてあるのが、アリ〳〵と見えた。

瑠璃子は、思わず『アッ』と声を立てようとした。

七

父の手文庫に思いがけなくも、ほのかな薄紫の紙幣の厚い束を、発見したのであるから、瑠璃子が声を立てるばかりに、駭《おどろ》いたのも無理ではなかった。駭くのと一緒に、有頂天になって、躍り上って、欣《よろこ》ぶべき筈《はず》であった。が、実際は、その紙幣を見た瞬間に云《い》い知れぬ不安が、潮の如《ごと》くヒタ〳〵と彼女の胸を充《みた》した。

瑠璃子は、父がその札束を、無造作に取り上げるのを、恐ろしいものを見るように、無言のまゝじっと見詰めていた。

父が、応接室へ出て行くと、鷲鼻《わしばな》の男は、やんごとない高貴の方の前にでも出たように、ペコ〳〵した。

「これは、これは男爵様《だんしゃくさま》でございますか。私はあの、荘田に使われておりまする矢野と申しますものでございます。今日止《や》むを得ません主命で、主人も少々現金の必要に迫られましたものですから止むを得ず期限通りにお願い致しまする次第で、何の御猶《ごゆう》予《よ》も致しませんで、誠に恐縮《きょうしゅく》致しておる次第でございます。」父は、そうした挨拶《あいさつ》に返事さえしなかった。

「証文を出して呉《く》れたまえ。」父の言葉は、匕首《あいくち》のように鋭く短かった。

「はあ！　はあ！」

相手は、周章《あわて》たように、ドギマギしながら、折鞄《おりかばん》の中から、三葉の証書を出した。父は、じっと、それに目を通してから、右の手に、鷲摑《づか》みにしていた札束を、相手の面前に、突き付けた。

相手は、父の鋭い態度に、オド〳〵しながら、それでも一枚々々算《かぞ》え出した。

「荘田に言伝《ことづて》をしておいて呉れたまえ、いゝか。俺《わし》の云うことをよく覚えて、言伝をして、おいて呉れ給《たま》え。此《こ》の唐沢は貧乏はしている。家も邸《やしき》も抵当に入っているが、金銭のために首の骨を曲げるような腰抜けではないぞ。日本中の金の力で、圧迫されても、横に振るべき首は、決して縦には動かさないぞと。いゝか。帰って、そう云うのだ！　五万や十万の債務は、期限通《どおり》何時《いつ》でも払ってやるからと。」

父は、犬猫をでも叱咤《しった》するように、低く投げ捨てるような調子で云った。相手は何と、罵《ののし》られても、兎《と》に角厭《かくいや》な役目を満足に果し得たことを、もっけの幸と思っているらしく、一層丁寧に慇懃《いんぎん》だった。

「はあ！　はあ！　畏《かしこ》まりました。主人に、そう申し聞けますでござります。どうも、私の口からは、申し上げられませんが、成り上り者などと云う者は、金ばかりありましても、人格などと云うものは皆目《かいもく》持っていない者が、多うございまして、私の主人なども、使われている者の方が、愛想を尽かすような、卑《いや》しい事を時々、やりますので。いや、閣下のお腹立《はらだち》は、全く御尤《ごもっと》もです。私からも、主人に反省を促すように、申します事でございます。それでは、これでお暇《いとま》致します。」

丁度烏賊《いか》が、敵を怖《おそ》れて、逃げるときに厭な墨汁を吐き出すように、この男も出鱈《でたら》目《め》な、その場限りの、遁辞《とんじ》を並べながら、怱卒《そうそつ》として帰って行った。

そうだ！　父は最初の悪魔の突撃を物の見事に一蹴《いっしゅう》したのだった。この次ぎの期限までには、半年の余裕がある。その間には、父の親友たる本多男爵も帰って来る。そう思うと、瑠璃子はホッと一息ついて安心しなければならない筈だった。が、彼女の心は、一つの不安が去ると共に、又別な、もっと性質《たち》のよくない不安が、何時の間にか入れ換っていた。

「瑠璃さん！　お前にも心配をかけて済まなかったのう。もう安心するがいゝ。これで何事もないのだ。」

父は、客が帰った後で、瑠璃子の肩に手をかけながら慰め顔にそう云った。が、瑠璃子の心は、怏々《おうおう》として楽しまなかった。

『お父様！　あなたは、あの大金を何《ど》うして才覚なさったのです。』

そう云う不安な、不快な、疑いが咽喉《のど》まで出かゝるのを、瑠璃子は、やっと抑え付けた。

ユージット

一

一家の危機は過ぎた。六月は暮れて、七月は来た。が、父の手文庫の中に奇蹟《きせき》のように見出《みいだ》された、三万円以上の、巨額な紙幣に対する、瑠璃子《るりこ》の心の新しい不安は、日の経《た》つに連れても、容易には薄れて行かなかった。

七月も半《なかば》になった。庭先に敷き詰めた、白い砂利の上には、瑠璃子の好きな松葉牡《ぼ》丹《たん》が、咲き始めた。真紅《しんく》や、白や、琥珀《こはく》のような黄や、いろ〳〵変った色の、少女《おとめ》のような優しい花の姿が、荒れた庭園の夏を彩《いろど》る唯一《ゆいいつ》の色彩だった。

荘田《しょうだ》の、思い出す丈《だけ》でも、憤《いきどお》ろしい面影も、だん〳〵思い出す回数が、少くなった。鷲鼻《わしばな》の男の顔などは、もう何時《いつ》の間にか、忘れてしまった。凡《すべ》てが、一場の悪夢のように、その厭《いや》な苦い後感も何時しか消えて行くのではないかと思われた。が、それは瑠璃子の空《むな》しい思違《おもいちがい》だった。悪魔は、その最後の毒矢を、もう既に放っていたのだった。

七月の末だった。父は、突然警視総監のT氏から、急用があると云《い》って、会見を申し込まれた。父は、T氏とは公開の席で、二三度顔を合せた丈で、私交のある間ではなかった。殊《こと》に、父は政府当局からは常に、白眼を以《もっ》て見られていたのだから。

「何の用事だろう?」

父は、一寸《ちょっと》不《ふ》審《しん》そうに首を傾けた。警視総監と云ったような言葉丈でも、瑠璃子には妙に不安の種だった。

が、父は何か考え当る事があったのだろう、割合気軽に出かけて行った。が、掻《か》き乱された瑠璃子の胸は、父の車を見送った後も、暫《しば》らくは静まらなかった。

父は、一時間も経たぬ間に帰って来た。瑠璃子は、ホッと安心して、いそ〳〵と玄関に出迎えた。

が、父の顔を一目見たとき、彼女はハッと立竦《たちすく》んでしまった。容易ならぬ大事が、父の身辺に起ったことが、直《す》ぐそれと分った。父の顔は、土のように暗く蒼《あお》ざめていた。血の色が少しもないと云ってよかった。眼丈《だけ》は、平素《いつも》のように爛々《らんらん》と、光っていたが、その光り方は、狂人の眼のように、物凄《ものすご》く而《しか》も、ドロンとして力がなかった。

「お帰りなさいまし。」と、云う瑠璃子の言葉も、いかいしわがれたように、咽喉《のど》にからんでしまった。瑠璃子が、父の顔を見上げると、父は子に顔を見られるのが、恥しそうに、コソ〳〵と二階へ上って行こうとした。

父の狼狽《ろうばい》したような、血迷ったような姿を見ると、瑠璃子の胸は、暗い憂慮で一杯になってしまった。彼女は、父を慰めよう、訳を訊《き》こうと思いながら、オズ〳〵父の後から、随《つ》いて行った。

が、父は自分の居間へ入ると、後から随いて行った瑠璃子を振り返りながら云った。

「瑠璃さん！　どうか、お父様を、暫らく一人にして置いて呉《く》れ！」

父の言葉は、云い付けと云うよりも哀願《あいがん》だった。父としての力も、権威もなかった。それにふと気が付くと、そう云った刹那《せつな》、父の二つの眼には、抑えかねた涙が、ほた〳〵と湧《わ》き出しているのだった。

父が涙を流すのを見たのは、彼女が生れて十八になる今日まで、父が母の死床に、最後の言葉をかけた時、たった一度だった。

瑠璃子は、父にそう云われると、止《や》むなく自分の部屋に帰ったが、一人自分の部屋にいると、墨のような不安が、胸の中を一杯に塗《ぬ》り潰《つぶ》してしまうのだった。

夕食の案内をすると、父は、『喰べたくない』と云ったまゝ、午後四時から、夜の十時頃まで、カタと云う物音一つさせなかった。

十時が来ると、寝室へ移るのが、例だった。瑠璃子は、十時が鳴ると父の部屋へ上って行った。そして、オズ〳〵扉《ドア》を開けながら云った。

「もう、十時でございます。お休み遊ばしませ。」黙然としていた父は、手を拱《こまね》いたまゝ、振向きもしないで答えた。

「俺《わし》は、もう少し起きているから、瑠璃さんは先きへお寝なさい!」

そう云われると、瑠璃子は、愈《いよいよ》不安になって来た。寝室へ退《しりぞ》くことなどは愚か、父の部屋を遠く離れることさえが、心配で堪《たま》らなくなって来た。瑠璃子は、階段を中途まで降りかけたが、烈《はげ》しい胸騒ぎがして、何《ど》うしても足が、進まなかった。彼女は、足音を忍ばせながら、そっと、引き返した。彼女は、灯《ひ》もない廊下の壁に、寄り添いながら立っていた。父が、寝室へ入るまでは、何うにも父の傍を離れられないように思った。

二

二十分経《た》ち三十分経っても、父は寝室へ行くような様子を見せなかった。そればかりではなく、部屋の中からは、身動きをするような物音一つ聞えて来なかった。瑠璃子も、息を凝《こら》しながら、ずっとほの暗い廊下の暗《やみ》に立っていた。一時間余りも、立ち尽したけれども、疲労も眠気も少しも感じなかった。それほど、彼女の神経は、異常に緊張しているのだった。じじと鳴く庭前《にわさき》の、虫の声さえ手に取るように聞えて来た。

十二時を打つ時計の音が、階下の闇《やみ》から聞えて来ても、父は部屋から出て来る様子はなかった。

夜が、深くなって行くのと一緒に、瑠璃子の不安も、だん〴〵深くなって行った。

十二時を打つのを聞くと、もうじっと、廊下で待っていられないほど、彼女の心は不安な動揺に苛《さいな》まれた。彼女は、無理にも父を寝させようと決心した。云《い》い争ってでも、父を寝室へ連れて行こうと決心した。彼女が、そう決心して、扉《ドア》の白い瀬戸物の取手に、手を触れたときだった。何時《いつ》もは、訳もなくグルリと廻転する取手が、ガチリと音を立てたまゝ、彼女の手に逆《さから》うように、ビクリともしなかった。

『内部《うち》から鍵《かぎ》をかけたのだ！』

そう思った瞬間に、瑠璃子は鉄槌《てっつい》で叩《たた》かれたように、激しい衝動《ショック》を受けた。気味の悪い悪寒《おかん》が、全身を水のように流れた。

「お父様！」彼女は、我を忘れて叫んだ。その声は、悲鳴に近い声だった。が、瑠璃子が、そう声をかけた瞬間、今迄静《いままでしずか》であった父が、俄《にわか》に立ち上って、何かをしているらしい様子が、アリ〳〵と感ぜられた。

「お父様！　お開けなすって下さい！　お父様！」

瑠璃子が、続けざまに、呼びかけても、父は返事をしなかった。父が、何とも返事をしないことが彼女の心を、スッカリ動顚《どうてん》させてしまった。恐ろしい不安が、彼女の胸に、充《み》ち溢《あふ》れた。彼女は、扉《ドア》を力一杯押した。その細い、華奢《きゃしゃ》な両腕が、折れるばかりに打ち叩いた。

「お父様！　お父様！　お開けなすって下さい！」

彼女の声は、狂女のそれのように、物凄《ものすご》かった。魔物に、その可憐《かれん》な弟を奪われて、鉄の扉《ドア》の前で、狂乱するタンタジールの姉のように、命掛の声を振搾《ふりしぼ》った。

「お父様！　何《ど》うして茲《ここ》をお閉めになるのです。茲をお閉めになって何う遊ばそうとなさるのです。お開け下さい！　お開け下さい。」

が、父は何とも返事をしなかった。父が返事をしない事に依《よ》って、瑠璃子は、目が眩《くら》むほど恐ろしい不安に打たれた。彼女は、ふと気が付いて、窓から入ろうと、電《いなずま》のように、ヴェランダへ走って出た。が、ヴェランダに面した窓には、丈夫な鎧戸《よろいど》が掩《おお》われていた。彼女は、死物狂いになって、再び扉《ドア》の所へ帰って来た。そして、必死に、そのかよわい、いい、しなやかな身体《からだ》を、思い切り扉《ドア》に投げ付けて見た。が、扉《ドア》は無慈悲に、傲然《ごうぜん》と彼女の身体を突き返した。

彼女は、血を吐かんばかりに叫んだ。

「お父様！　なぜ、開けて下さらないのです。何う遊ばそうと云うのです。此《この》瑠璃を捨てゝ置いて何う遊ばそうと云うのです。万一の事をなさいますと、瑠璃も生きていないつもりでございますよ。お父様！　お恨みでございます。どんな事情がございましょうとも、私に一応話して下さいましても、およろしいじゃございませんか。お父様の外に、誰一人頼る者もない瑠璃ではございませんか。お開け下さいませ。兎《と》に角《かく》、お開け下さいませ。万一の事でもなさいますと、瑠璃はお父様をお恨みいたしますよ。」

狂ったように、扉《ドア》を掻《か》き、打ち、押し、叩いた後、彼女は扉《ドア》に、顔を当てたまゝよゝと泣き崩れた。

その悲壮な泣き声が、古い洋館の夜更《よふけ》の闇を物凄く顫《ふる》わせるのだった。

三

よゝと泣き崩れた瑠璃子は、再び自分自身を凜々《りり》しく奮い起して、女々しく泣き崩れているべき時ではないと思った。彼女は、最後の力、その繊細な身体《からだ》にある丈《だ》けの力を、両方の腕にこめて、砕けよ裂けよとばかりに、堅い、鉄のように堅い扉《ドア》を乱打した後、身体全体を、烈《はげ》しい音を立てゝ、それに向って、打ち付けた。その時に、何かの奇蹟《きせき》が起ったように、今迄《いままで》はガタリとも動かなかった扉《ドア》が軽々と音もなく口を開いた。機《はず》みを喰った彼女の身体《からだ》は、つゝと一間ばかりも流れて、危く倒れようとした。その時、父の老いてはいるけれども、尚《なお》力強い双腕《もろうで》が、彼女の身体を力強く支えたのである。

「お父様！」と、上ずッた言葉が、彼女の唇《くちびる》を洩《も》れると共に、彼女は暫《しば》らくは失神したように、父の懐《ふところ》に顔を埋《うず》めたまゝ烈しい動悸《どうき》を整えようと、苦しさにあえいでいた。

気が付いて見ると、父の顔は涙で一杯だった。卓《テーブル》の上には、遺書《かきおき》らしく思われる書状が、数通重ねられている。

「瑠璃さん！　あわれんでお呉《く》れ！　お父さんは死に損ってしまったのだ！　死ぬことさえ出来ないような臆病者《おくびょうもの》になってしまったのだ！　お前の声を聞くと、俺《わし》の決心が訳もなく崩されてしまったのだ！　お前に恨まれると思うと、お父様は死ぬことさえ出来ないのだ。」

父は、瑠璃子の昂奮《こうふん》が、漸《ようや》く静まりかけるのを見ると、呟《つぶや》くように語り始めた。

「まあ、何を仰《おっ》しゃるのでございます、死ぬなどと。まあ何を仰しゃるのでございます。一体何《ど》うしたと云って、そんな事を仰しゃるのでございます。」

「あゝ恥しい。それを訊《き》いて呉れるな！　俺《わし》はお前にも顔向けが出来ないのだ！　彼奴《あいつ》の恐ろしい罠《わな》に、手もなくかゝったのだ。あんな卑《いや》しい人間のかけた罠に、狐《きつね》か狸《たぬき》かのように、手もなくかゝったのだ。恥しい！　自分で自分が厭《いや》になる！」

父は、座にも堪《た》えないように、身悶《みもだ》えして口惜《くや》しがった。握っている拳《こぶし》がブル〳〵と顫《ふる》えた。

「彼奴《あいつ》と仰しゃりますと、やっぱり荘田でございますか。荘田が、何をいたしましたのでございますか。」

瑠璃子も烈しい昂奮に、眼の色を変えながら、父に詰め寄って訊いた。

「今から考えると、見え透いた罠だったのだ。が、木下までが、俺《わし》を売ったかと思うと俺は此《こ》の胸が張り裂けるようになって来るのだ！」

父は、木下が眼前《めのまえ》にでもいるように、前方を、きっと睨《にら》みながら、声はわな〳〵と顫えた。

「へえ！　あの木下が、あの木下が。」と、瑠璃子も暫《しば》らくは茫然《ぼうぜん》となった。

「金《かね》は、人の心を腐らすものだ。彼奴《あいつ》までが、十何年と云《い》う長い間、目をかけて使ってやった彼奴迄が、金のために俺を売ったのだ。金のために、十数年来の旧知を捨てゝ、敵の犬になったのだ。それを思うと、俺は坐《すわ》っても立ってもおられないのだ！」

「木下が、何《ど》うしたと云うのでございます。」

瑠璃子も、父の激昂《げっこう》に誘われて桜色に充血した美しい顔を、極度に緊張させながら、問い詰めた。

「此間、彼奴《あいつ》が持って来た軸物《じくもの》を、何だと思う、あれが、俺《わし》を陥《おとしい》れる罠だったのだ。

あれは一体誰のものだと思う。友達のものだと云う、その友達は誰だったと思う。」

父は、眼を熱病患者のそれのように光らせながら、じっと瑠璃子を見下した。

「あれは誰のものでもない、あの荘田のものなのだ。荘田のものを、空々しく俺《わし》の所へ持って来たのだ。」

「何の為《ため》でございましたろう。何だってそんなことを致したのでございましょう。でも、お父様はあの晩、直《す》ぐお返しになったではございませんか。」

瑠璃子が、そう云うと父の顔は、見る〳〵曇ってしまった。彼は、崩れるように後の腕椅子《いす》に身を落した。

「瑠璃さん！　許しておくれ！　罠をかける者も卑しい。が、それにかゝる者もやっぱり卑しかったのだ。」

父は、そう云うと肉親の娘の視線をも避けるように、面《おもて》を伏せた。

四

暫らくは、強い緊張の裡《うち》に、父も子も黙っていた。が、父はその緊張に堪《た》えられないように、面を俯《うつむ》けたまゝ、呟《つぶや》くように云《い》った。

「瑠璃さん！　お前にスッカリ云ってしまおう。俺《わし》はな、浅墓《あさはか》にも、相手の罠《わな》にかゝって飛んでもないことをしてしまったのだ。あの木下の奴《やつ》！　彼奴迄《あいつまで》が、荘田の犬になっていようとは夢にも悟らなかったのだ。お前に云うのも恥しいが、俺《わし》は木下が、あの軸物を預けて行ったとき、フラ〳〵と魔がさしたのだ。一月《ひとつき》でも二月《ふたつき》でも何時《いつ》まででも預けて置くと云う、此方《こっち》が通知しない中《うち》は、取りに来ないと云う。俺は、そう聴いたときに、此《こ》の一軸で一時の窮境を逃れようと思ったのだ。素晴らしい逸品だ、殊《こと》に俺の手から持って行けば、三万や五万は、直《す》ぐ融通《ゆうずう》が出来ると思ったのだ。果して融通は出来た。が、それは罠の中の餌《えさ》に、俺が喰い付いたのと、丁度同じだったのだ。彼奴は、俺を散々餓《かつ》えさした揚句、俺の旧知を買収して、俺に罠をかけたのだ。飢えていた俺は、不覚にも罠の中の肉に喰い付いたのだ。罠をかける奴の卑《いや》しさは、論外だが、かゝった俺の卑しさも笑って呉《く》れ。三十年の清節も、清貧もあったものではない！」

父は、のたうつように、椅子《いす》の中で、身を悶《もだ》えた。之《こ》れを聞いている瑠璃子も、身体《からだ》中《じゅう》が、猛火の中に入ったように、烈《はげ》しい憤怒《ふんぬ》のために燃え狂うのを感じた。

「それで、それで、何《ど》うなったと云うのでございます。」

彼女は、身を顫《ふる》わしながら訊《き》いた。卓《テーブル》の上にかけている白い蠟《ろう》のような手も、烈しい顫えを帯びていた。

「あの軸物の本当の所有者は荘田なのだ。彼奴《あいつ》は、俺《わし》に対して横領の告訴を出しているのだ。」

父は吐くように云った。蒼白《あおじろ》い頬が烈しく痙攣《けいれん》した。

「そんな事が罪になるのでございますか。」

瑠璃子の眼も血走ってしまった。

「なるのだ！　逆に取って、逆に出るのだから、堪《たま》らないのだ。預っている他人の品物は、売っても質入してもいけないのだ。」

「でも、そんなことは、世間に幾何《いくら》もあるではございませんか。」

「そうだ！　そんなことは幾何でもある、俺《わし》もそう思ってやったのだ。が、向うでは初《はじめ》から謀《はか》ってやった仕事だ。俺が少しでも、蹉《つまず》くのを待っていたのだ。蹉けば後から飛び付こうと待っていたのだ。」

瑠璃子の胸は、荘田に対する恐ろしい怒《いかり》で、火を発するばかりであった。

「人非人奴《にんぴにんめ》！　人非人奴！　どれほどまで執念《しゅうね》く妾達《わたしたち》を、苦しめるのでございましょう。あゝ口惜《くや》しい！　口惜しい！」

彼女は、平生のたしなみも忘れたように、身を悶えて、口惜しがった。

「お前が、そう思うのは無理はない。お父様だって、昔であったら、そのまゝにはして置かないのだが。」

父の顔は益《ます》々《ます》凄愴《せいそう》な色を帯びていた。

「あゝ、男でしたら、男に生れていましたら。残念でございます。」

そう云いながら、瑠璃子は卓《テーブル》の上に、泣き伏した。

何処《どこ》かで、一時を打つ音がした、騒がしい都の夏の夜も、静寂に更《ふ》け切って、遠くから響いて来る電車の音さえ、絶えてしまった。瑠璃子の泣き声が絶えると、深夜の静けさが、しん〳〵と迫って来た。

「それで、その告訴は何《ど》うなるのでございますか。まさか取上げにはなりませんでしようね。」

瑠璃子は泣き顔を擡《もた》げながら、心配そうに訊いた。涙に洗われた顔は、一種の光沢を帯びて、凄艶《せいえん》な美しさに輝いているのであった。

五

「さあ！　其処《そこ》なのだ！　今日警視総監が、個人として俺《わし》に会見を求めたのは、その問題なのだ。総監が云《い》うのには、この位なことで、貴方《あなた》を社会的に葬《ほうむ》ってしまうことは、何とも遺憾なことなので告訴を取り下げるように懇々《こんこん》云って見たが、頑として聴かない。そして唐沢氏本人がやって来て、手を突いて謝まるならば告訴を取り下げようと云うのだ。何《ど》うも先方では貴方《あなた》に対して何か意趣を含んで居るらしい。貴方も快くはあるまいが、此《この》際先方に詫《わび》を入れて、内済《ないさい》にして貰《もら》ったら何うかと云うのだ。貴方もあんな男に詫びるのは、不愉快だろうが、然《しか》し、貴方の社会的地位や名誉には換えられないから、此際思い切って謝罪して見たら何うかと云って呉《く》れるのだ。先方が告訴を取り下げさえすれば、検事局では微罪として不起訴にしようと云っていると云うのだ。」

父は低くうめくように云って来たが、茲《ここ》まで来ると急に烈《はげ》しい調子に変りながら、

「だが、瑠璃子考えておくれ。あんな男に、あんな卑《いや》しい人間に、謝罪はおろか、頭一つ下げることさえ、俺《わし》に取ってどんな恥辱であるか。俺《わし》は、それよりも寧《むし》ろ死を選みたいのだ。然《しか》し謝罪しないとなると、何うしても起訴を免れないのだ。起訴されると、お前此罪は破廉恥罪《はれんちざい》なのだ！　爵位《しゃくい》も返上を命ぜられるばかりでなく、俺《わし》の社会的位置は、滅茶苦茶《めちゃくちゃ》だ！　あれ見い！　貴族院第一の硬骨と云われた唐沢が、あのザマだと、世間から嘲笑《ちょうしょう》されることを考えておくれ。死以上の恥辱だ。何の道を選んで

も、死ぬより以上の恥辱なのだ。瑠璃子、俺《わし》が死のうと決心した心の裡《うち》を、お前は察して呉れるだろう。」

瑠璃子は、父の苦しい告白を、石像のように黙って聴いていた。火のように熱した身体中《からだじゅう》の血が今は却《かえ》って、氷のように冷たくなっていた。

「俺《わし》が死ねば、彼奴《あいつ》の迫害の手も緩むだろうし、それに依《よ》って、汚名を流さずして済む。つまり、俺は悪魔の手に買い取られた俺の社会的名誉を、血を以《もっ》て買い戻そうと思ったのだ。お前のことを、思わないではない。父の外には頼る者もないお前のことを思わないではない。が、破廉恥の罪人になることを考えると、泥棒と同じ汚名を被《こうむ》ることを考えると、何も考えておられなくなったのだ。」

父は、そう云いながら、心の裡の苦しさに堪《た》えられないように、頻《しき》りに身を悶《もだ》えた。

「が、扉《ドア》の外でお前が突然叫び出した声を聞くと、刀を持っていた俺《わし》の手が、しびれてしまったように、何《ど》うしても俺の思い通《どお》りに、動かないのだ。未練だ！　未練だ！　いい、と、心で叱《しか》っても、手が何うしても云うことを聴かないのだ。俺は、今初めてお前に対する父としての愛が、名誉心や政治上の野心などよりも、もっと大きいことが分ったのだ。俺は、社会上の位置を失っても、お前の為《ため》に生き延びようと思ったのだ。破廉恥罪の名を被《き》ても、お前の父として、生き延びようと思ったのだ。名誉や位置などは、なくなっても、お前さえあれば、まだ生き甲斐《がい》があると云うことが、分ったのだ。いや名誉や野心のために、生きるのよりも、自分の子供のために、生きる方が人間として、どれほど立派であるかと云うことが、今やっと分ったのだ。俺《わし》は、今光一を追出したことを後悔する。親の野心のために、子を犠牲にしようとしたことを後悔する。瑠璃子！　お前のために、どんな汚名を忍んでも生き延びるのだ。お前も、罪人のお父様を見捨てないで、いつまでも俺の傍を離れて呉れるな。」

父の顔は今、子に対する愛に燃えて、美しく輝いていた。彼は、子に対する愛に依って、その苦しみの裡から、その罪の裡から、立派に救われようとしているのだった。

六

そうだ！　子の心は、凄《すさま》じい憤怒《ふんぬ》と復讐《ふくしゅう》の一念とに、湧《わ》き立った。父が、子に対する愛のために、敵の与えた恥辱を忍ぼうとするのに拘《かか》わらず、子の心は敵に対する反抗と憎悪《ぞうお》とのために、狂ってしまった。

「お父様、それでいゝのでございましょうか。お父様！　金さえあれば悪人がお父様のような方を苦しめてもいゝのでございましょうか。而《しか》も、国の法律までが、そんな悪人の味方をするなどと云う、そんなことが、許されることでございましょうか。」

瑠璃子は、平生のおとなしい、慎《つつま》しやかな彼女とは、全く別人であるように、熱狂していた。父は子の激昂《げっこう》を宥《なだ》めるように、「だが瑠璃子！　悪人がどんな卑《いや》しい手段を講じてもお父様さえ、しっかりしていればよかったのだ。国の法律に触れたのはやっぱり俺《わし》の不心得だったのだ。」

「いゝえ！　妾《わたくし》は、そうは思いません。」瑠璃子は、昂然《こうぜん》として父の言葉を遮ぎった。「荘田のやりましたような奸計《かんけい》を廻《めぐ》らしたならば、どんな人間をだって、罪に陥《おと》すことは容易だと思います。お父様が信任していらっしゃる木下をまで、買収してお父様を罠《わな》に陥し入れるなど、悪魔さえ恥じるような卑怯《ひきょう》な事を致すのでございますもの。もし、国に本当の法律がございましたら、荘田こそ厳罰に処せらるべきものだと思います。荘田のような悪人の道具になるような法律を、妾《わたくし》は心から呪《のろ》いたいと思います。」

眦《まなじり》が、裂けると云《い》ったらいゝのだろう。美しい顔に、凄じい殺気が迸《ほとばし》った。父も、子の烈《はげ》しい気性に、気圧《けお》されたように、黙々として聴いていた。

「お父様、あんな男に起訴されて、泣寝入りになさるような、腑甲斐《ふがい》ないことをして下さいますな。飽くまでも戦《たたか》って、相手の悪意を懲《こら》しめてやって下さいませ。あゝ妾《わたくし》が男でございましたら、……本当に男でございましたら……」

　瑠璃子は、熱に浮かされたように、昂奮《こうふん》して叫び続けた。

「が、瑠璃子！　法律と云うものは人間の行為の形丈《だけ》を、律するものなのだ。荘田が、悪魔のような卑しい悪事を働いても、その形が法律に触れていなければ、大手を振って歩けるのだ。俺《わし》は切羽詰って一寸逃れに、知人の品物を質入れした。世間に有り触れたことで、事情止《や》むを得なかったのだ。が、俺の行為の形は、ちゃんと法律に触れているのだ。法律が罰するものは、荘田の恐ろしい心ではなくして、俺の一寸した心得違《ちがい》の行為なのだ。行為の形なのだ！」

「若《も》し、法律がそんなに、本当の正義に依《よ》って、動かないものでしたら、妾《わたくし》は法律に依ろうとは思いません。妾の力で荘田を罰してやります。妾の力で、荘田に思い知らせてやります。」

　気が狂ったのではないかと思うほど、瑠璃子の言葉は烈しくなった。父は呆気《あっけ》に取られたように、子の口もとを見詰めていた。

「金の力が、万能でないと云うことをあの男に知らせてやらねばなりません。金の力で動かないものが、世の中に在ることを知らせてやらねばなりません。このまゝで、お父様が、有罪になるような事がございましたら、荘田は何と思うか分りません。世の中には、法律の力以上に、本当の正義があることを、あの男に思い知らせてやらねばなりません。金の力などは、本当の正義の前には土塊《つちくれ》にも等しいことを、あの男に思い知らせてやりたいと思います。」

そう云いながら、瑠璃子は父の顔をじっと見詰めていたが、思い切ったように云った。

「お父様！　お願いでございます。瑠璃子を、無い者と諦《あきら》めて、今後何を致しましょうと、妾《わたくし》の勝手に委《まか》せて下さいませんか。」

瑠璃子の顔に、鉄のように堅い決心が閃《ひらめ》いた。父は、瑠璃子の真意を測りかねて、茫然《ぼうぜん》と愛児の顔を見詰めていた。

「お父様？　妾《わたくし》は、ユージットになろうと思うのでございます。」

七

「ユージット？」老いた父には、娘の云《い》った言葉の意味が分らなかった。

「左様でございます。妾《わたくし》はユージットになろうと思うのでございます。ユージットと申しますのは猶太《ユダヤ》の美しい娘の名でございます。」

「その娘になろうと云うのは、どう云う意味なのだ？」父は、激しい興奮から覚めて、やゝ落着いた口調になっていた。

「ユージットになろうと申しますのは、妾《わたくし》の方から進んで、あの荘田勝平の妻になろうと云うことでございます。」

瑠璃子の言葉は、樫《かし》の如《ごと》く堅く氷の如く冷やかであった。

「えーッ。」と叫んだまゝ、父は雷火に打たれた如く茫然《ぼうぜん》となってしまった。

「お父様！　お願いでございます。どうか、妾《わたくし》をないものと諦《あきら》めて、妾の思うまゝに、させて下さいませ！」

瑠璃子は、何時《いつ》の間にか再び熱狂し始めた。

「馬鹿《ばか》なッ！」父は、烈《はげ》しい、然《しか》し慈愛の籠《こも》った言葉で叱責《しっせき》した。

「馬鹿なことを考えてはいけない！　親の難儀を救うために子が犠牲になる。親の難儀を救うために娘が、身売をする。そんな道徳は、古い昔の、封建時代の道徳ではないか。お前が、そんな馬鹿なことを考える。聡明《そうめい》なお前が、そんな馬鹿なことを考える。お父様《とうさん》を救おうとして、お前があんな豚のような男に身を委《まか》す。考える丈《だけ》でも汚《けが》らわしいことだ！　お前を犠牲にして、自分の難儀を助かろうなどと、そんなさもしいことを考える父だと思うのか。俺《わし》は、自分の名誉や位置を守るために、お前の指一本髪一筋も、犠牲にしようとは思わない。そんな馬鹿々々しいことを考えるとは、平《いっ》生《も》のお前にも似合わないじゃないか。」

父は、思いの外に、激昂《げっこう》して、瑠璃子をたしなめるように云った。が、瑠璃子は、ビクともしなかった。

「お父様！　お考え違いをなさっては、困ります。お父様の身代りになろうなどと、そんな消極的な動機から、申上げているのではありません。妾《わたくし》は、法律の網を潜《くぐ》るばかりでなく、法律を道具に使って、善人を陥《おとしい》れようとする悪魔を、法律に代って、罰してやろうと思うのです。一家が受けた迫害に、復讐《ふくしゅう》するばかりでなく、社会のために、人間全体のために、法律が罰し得ない悪魔を罰してやろうと思うのです。お父様の身代りになろうと云うような、そんな小さい考えばかりではありません。」

瑠璃子は、昂然《こうぜん》と現代の烈女と云ってもいゝように、美しく勇ましかった。

「お前の動機は、それでもいゝ。だが、あの男と結婚することが、何《ど》うしてあの男を罰することになるのだ。何うして、一家が受けた迫害を、復讐することになるのだ。」

「結婚は手段です。あの男に対する刑罰と復讐とが、それに続くのです。」瑠璃子は凛然《りんぜん》と火花を発するように云った。

「お父様、昔猶太《ユダヤ》のベトウリヤと云う都市が、ホロフェルネスと云う恐ろしい敵の猛将に、囲まれた時がありました。ホロフェルネスは、獅子《しし》を搏《てうち》にするような猛将でした。ベトウリヤの運命は迫りました。破壊と虐殺《ぎやくさつ》とが、目前に在りました。その時に、美しい少女が、ベトウリヤ第一の美しい少女が、侍女をたった一人連れた切りで、羅《うす》衣《もの》を纏《まと》った美しい姿を、虎《とら》のようなホロフェルネスの陣営に運んだのです。そしてこの少女の、容色に魅せられた敵将を、閨中《けいちゅう》でたった一突きに刺し殺したのです。美しい少女は、自分の貞操を犠牲にして、幾万の同胞の命と貞操とを救ったのです。その少女の名こそ、今申し上げたユージットなのでございます。」

八

瑠璃子の心は、勇ましいロマンチックな火炎で包まれていた。牝《め》獅子の乳で育ったと云《い》う野蛮人の猛将を、細い腕《かいな》で刺し殺した猶太《ユダヤ》の少女《おとめ》の美しい姿が、勇ましい面影が、蝕画《エッチング》のように、彼女の心にこびりついて離れなかった。少女に仮装して、敵将を倒した日本武尊《やまとたけるのみこと》よりも、本当の女性である丈《だけ》に、それ丈《だ》け勇ましい。命よりも大切な、貞操を犠牲にしている丈《だけ》に、限りなく悲壮であった。

「妾《わたくし》はユージットのように、戦って見たいと思うのです。」

二千有余年も昔の、猶太《ユダヤ》の少女《おとめ》の魂が、大正の日本に、甦《よみがえ》って来たように、瑠璃子は炎の如《ごと》く熱狂した。

が、父は冷静だった。彼は、熱狂し過ぎている娘を、宥《なだ》めるように、言葉静かに説き諭《さと》した。

「瑠璃子！　お前のように、そう熱しては困る。女の一番大事な貞操を、犠牲にするなどと、そんな軽率なことを考えては困る。数万の人の命に代るような、大事な場合は、大切な操《みさお》を犠牲にすることも、立派な正しいことに違いない。が、あんな獣《けだもの》のような卑《いや》しい男を、懲《こら》すために、お前の一身を犠牲にしては、黄金を土塊《つちくれ》と交換するほど、馬鹿《ばか》々々しいことじゃないか。」

「だが、お父様！」と、瑠璃子は直《す》ぐ抗弁した。

「相手は、お父様の仰《おっ》しゃる通り、取るに足りない男には違いありません。が、現在の社会組織では人格がどんなに下劣でも、金さえあれば、帝王のように強いのです。お父様は、相手を『獣のように卑しい男』とお蔑《さげ》すみになっても、その卑しい男が、金の力で、お父様のような方に、こんな迫害を加え得るのですもの。妾《わたくし》が、戦わなければならぬ相手は荘田勝平と云う個人ではありません。荘田勝平と云う人間の姿で、現れた現代の社会組織の悪です。金の力で、どんなことでも出来るような不正な不当な社会全体です。金さえあれば、何《なん》でも出来ると云ったような、その思想です。観念です。妾《わたくし》は、それを破って見たいと思うのです。」

瑠璃子は、処女らしい羞恥心《しゅうちしん》を、興奮のために、全く振り捨てゝしまったように、叫びつゞけた。

父は、子の烈《はげ》しい勢を、持ち扱ったように、黙って聞いていた。

「それに、お父様！ ユージットは、操を犠牲にしましたが、それは相手が、勇猛無比なホロフェルネス、操を捨てゝかからなければ、油断をしなかったからです。妾《わたくし》は、妻と云う名前ばかりで、相手を懲し得る自信があります。何《ど》うか妾を無いものと、お諦《あきら》めになって、三月か半年かの間、荘田の許《もと》へやって下さいまし。匕首《あいくち》で相手を刺し殺す代りに、精神的にあの男を滅ぼして御覧に入れますから。」

其処《そこ》には、もう優しい処女《おとめ》の姿はなかった。相手の卑怯《ひきょう》な執念深い迫害のために、到頭最後の堪忍《かんにん》を、し尽して、反抗の刃《やいば》を取って立ち上がった彼女の姿は、復讐《ふくしゅう》の女神その物の姿のように美しく凄愴《せいそう》だった。

「瑠璃さん！ あなたは、今夜は何《ど》うかしている。お父様《とうさん》も、ゆっくり考えよう。あなたも、ゆっくりお考えなさい。あなたの考えは、余り突飛だ。そんな馬鹿なことが今時……」

「でも、お父様！」瑠璃子は少しも屈しなかった。「妾《わたくし》は、毒に報《むく》いるのには毒を以《もつ》てしたいと思います。陰謀に報いるには、陰謀を以てしたいと思います。相手が悪魔でも恥じるような陰謀を逞《たくまし》くするのですもの。此方《こっち》だって、突飛な非常手段で、懲しめてやる必要があると思います。現代の社会では万能な金の力に対抗するのには、非常手段に出るより外はありません。妾は、自分の力を信じているのでございます。あんな男一人滅《ほろ》ぼすのには余る位の力を、持っているように思います。お父様！　どうか妾を信じて下さいまし。瑠璃子は、一時の興奮に駆られて無謀なことを致すのではありません。ちゃんと成算があるのでございます。」

瑠璃子の興奮は何処《どこ》までも、続くのだった。父は黙々として、何も答えなくなった。父と娘との必死な問答の裡《うち》に、幾時間も経《た》ったのであろう、明け易《やす》い夏の夜は、ほのぼのと白みかけていた。

美《み》奈《な》子《こ》

「はゝゝゝ、唐沢の奴《やつ》、面喰《めんくら》っているだろう。はゝゝゝ。」

荘田《しょうだ》は、籐製《とうせい》の腕椅子《いす》の裡《うち》で、身体《からだ》をのけ反《ぞ》るようにしながら、哄笑《こうしょう》した。

「どうも、貴方《あなた》も人間が悪くていけない。あんないゝ方を苛《いじ》めるなんて、何《ど》うも甚だ宜《よろ》しくない。貴方が、持って行けと云《い》ったから、つい持って行ったものゝ、どうも寝《ね》覚《ざめ》が悪くっていけない。私は随分唐沢さんにお世話になったのですからね。」

木下は、遉《さすが》に烈《はげ》しい良心の苛責《かしやく》に堪《た》えられないように、苦しげに云った。

「あゝいゝよ。分っているよ。君の苦衷《くちゆう》も察しているよ。俺《わし》だって、何も唐沢が憎くって、やるのじゃないんだ。つい、意地でね。妙な意地でね。一寸《ちよつと》した意地でやり始めたのだが、やり始めると俺の性質でね、徹底的にやり徹《とお》さないと気が済まないのだ。親を苛める気は、少しもないのだ。あの美しい娘に対する色恋からでもないんだ。はゝゝゝ、誤解して呉《く》れちゃ困るよ。はゝゝゝゝゝ。」

荘田は、その赤い大きい顔の相好《そうごう》を崩しながら、思惑が成功した投機師のように、得意な哄笑を笑い続けた。

「どうだ！　俺《わし》が云った通《とおり》だろう。君は、高潔な人格の唐沢さんは、決してそんな事はしないとか何とか云って、反対したじゃないか。何うだ！　人間は、金に窮すればどんなことでもするだろう。金に依《よ》って、保護されていない人格などは、要するに当《あて》にならないのだ。清廉潔白《せいれんけっぱく》など云うことも、本当に経済上の保証があって出来ることだよ。貧乏人の清廉潔白なんか、当になるものか、はゝゝゝゝ。」

(此《こ》の世をばわが世とぞ思う望月《もちづき》の欠けたることの)無いように、勝平は得意だった。

「だが、私は気になります。私は唐沢さんが自殺しやしないかと思っているのです。何うもやりそうですよ。屹度《きっと》やりますよ。」木下は、心からそう信じているように、眉《まゆ》をひそめながら云った。

「うむ！　自殺かね。」遉《さすが》に荘田も、一寸誘われて眉をひそめたが、直《す》ぐ傲岸《ごうがん》な笑いで打ち消した。

「はゝゝゝ、大丈夫だよ。人間はそう易々《やすやす》とは、死なないよ。いや待っていたまえ。今に、泣きを入れに来るよ。なに、先方が泣きを入れさえすれば、そうは苛《いじ》めないよ。もと〳〵、一寸した意地からやっていることだからね。」

「それでも、もしお嬢さんをよこすと云ったら御結婚になりますかね。」

「いや、それだがね。俺《わし》も考えたのだよ。いくら何だと言っても、二十五六も違うのだろう。世間が五月蝿《うるさい》からね。只《ただ》でさえ『成金！　成金！』と、いやな眼《まなこ》で見られているんだろう。それだのに、そんな不釣合な結婚でもすると、非難攻撃が、大変だからね。それで、俺《わし》が花婿《はなむこ》になることは思い止《とど》まったよ。倅《せがれ》の嫁にするのだ。倅の嫁にね。あれとなら、年丈《だけ》は似合っているからね。その事は先方へも云って置いたよ。」

「御子息の嫁に！」

そう云ったまゝ、木下は二の句が継げなかった。荘田の息、勝彦《かつひこ》と云うその息は、二十《はたち》を二つ三つも越していながら、子供のようにたわいもない白痴だった。白痴に近い男だった。そうだ！　年丈《だけ》は似合っている。が、瑠璃子の夫としては、何と云う不《ふ》倫《りん》な、不似合な配偶だろう。金のために旧知を売った木下にさえ、荘田の思い上った暴虐《ぼうぎゃく》が、不快に面憎《つらにく》く感ぜられた。

「なに、俺《わし》があのお嬢さんと結婚する必要は、少しもないのだ。金の力で、あのお嬢さんを、左右してやればそれでいゝのだよ。金の力が、どんなに大きいかを、あのお嬢さんと、あゝそう〳〵、もう一人の人間とに、思い知らしてやればいいのだよ。」

荘田は、何物も恐れないように、傲然《ごうぜん》と云い放った。

丁度、その時だった。荘田の背後《うしろ》の扉《ドア》が、ドン〳〵と、激しく打ち叩《たた》かれた。

「電報！　電報！」と、誰かゞ大声で叫んだ。

二

「電報！　電報！」

扉《ドア》は、続け様に割れるように叩《たた》かれた。今迄《いままで》、傲然《ごうぜん》と反り返っていた荘田は、急に悄気《しょげ》切ってしまった。彼はテレ隠しに、苦笑しながら、

「おい！　勝彦！　おい！　よさないか、お客様がいるのだぞ。おい！　勝彦！」

客を憚《はばか》って、高い声も立てず、低い声で制しようとしたが、相手は聴かなかった。

「電報！　電報！」強い力で、扉は再び続けざまに、乱打された。

「まあ！　お兄様！　何を遊ばすのです。さあ！　彼方《あっち》へ行らっしゃい。」優しく制している女の声が聞えた。

「電報だい！　電報だい！　本当に電報だよ。美奈《みな》さん。」男は抗議するように云った。

「あら！　電報じゃありません、お客様の御名刺じゃありませんか、それなら早くお取次ぎ遊ばすのですよ。」

そうした問答が、聞えたかと思うと、扉《ドア》が音もなく開いて、十六――恐らく七には

なるまい少女が姿を現した。色の浅黒い、眸《ひとみ》のいきいきとした可愛《かわい》い少女だった。彼女は、兄の恥を自分の身に背負ったように、顔を真赤にしていた。

「お父様！　お客様でございます。」

客に、丁寧に会釈《えしやく》をしてから、父に向って名刺を差し出しながら、しとやかそうに云《い》った。傲岸《ごうがん》な父の娘として、白痴の兄の妹として、彼女は狼《おおかみ》に伍《ご》した羊のように、美しく、しとやかだった。

「木下さん。これが娘です。」

そう云った荘田の顔には、娘自慢の得意な微笑が、アリ〳〵と見えた。が、彼の眼が、開かれた扉《ドア》の所に立って、キョトンと室内を覗《のぞ》いている長男の方へ転ずると、急にまた悄気てしまった。

「あゝ美奈さん。兄さんを早《はよ》う向うへ連れて行ってね。それから、杉野さんをお通しするように。」

娘に、優しく云い付けると、客の方へ向きながら、

「御覧の通りの馬鹿《ばか》ですからね。唐沢のお嬢さんのような立派な聡明《そうめい》な方に、来ていたゞいて、引き廻していたゞくのですね。はゝゝゝゝ。」

馬鹿な長男が去ると、荘田は又以前のような得意な傲岸な態度に還《かえ》って行った。

其処《そこ》へ、小間使に案内されて、入って来たのは、杉野子爵《ししゃく》だった。

「やあ！　荘田さん！　懸賞金はやっぱり私のものですよ。到頭、先方で白旗《しらはた》を上げましたよ、はゝゝゝ。」

「白旗をね、なるほど。はゝゝゝ。」荘田は、凱旋《がいせん》の将軍のように哄笑《こうしょう》した。

「案外脆《もろ》かったですね。」木下は傍から、合槌《あいづち》を打った。

「それがね。令嬢が、案外脆かったのですよ。お父様が、監獄へ行くかも知れないと聞いて、狼狽《ろうばい》したらしいのです。父一人子一人の娘としては、無理はないとも思うのです。私の所へ、今朝そっと手紙を寄越したのです。父に対する告訴を取り下げた上に、唐沢家に対する債権を放棄して呉《く》れるのなら荘田家へ輿《こし》入れしてもいゝと云うのです。」

「なるほど、うむ、なるほど。」

荘田は、血の臭《におい》を嗅《か》いだ食人鬼のように、満足そうな微笑を浮べながら、肯《うなず》いた。

「ところが、令嬢に註文があるのです。荘田君！　お欣《よろこ》びなさい！　私に対する懸賞金は倍増《ばいまし》にする必要がありますよ、令嬢の註文がこうなのです。同じ荘田家へ嫁ぐのなら、息子さんよりも、やっぱりお父様のお嫁になりたい。男性的な実業家の夫人として、社交界に立って見たいとこう云ってあるのです。手紙をお眼にかけてもいゝですが。」

そう云いながら、子爵はポケットから、瑠璃子《るりこ》の手紙を取り出した。丁度敵《かたき》から来た投降状でも出すように。

三

凱旋《がいせん》の将軍が、敵の大将の首実検をでもするように、荘田は瑠璃子が杉野子爵宛《ししやくあて》に寄越した手紙を取り上げた。得意な、満ち足りたと云《い》ったような、賤《いや》しい微笑が、その赤い顔一面に拡《ひろ》がった。

「うむ！　成る程！　成る程！」

舌鼓《したつづみ》をでも打つように、一句々々を貪《むさぼ》るように読み了《おわ》ると、彼は腹を抱えんばかりに哄笑《こうしょう》した。

「はゝゝゝ。強いようでも、やっぱり女子は弱いものじゃ。はゝゝゝ。なにも、あのお嬢さんを嫁にしようなどとは、夢にも考えていなかったが、こうなると一番若返るかな、はゝゝゝ、じゃ、杉野さん、どうかよろしくね。あの証文全部は、お嬢様に、結婚《マリエジ》の進物《プレゼント》として差しあげる。そうだ！　差し上げる期日は、結婚式の当日と云うことにしよう。それから、支度金は軽少だが、二万円差し上げよう。そう〳〵、貴君方《あなた》に対するお礼もあったけ。」

王女のように、美しく気高い処女を、到頭征服し得たと云う欣《よろこ》びに、荘田は有頂天になっていた。彼は、呼鈴《ベル》を鳴らして女中を呼ぶと、

「お嬢さんに、そう云うのだ、俺《わし》の手提金庫《てさげ》に小切手帳が入っているから持って来るように。」と命じた。

良心を悪魔に、売り渡した木下と杉野子爵とは、自分達の良心の代価が、幾何《いくら》になるだろうかと銘々心の裡《うち》で、荘田の持つ筆の先に現れる数字を、貪欲《どんよく》に空想しながら、美奈子が小切手帳を持って、入って来るのを待っていた。

「十八の娘にしては、なか〳〵達筆だ！　文章も立派なものだ！」

荘田は、尚《なお》飽かず瑠璃子の手紙に、魂を擾《みだ》されていた。

が、丁度その同じ瞬間に、瑠璃子の手紙に依《よ》って、魂を擾されていたのは荘田勝平丈《だけ》だけではなかった。

瑠璃子は、杉野子爵に宛てゝ、一通の手紙を書くのと同時に、その息子の杉野直也《なおや》に対しても、一通の手紙を送った。杉野子爵に対する手紙は、冷たい微笑と堅い鉄のような心とで書いた。直也に送った手紙は、熱い涙と堅い鉄のような心とで書いた。

荘田勝平が、一方の手紙を読んで、有頂天《うちようてん》になったと同じに、直也は他の一方の手紙を読んで、奈落《ならく》に突落されたように思った。

父を恐ろしい恥辱より救い、唐沢一家を滅亡より救う道は、これより外にはないのでございます。……

法律の力を悪用して、善人を苦しめる悪魔を懲《こら》しめる手段は、これより外にはないのでございます。妾《わたくし》の行動を奇嬌《ききよう》だとお笑い下さいますな。芝居気があるとお笑い下さいますな。現代に於《おい》ては、万能力を持っている金に対抗する道は、これより外にはないのでございます。……名ばかりの妻、そうです、妾はありとあらゆる手段と謀計とで以《もつ》て、妾の貞操をあの悪魔のために汚《けが》されないように努力する積《つもり》です。北海道の牧場では、よく牡牛《おうし》と羆《ひぐま》とが格闘するそうです。妾と荘田との戦いもそれと同じです。牡牛が、羆の前足で、搏《う》たれない裡に、その鉄のような角を、敵の脾《ひ》腹《ばら》へ突き通せば牡牛の勝利です、妾も、自分の操《みさお》を汚されない裡に、立派にあの男を倒してやりたいと思います。

妾の結婚は、愛の結婚でなくして、憎しみの結婚です。それに続く結婚生活は、絶えざる不断の格闘です。……

が、どうか妾《わたくし》を信じて下さい。妾には自信があります。半年と経《た》たない裡に精神的にあの男を殺してやる自信があります。

直也様よ、妾《わたくし》のためにどうか、勝利をお祈り下さい。

手紙は尚続いた。

四

妾《わたくし》は、勝利を確信しています。が、それは実質の勝利で、形から云《い》えば、妾は金のために荘田に購《あがな》われる女奴隷《おんなどれい》と、等しいものかも知れません。妾が、自分の操《みさお》を清浄《しょうじょう》に保ちながら、荘田を倒し得ても、社会的には妾は、荘田の妻です。何人《なんぴと》が妾の心も身体《からだ》も処女であることを信じて呉《く》れるでしょう。妾は貴君丈《あなた》には、それを信じて戴きたいと思います。が、妾にはそれを強いる権利はありません。

男性化《マンリファアン》と言う言葉があります。妾《わたくし》の現在はそれです。妾は女性としての恋を捨て、優しさを捨て慎《つつま》しやかさを捨て丶、たゞ復讐《ふくしゅう》と膺懲《ようちょう》のために、狂奔する化物のような人間になろうとしているのです。顧みると、自分ながら、浅ましく思わずには、いられません。が、悪魔を倒すのには、悪魔のような心と謀計とが必要です。

　貴君を愛し、また貴君から愛されていた無垢《むく》な少女は、残酷な運命の悪戯《いたずら》から、凡《すべ》ての女性らしさを、自分から捨ててしまうのです。凡ての女性らしさを、復讐の神に捧《ささ》げてしまうのです。愛も恋も、慎しやかさも淑《しとや》かさも、その黒髪も白き肌《はだえ》も。

次ぎのことを申上げるのは、一番厭《いや》でございますが、荘田からの最初の申込みを取り継がれた方は、貴君《あなた》のお父様です。従って、求婚に対する妾《わたくし》の承諾も、順序として、貴君のお父様に、取次いでいたゞかねばなりません。妾は、貴君に対する、もっと不快な恐ろしい手紙を書いた後に、貴君のお父様宛《あて》に、もう一つの、もっと不快な恐ろしい手紙を書かねばなりません。

　それを思うと、妾《わたくし》の心が暗くなります。が、妾はあくまで強くなるのです。あゝ、悪魔よ！　もっと妾の心を荒《すさ》ませてお呉れ！　妾の心から、最後の優しさと恥しさを奪っておくれ！

　一句一句鋭い匕首《あいくち》の切先で、抉《えぐ》られるように、読み了《おわ》った直也は最後の一章に来ると、鉄槌《てつつい》で横ざまに殴り付けられたような、恐ろしい打撃を受けた。

　最初は、縦令《たとい》どんな理由があるにしろ、自分を捨てゝ、荘田に嫁ごうとする瑠璃子くが恨めしかった。心を喰い裂くような烈《はげ》しい嫉妬《しっと》を感じた。が、だん〳〵読んで行く裡《うち》に、唐沢家に対する荘田の迫害の原因が、荘田に対する自分の罵倒《ばとう》であったことが、マザ〳〵と分って来た。瑠璃子を唐沢家から奪おうとするのは、つまり自分の手から奪おうとするのだ。荘田が、自分に対する皮肉な恐ろしい復讐なのだ。意趣返しなのだ。瑠璃子は、復讐と膺懲の手段として、結婚すると云う。が、それを自分が漫然と見ていられるだろうか。かよわい女性が、貞操の危険を冒《おか》してまで、戦っている時に、第一の責任者たる自分が、茫然《ぼうぜん》と見ていられるだろうか。が、そんなことは兎《と》に角《かく》直也には、自分の恋人が縦令《たとい》操は許さないにしても、荘田と——豚のように不快な荘田と、形式的にでも夫と呼び妻と呼ぶことが、堪《た》まらなかった。瑠璃子は、飽くまでも、操を汚《けが》さないと云うが、そんなことは、聡明《そうめい》ではあるにしろ、まだ年の若い彼女の夢《ロマ》想的《ンチツク》な空想で、縦令《たとい》彼女の決心が、どんなに堅かろうとも、一旦《いったん》結婚した以上、獣のように強い荘田の為《ため》に、ムザ〳〵と蹂《ふ》み躙《にじ》られてしまいはせぬか。どんなに強い精神でも、鉄のように強い腕には、敵せない時がある。瑠璃子の心が火のように烈しく、石のように堅くても、羅衣《うすもの》にも堪えないような、その優しい肉体は、荘田の強い把握《はあく》のために、押し潰《つぶ》されてしまいはせぬか。そう考えると、直也の心は、恐ろしい苦悶《くもん》と焦燥《しょうそう》のために、烈しく動乱した。が、それよりも、自分の父が自分の恋人を奪う悪魔の手下であることを知ると、彼は憤怒《ふんぬ》と恥辱とのために、逆上した。

彼は瑠璃子の手紙を握りながら、父の部屋へかけ込んだ。父の姿は見えないで、女中が座敷を掃除していた。

「お父様は何《ど》うした。」

彼は女中を叱咤《しった》するように云った。

「今しがた、荘田様へ行らっしゃいました。」

瑠璃子の承諾の手紙を読むと、鬼の首でも取ったように、荘田の所へ馳《か》け付けたのだと思うと、直也の心は、恐ろしい憤怒のために燃え上った。

五

美奈子が、小切手帳を持って来ると、荘田は、傍《かたわら》の小さい卓《デスク》の上にあった金蒔絵《まきえ》の硯箱《すずりばこ》を取寄せて不器用な手付で墨を磨《す》りながら、左の手で小切手帳を繰拡《ひろ》げた。

「はゝゝゝゝ、貴方《あなた》にも、お礼をうんと張り込むかな。」彼は、そう得々と哄笑《こうしょう》しながら、最初の一葉に、金二万円也《なり》と、小学校の四五年生位の悪筆で、その癖溌剌《はつらつ》と筆太に書いた。それは無論、支度料として、唐沢家へ送るものらしかった。

その次ぎの一葉を、木下も杉野も、爛々と眼を、梟のように光らせて、見詰めていた。荘田は、無造作に壱万円也と書き入れると、その次ぎの一葉にも、同じ丈の金額を書き入れた。

「何《ど》うです。これで不足はないじゃろう。はゝゝゝ。」と、荘田は肩を揺《ゆる》がせながら笑った。

食事を与えられた犬のように、何の躊躇《ちゅうちょ》もなく、二人がその紙片に手を出そうとしている時だった。荘田の背後《うしろ》の扉《ドア》が、軽く叩《たた》かれて、小間使が入って来て、

「旦那《だんな》様《さま》！　あの杉野さんと云《い》う方が、御面会です。」と、云った。

「杉野！」と、荘田は首を傾《かし》げながら云った。「杉野さんなら茲《ここ》にいらっしゃるじゃないか。」

「いゝえ！　お若い方でございます。」

「若い方？　いくつ位？」と、荘田は訊《き》き返した。

「二十三四の方で、学生の服を着た方です。」

「うゝむ。」と、荘田は一寸《ちょっと》考え込んだが、ふと杉野子爵《ししゃく》の方を振向きながら、

「杉野さん！　貴君の御子息じゃないかね。」と、云った。

「私の倅《せがれ》、私の倅がお宅へ伺うことはない。尤《もっと》も、私にでも用があるのかな。そうじ

ゃありませんか。私に会いたいと云うのじゃありませんか。」

子爵は小間使の方を振り向きながら云った。小間使は首を振った。

「いゝえ！　御主人にお目にかゝりたいと仰《おっ》しゃるのです。」

「あゝ分った！　杉野さん！　貴君《あなた》の御子息なら、僕の所へ来る理由が、大《おおい》にあるのです。殊《こと》に今の場合、唐沢のお嬢さんが、私に屈伏しようと云う今の場合、是非とも来なければならない方です。そうだ！　私も会いたかった。そうだ！　私も会いたかった！　おい、お通しするのだ。主人もお待ちしていましたと云ってね。貴君方は、別室で待っていたゞくかね。いや、立会人があった方が、結局いゝかな。そうだ！　早くお通しするのだ！」

興奮した熊《くま》のように、荘田は卓《テーブル》に沿うて、二三歩ずつ左右に歩きながら、叫んだ。

杉野子爵には、荘田の云った意味が、十分に判《わか》らなかった。何の用事があって、自分の息子が、荘田を尋ねて来るのか見当も立たなかった。が、それは兎《と》も角《かく》、自分が荘田から、邪《やま》しい金を受け取ろうとする現場へ、肉親の子――その潔白な性格に対しては、親が三目も四目も置いている子が――突然現れて来ることは、いかにも愧《はずか》しいキマリの悪い事に違いなかった。彼は顔には現さなかったが、心の裡《うち》では、可なり狼狽《ろうばい》した。荘田が、早く気を利《き》かして、小切手帳をしまって呉《く》れればいゝ、呉れるものは、早く呉れて、早く蔵《しま》って呉れゝばいゝと、虫のいゝことを、考えていたけれど、荘田は妙に興奮してしまって、小切手帳のことなどは、念頭にもないようだった。マザ〳〵と見えている壱万円也と云う金額が、杉野や木下等の罪悪を、歴々《ありあり》と語っているように、子爵には心苦しかった。

「一体、私の倅は何だって、貴方をお尋ねするのです。前から御存じなのですか。何の用事があるのでしょう。」杉野子爵は、堪《たま》らなくなって訊いた。

「いや、今に直《す》ぐ判《わか》ります。やっぱり、今度の私の結婚に就てです。が、媒介《ばいかい》の手数料《コンミッシヨン》を貰《もら》いに来るのでないことは、確《たしか》ですよ。はゝゝゝゝ。」

と、荘田は腹を抱えるように哄笑《こうしよう》した。その哄笑が終らない中《うち》に、彼の背後《うしろ》の扉《ドア》が、静かに開かれて、その男性的な顔を、蒼白《そうはく》に緊張させている、杉野直也が姿を現した。

六

直也の姿を見ると、荘田の哄笑が、ピタリと中断した。相手の決死の形相が、傲岸《ごうがん》な荘田の心にも鋭い刃物に触れたような、気味悪い感じを与えたのに違《ちがい》なかった。が、彼はさり気なく、鷹揚《おうよう》に、徹頭徹尾勝利者であると云《い》う自信で云った。

「いやあ！　貴君《あなた》でしたか。いつぞやは大変失礼しました。さあ！　何《ど》うか此方《こっち》へお入り下さい！　丁度、貴君のお父様も来ていらっしゃいますから。」

外面丈《うわべだけ》は可なり鄭重《ていちょう》に、直也を引いた。直也は、その口を一文字に緊《ひ》きしめたまゝ、黙々として一言も発しなかった。彼は、父の方をなるべく見ないように――それは父に対する遠慮ではなくして、敬虔《けいけん》な基督《キリスト》教徒が異教徒と同席する時のような、憎悪《ぞうお》と侮蔑《ぶべつ》とのために、なるべく父の方を見ないように、荘田の丁度向い側に卓《テーブル》を隔てゝ相対した。

「何う云う御用か、知りませんが、よく入《い》らっしゃいました。貴君があんなに軽蔑なさった成金の家へも、尋ねて来て下さる必要が出来たと見えますね。はゝゝゝゝ。」

荘田は、直也と面と向って立つと、直ぐ挑戦《ちょうせん》の第一の弾丸を送った。

直也は、それに対して、何かを云い返そうとした。が、彼は烈《はげ》しい怒りで、口の周囲《まわり》の筋肉が、ピク／＼と痙攣《けいれん》する丈で、言葉は少しも、出て来なかった。

「何《ど》う云う御用です。承ろうじゃありませんか。何う云う御用です。」

荘田はのしかゝるように畳かけて訊《き》いた。直也は、心の裡《うち》に沸騰《ふっとう》する怒りを、何う現してよいか、分らないように、暫《しば》らくは両手を顫《ふる》わせながら、荘田の顔を睨《にら》んで立っていたが、突如として口を切った。

「貴君《あなた》は、良心を持っていますか。」

「良心を！」と、荘田は直《す》ぐ受けたが、問が余りに唐突であったため暫らくは語《ことば》に窮した。

「そうです。良心です。普通の人間には、そんなことを訊く必要はない。が、人間以下の人間には、訊く必要があるのです。貴君は良心を持っていますか。」

直也は、卓《テーブル》を叩《たた》かんばかりに、烈しく迫った。

「あはゝゝゝ。良心！　うむ、そんな物はよく貧乏人が持ち合わしているものだ。そして、それを金持に売り付けたがる。はゝゝ、私も度々買わされた覚えがある。が、私自身には生憎《あいにく》良心の持ち合せがない、はゝゝ。いつかも、貴君に云った通り、金さえあれば、良心なんかなくても、結構世の中が渡って行けますよ。良心は、羅針《らしん》盤《ばん》のようなものだ。ちっぽけな帆前《ほまえ》や、たかが五百噸《トン》や千噸の船には、羅針盤が必要だ。が、三万とか四万とか云う大軍艦になると、羅針盤も何も入りやしない、大手を振って大海が横行出来る。はゝゝ。俺《わし》なども、羅針盤の入らない軍艦のようなものじゃ。はゝゝ。」

荘田は、飽くまでも、自分の優越を信じているように、出来る丈《だけ》直也を、じらすように、ゆっくりと答えた。

それを聴くと、直也は堪《たま》らないように、わなわなと身体《からだ》を顫わせた。

「貴君は、自分がやったことを恥だとは思わないのですか。卑劣《ひれつ》な盗人《ぬすつと》でも恥じるような手段を廻《めぐ》らして、唐沢家を迫害し、不倫《ふりん》な結婚を遂げようと云うような、浅ましいやり方を、恥ずかしいとは思わないのですか。貴君は、それを恥ずる丈の良心を持っていないのですか。」

直也は、吃々《きつきつ》とどもりながら、威丈高《いたけだか》に罵《ののし》った。が、荘田はビクともしなかった。

「お黙りなさい。国家が許してある範囲で、正々堂々と行動しているのですよ。何を恥じる必要があるのです。貴方は、白昼公然と、私の金の力を、あざ嗤《わら》った。が、御覧なさい！　貴君は、金の力で自分のお父様を買収され、あなたの恋人を、公然と奪われてしまったではありませんか。貴君こそ、自分の不明を恥じて、私の前でいつかの暴言を謝しなさい！　唐沢のお嬢さんは、もう此《こ》の通り、ちゃんと前非《ぜんぴ》を悔《く》いている。御覧なさい！　此の手紙を！」

そう云いながら、荘田は得々として、瑠璃子の手紙を直也に突き付けたとき、彼の心は火のような憤《いきどおり》と、恋人を奪われた墨のような恨《うらみ》とで、狂ってしまった。

「御覧なさい！　私は、自分の息子の嫁に、するために、お嬢さまを所望したのだが、お嬢さまの方から、却《かえ》って私の妻になりたいと望んでおられる。有力な男性的な実業家の妻として、社会的にも活動して見たい！　こう書いてある。あはゝゝ。何《ど》うです！　お嬢様にも、ちゃんと私の価値が判《わか》ったと見える。金の力が、どんなに偉大なものかが判ったと見える！　あはゝゝ。」

七

荘田は、得々とその大きい鼻を、うごめかしながら、言葉を切った。

直也は、湧《わ》き立つばかりの憤怒《ふんぬ》と、嵐《あらし》のような嫉妬《しっと》に、自分を忘れてしまった。彼は瑠璃子の手紙を見たときに、荘田と媒介人たる自分の父とに、面と向って、その不正と不倫《ふりん》とを罵《ののし》り、少しでも残っている荘田の良心を、呼び覚して、不当な暴虐《ぼうぎゃく》な計画を思い止《とど》まらせようと決心したのだが、実際に会って見ると、自分のそうした考えが、獣に道徳を教えるのと同じであることを知った。そればかりでなく、荘田の逆襲的嘲弄《ちょうろう》に、直也自身まで、獣のように荒《すさ》んでしまった。彼の手は、いつの間にか知らず識《し》らず、ポケットの中に入れて来た拳銃《ピストル》にかかっていた。その拳銃《ピストル》は、今年の夏、彼が日本アルプスの乗鞍《のりくら》ケ岳から薬師ケ岳へ縦走したときに、護身用として持って行って以来、つい机の引出しに入れて置いた。彼は激昂《げつこう》して家を出るとき、ふと此《こ》の拳銃《ピストル》の事が、頭に浮んだ。荘田の家へ、単身乗り込んで行く以上、召使や運転手や下男などの多数から、どんな暴力的な侮辱を受けるかも知れない。そうした場合の用意に持って来たのだが、然《しか》し今になって見ると、それが直也に、もっと血腥《ちなまぐさ》い決心の動機となっていた。

暴に報《むく》ゆるには暴を以《もつ》てせよ。相手が金を背景として、暴を用いるなら、こちらは死を背景とした暴を用いてやれ。憤怒と嫉妬とに狂った直也は、そう考えていた。そうした考えが浮ぶと共に、直也の顔には、死そのもののような決死の相が浮んでいた。

「貴君《あなた》の、この不正な不当な結婚を、中止なさい。中止すると誓いなさい！　でなければ……でなければ……」そう云《い》ったまゝ、直也の言葉も逭《さすが》に後が続かなかった。

「でなければ、何うすると云うのです。あはゝゝゝゝ。貴君《あなた》は、この荘田を脅迫《きようはく》するのですな。こりゃ面白い！　中止しなければ、何うすると云うのです。」

直也は、無我夢中だった。彼は、自分も父も母も恋人も、国の法律も、何もかも忘れてしまった。ただ眼前数尺の所にある、大きい赤ら顔を、何うにでも叩《たた》き潰《つぶ》したかった。

「中止しなければ……こうするのです。」

そう叫んだ刹那《せつな》、彼の右の手は、鉄火の如《ごと》くポケットを放れ、水平に突き出されていた。その手先には、白い光沢《つや》のある金属が鈍い光を放っていた。

「何！　何をするのだ。」と、荘田が、悲鳴とも怒声とも付かぬ声を挙げて、扉《ドア》の方へタジ〳〵と二三歩後ずさりした時だった。

直也の父は、狂気のように息子の右の腕に飛び付いた。

「直也！　何をするのだ！　馬鹿《ばか》な。」

その声は、泣くような叱《しか》るような悲鳴に近い声だった。

父の手が、子の右の手に触れた刹那だった。轟然《ごうぜん》たる響は、室内の人々の耳を劈《つんざ》いた。

その響きに応ずるように、荘田も木下も子爵《ししやく》も「アッ」と、叫んだ。それと同時に、どうと誰かが崩れるように倒れる音がした。帛《きぬ》を裂くような悲鳴が、それに続いて起った。その悲鳴は、荘田の口から洩《も》るゝような、太いあさましい悲鳴とは違っていた。

八

父の手が直也の手に触れた丁度その刹那《せつな》に、発せられた弾丸《たま》は、皮肉にも二十貫に近い荘田の巨軀《きょく》を避けて、わずかに開かれた扉《ドア》の隙《すき》から、主客の烈《はげ》しい口論に、父の安否を気遣って、そっと室内をのぞき込んでいた荘田の娘美奈子の、かよわい肉体を貫ぬいたのであった。

荘田は娘の悲鳴を聞くと、自分の身の危さをも忘れて飛び付くように、娘の身体《からだ》に掩《おお》いかゝった。

美奈子は、二三度起き上ろうとするように、身体を悶《もだ》えた後に、ぐったりと身体を、青い絨毯《じゅうたん》の上に横えた。絶え入るような悲鳴が続いて、明石縮《あかしちぢみ》らしい単衣《ひとえ》の肩の辺に出来た赤黒い汚点《しみ》が、見る見る裡《うち》に胸一面に拡《ひろ》がって行くのだった。

「美奈子！　気を確《たしか》に持て！　おい！　繃帯《ほうたい》を持って来い！　なければ白木綿だ！　近藤さんを呼べ！　そうだ！　自動車を迎えにやれ！　いなかったら、誰でもいゝ外科の博士を。そうだ！　その前に、誰でもいゝから、近所の医者を呼んで来い！　早く、早く、早くだ！」

狼狽《ろうばい》して、前後左右にたゞウロ〳〵する、召使の男女を荘田は声を枯して叱咤《しった》した。彼はそう云《い》いながらも、右の掌《てのひら》で、娘の傷口を力一杯押えているのだった。

直也は、自分の放った弾丸が、思いがけない結果を生んだのを見ながら、彼は魂を奪われた人間のように、茫然《ぼうぜん》として立っていた。色は土の如《ごと》く蒼《あお》く、眼は死魚のそれのように光を失った。彼はまだ短銃《ピストル》を握ったまゝ、突っ立っていた。直也の父も、木下も、此《こ》の犯人の手から、短銃《ピストル》を奪い取ることさえ忘れていた。殊《こと》に、子爵《ししやく》の顔は子のそれよりも、血の気がなかった。彼は自分の罪が、ヒシ／＼と胸に徹《こた》えて来るのを感じた。自分の野卑な、狡猾《こうかつ》な行為が、子の上に覿面《てきめん》に報《むく》いて来たことが、恐ろしかった。彼は、子の短慮と暴行とを叱《しっ》すべき言葉も、権威も持っていなかった。彼の身体を支えている足は、絶えずわな／＼と顫《ふる》えた。

荘田は、娘の肩口を繃帯で、幾重にもクルクルと、捲《ま》いてしまうと、やっと小康を得たように、室内へ帰って来た。その巨《おお》きい顔は殺気を帯びて物凄《ものすご》い相を示した。

「お蔭《かげ》で傷は浅いです。可哀《かわい》そうに、あれは大層親思いですから、あんな飛沫《とばしり》を喰うのです。」

彼は、氷のような薄笑いを含んで、直也の顔をマジ／＼と見詰めながら云った。赤手にして一千万円を超ゆる暴富を、二三年の裡《うち》に、攫取《かくしゅ》した面魂《つらだましい》が躍如として、その顔に動いた。

「いや、私は暴に報いるに、暴を以《も》ってしません。たゞ、国の公正なる法律に、あなたの処分を委《まか》せる丈です。杉野さん！　お気の毒ですが、御子息は直《す》ぐ、警察の方へお引き渡ししますから、そのおつもりでいて下さい。おい警視庁の刑事課へ電話をかけるのだ。そして、殺人未遂の犯人があるから、直ぐ来て呉《く》れと。いゝか。」

荘田は、冷然として、鉄の如く堅く冷かに、商品の註文をでもするような口調で、小間使に命じた。

小間使の方が恐ろしい命令に、躊躇《ちゅうちょ》して、ウロ〳〵している時だった。仮の繃帯が了《お》って、自分の部屋へ運ばれようとしていた美奈子が、父の烈しい言葉を、そのかすかな聴覚で、聞きわけたのであろう。彼女は、ふり搾《しぼ》るような声を立てた。

「お父様！　お願いでございます。何《ど》うぞ、内済にして下さいませ！　妾《わたくし》が、短銃《ピストル》で打たれましたなどは、外聞が悪うございますわ。どうぞ！　どうぞ！」

彼女は、哀願するように、力一杯の声を出した。

荘田は、娘からの思いがけない抗議に、狼狽《うろた》えながら、尚《なお》も頑然として云った。

「お前さんの知ったことじゃない。お前さんは、そんなことは、一切考えないで、気を落着けているのだ。いゝか。いゝか。」

「いゝえ！　いゝえ！　妾《わたくし》を打ったために、あの方が牢《ろう》へ行かれるようなことが、ございましたら、妾は生きては、おりません。お父様！　どうぞ、どうぞ、内済にして下さいませ。」

美奈子は、息を切らしながら、とぎれ〱に云った。傲岸不屈《ごうがんふくつ》な荘田も、遉《さすが》に黙ってしまった。

直也の二つの眼には、あつい湯のような涙が、湧《わ》くように溢《あふ》れていた。初めて、顔を見たばかりの少女の、厚い情《なさけ》に対する感激の涙だった。

心の武装

一

記憶のよい人々は、或《あるい》は覚えているかも知れない。大正六年の九月の末に、東京大阪の各新聞紙が筆を揃《そろ》えて報道した唐沢男爵《だんしゃく》の愛嬢瑠璃子《るりこ》の結婚を。それは近年にない大評判《センセイショナル》な結婚であった。

此《こ》の結婚が、一世の人心を湧《わ》かし、姦《かまびす》しい世評を生んだ第一の原因は、その新郎新婦の年齢が恐ろしいほど隔っていた為《ため》であった。二三の新聞は、第二の小森幸子事件であると称して、世道人心に及ぼす悪影響を嘆いた。小森幸子事件とは、ついその六七年前、時の宮内《くない》大臣田中伯が、還暦を過ぎた老体を以《もっ》て、まだ二十《はたち》を過ぎたばかりの処女――爵位と権勢に憧《あこが》るゝ虚栄の女と、婚約をした為に一世の烈《はげ》しい指弾と抗議とを招いた事件だった。

無論、新郎の荘田《しょうだ》勝平は、当時の田中伯よりも若かった。が、それと同時に、新婦の唐沢瑠璃子は小森幸子などとは比較にならないほど美しく、比較にならないほど名門の娘であり、比較にならないほど若かった。

新聞紙に並べられた新郎新婦の写真を見た者は、男性も女性も、等しく眉《まゆ》を顰《ひそ》めた。が、此の結婚が姦しい世評を産んだ原因は、たゞ新郎新婦の年齢の相違ばかりではなかった。もう一つの原因は、成金、荘田勝平が、唐沢家の娘を金で買ったと云《い》う噂《うわさ》だった。或《ある》新聞紙は貴族院第一の硬骨を以て、称せらるゝ唐沢男爵に、そうした卑《いや》しい事のあるべき筈《はず》はないと、打消した。他の新聞紙は宛《あたか》も事件の真相を伝える如《ごと》くに云った、曰《いわ》く『荘田勝平は唐沢男に私淑《ししゅく》しているのだ。彼は数十万円を投じて唐沢家の財政上の窮状を救ったのだ。唐沢男が、娘を与えたのは、その恩義に感じたからである。』と。他の新聞紙は、またこんな記事を載せた。結婚の動機は、唐沢瑠璃子の強い虚栄からである。彼女は学習院の女子部にいた頃から、同窓の人々の眉を顰めさせるほど、虚栄心に富んだ女であった、と。そうした記事に伴って女子教育家や社会批評家の意見が紙面を賑《にぎ》わした。或者は、成金の金に委《まか》せての横暴が、世の良風美俗を破ると云って憤慨した。或者は、米国の富豪の娘達が、欧洲《おうしゅう》の貴族と結婚して、富と爵位との交換を計るように、日本でも貧乏な華族と富豪が頻々《ひんぴん》として縁組を始めたことを指摘して、面白からぬ傾向である、華族の堕落であると結論した。

が、そうした轟々《ごうごう》たる世論を外《よそ》に、荘田は結婚の準備をした。春の園遊会に、十万円を投じて惜しまなかった彼は、晴の結婚式場には、黄金の花を敷くばかりの意気込であった。彼は、自分の結婚に対して非難攻撃が高くなればなるほど、反抗的に公然《おおぴら》に華美に豪奢《ごうしゃ》に、式を挙げようと決心していた。

彼は、あらゆる手段で、朝野の名流を、その披露《ひろう》の式場に蒐《あつ》めようとした。彼は、あらゆる縁故を辿《たど》って、貴族顕官の列席を、頼み廻った。

九月二十九日の夕《ゆうべ》であった。日比谷《ひびや》公園の樹《こ》の間に、薄紫のアーク燈《とう》が、ほのめき始めた頃から幾台も幾台もの自動車が、北から南から、西から東から、軽快な車台で夕暮の空気を切りながら、山下門の帝国ホテルを目指して集まって来た。最新輸入の新しい型の自動車と交っては、昔ゆかしい定紋《じょうもん》の付いた箱馬車に、栗毛《くりげ》の駿足《しゅんそく》を並べて、優雅に上品に、軋《きし》せて来る堂上華族も見えた。流石《さすが》に広いホテルの玄関先も、後から後から蒐まって来る馬車や自動車を、収め切れないではみ出された自動車や馬車は往来に沿うて一町ばかりも並んでいた。

祝宴が始まる前の控場《ひかえじょう》の大広間には、余興の舞台が設けられていて、今しがた帝劇の嘉久子《かくこ》と浪子《なみこ》とが、二人道成寺《ににんどうじょうじ》を踊り始めたところだった。

二

新郎の勝平は、控室の入口に、新婦の瑠璃子と並び立って、次ぎ次ぎに到着する人々を迎えていた。

彼は嘘《うそ》から出た真《まこと》と云《い》う言葉を心の裡《うち》で思い起していた。本当に、彼の結婚は嘘から出た真であった。彼は、妙にこじれてしまった意地から、相手を苦しめる為《ため》に、申込んだ結婚が、相手が思いの外に、脆《もろ》かった為、手軽に実現したことが少しくすぐったいようにも思った。それと同時に、名門のたった一人の令嬢をさえ、自分の金の力で、到頭買い得たかと思うと、心の底からむら〳〵と湧《わ》く得意の情を押えることが出来なかった。

が、結婚の式場に列《つらな》るまで、彼は瑠璃子を高価《たかね》で購《あがな》った装飾品のようにしか思っていなかった。五万円に近い大金を投じて、落籍《ひか》した愛妓《あいぎ》に対するほどの感情をも持っていなかった。『此《こ》のお嬢さん屹度《きつと》むずがるに違いない。なに、むずかったって、高の知れた子供だ。ふゝん。』と云ったような気持で神聖なるべき式場に列った。が、雪のように白い白紋綸子《りんず》の振袖《ふりそで》の上に目も覚むるような唐織錦《にしき》の裲襠《うちかけ》を被《き》た瑠璃子の姿を見ると、彼は生れて初めて感じたような気高さと美しさに、打たれてしまって、神官が朗々と唱え上げる祝詞《のりと》の言葉なども耳に入らぬほど、じっと瑠璃子の姿に、魅せられていた。その輪廓の正しい顔は凄《すご》いほど澄みわたって、神々《こうごう》しいと云ってもいゝような美しさが、勝平の不純な心持ちをさえ、浄《きよ》めるようだった。

式が、無事に終って、大神宮から帝国ホテルまでの目と鼻の距離を、初めて自動車に同乗したときに云い知れぬ嬉《うれ》しさが、勝平の胸の中に、こみ上げて来た。彼は、どうかして、最初の言葉を掛けたかった。が、日頃傲岸不遜《ごうがんふそん》な、人を人とも思わない勝平であるにも拘《かか》わらず、話しかけようとする言葉が、一つ〳〵咽喉《のど》にからんでしまって、小娘か何かのように、その四十男の巨《おお》きい顔が、ほんの少しではあるが、赤らんだ。彼は、唐沢家をあんなにまで、迫害したことが、後悔された。瑠璃子が、自分のことを一体何《ど》う思っているだろうと、云うことが一番心配になり始めた。

式服を着換えて、今勝平の横に立っている瑠璃子は、前よりもっと美しかった。御《ご》所解模様《しよどきもよう》を胸高に総縫にした黒縮緬《ちりめん》の振袖が、そのスラリとした白皙《はくせき》の身体《からだ》に、しっくりと似合っていた。勝平は、こうして若い美しい妻を得たことが、自分の生涯を彩《いろど》る第一の幸福であるようにさえ思われた。今までは、彼の唯《ただ》一つの誇は、金力であった。が、今はそれよりも、もっと誇っていゝものが、得られたようにさえ思った。

大臣を初め、政府の高官達が来る。実業家が来る。軍人が来る。唐沢家の関係から、貴族院に籍を置く、伯爵《はくしゃく》や子爵が殊《こと》に多かった。大抵は、夫人を同伴していた。美人の妻を持っているので、有名な小早川伯爵が来たとき、勝平は同伴した伯爵夫人を、自分の新妻《にいづま》と比べて見た。伯爵夫妻が、会釈《えしゃく》して去った時、勝平の顔には、得意な微笑が浮んだ。虎《とら》の門《もん》第一の美人として、謳《うた》われたことのある勧業銀行の総裁吉村氏の令嬢が、その父に伴われて、その美しい姿を現わしたとき、勝平はまた思わず、自分の新妻と比べて見ずにはいられなかった。無論、この令嬢も美しいことは美しかった。が、その美しさは、華美な陽気な美しさで、瑠璃子のそれに見るような澄んだ神々しさはなかった。

『やっぱり、育ちが育ちだから。』勝平は、口の中で、こんな風に、新しい妻を讃美《さんび》しながら、日本中で、一番得意な人間として、後から後からと続いて来る客に、平素《いつも》に似ない愛嬌《あいきょう》を振り蒔《ま》いていた。

来客の足が、やゝ薄らいだ頃だった。此の結婚を纏《まと》めた殊勲者である木下が新調のフロックコートを着ながら、ニコニコと入って来た。

「やあ！ お目出度うございます。お目出度うございます！」

彼は勝平に、ペコ〳〵と頭を下げてから、その傍の新夫人に、丁寧に頭を下げたが、今迄《いままで》は凡《すべ》ての来客の祝賀を、神妙に受けていた瑠璃子は木下の顔を見ると、その高島田に結った頭を、昂然《こうぜん》と高く持したまゝ、一寸は愚か一分も動かさなかった。勝手が違って、狼狽《ろうばい》する木下に、一瞥《いちべつ》も与えずに、彼女は怒れる女王の如《ごと》き、冷然たる儀容を崩さなかった。

三

祝宴が開かれたのは、午後七時を廻っていた時分だった。集合電燈《シャンデリア》の華やかな昼のような光の下に五百人を越す紳士とその半分に近い婦人とが淑《しと》やかに席に着いた。紳士は、大抵フロックコートか、五つ紋の紋付であったが、婦人達は今日を晴と銘々きらびやかな盛装を競《きそ》っていた。

花嫁と云《い》ったような心持は、少しも持たず、戦場にでも出るような心で、身体《からだ》には錦繡《きんしゅう》を纏《まと》っているものの、心には甲冑《かっちゅう》を装《よそお》うている瑠璃子ではあったが、こうして沢山の紳士淑女の前に、花嫁として晒《さら》されると、必死な覚悟をしている彼女にも、恥しさが一杯だった。列席の人々は、結婚が非常な評判《センセイション》を起した丈《だけ》、それ丈、花嫁の顔を、ジロ〱と見ているように、瑠璃子には思われた。金《かね》で操《みさお》を左右されたものと思われているかも知れないことが、瑠璃子には——勝気な瑠璃子には、死に勝《まさ》る恥のようにも思われた。が、彼女は全力を振って、そうした恥しさと戦った。人は何とも思え、自分は正しい勇ましい道を辿《たど》っているのだと、彼女は心の中で、ともすれば撓《たわ》みがちな勇気を振い起した。

が、苦しんでいるものは、瑠璃子丈《だけ》ではなかった。新郎の勝平と、一尺も離れないで、黙々と席に就いている父の顔を見ると、瑠璃子は自分の苦しみなどは、父の十分の一にも足りないように思った。自分は、自分から進んで、こうした苦痛を買っているのだ。が、父は最愛の娘を敵に与えようとしている。縦令《たとい》、それが娘自身の発意であるにしろ、男子として、殊《こと》に硬骨な父として、どんなに苦しい無念なことであろうかと思った。

が、苦しんでいる者は、外にもあった。それは今宵《こよい》の月下氷人を勤めている杉野子《し》爵《しゃく》だった。子爵は、瑠璃子が自分の息子の恋人であることを知ってから、どれほど苦しんでいるか分らなかった。瑠璃子に対する荘田の求婚が、本当は自分の息子に対する、復讐《ふくしゅう》であったことを知ってから、彼はその復讐の手先になっていた、自分のあさましさが、しみ〴〵と感ぜられた。殊に、そのために、息子が殺傷の罪を犯したことを考えると、彼は立っても坐《すわ》っても、いられないような良心の苛責《かしゃく》を受けた。

日比谷《ひびや》大神宮の神前でも、彼は瑠璃子の顔を、仰ぎ見ることさえなし得なかった。彼は、瑠璃子親子の前には、罪を待つ罪人のように、悄然《しょうぜん》とその頭を垂れていた。

今宵の祝賀の的《まと》であるべき花嫁を初め、親や仲人《なこうど》が、銘々の苦しみに悶《もだ》えているにも拘《かか》わらず、祝賀の宴は、飽くまでも華やかだった。価《あたい》高い洋酒が、次ぎから次ぎへと抜かれた。料理人が、懸命の腕を振った珍しい料理が後から後から運ばれた。低くはあるが、華やかなさゞめきが卓から卓へ流れた。

デザートコースになってから、貴族院議長のT公爵《こうしゃく》が立ち上った。公爵は、貴族院の議場の名物である、その荘重な態度を、いつもよりも、もっと荘重にして云った。

「私は、茲《ここ》に御列席になった皆様を代表して、荘田唐沢両家の万歳を祈り、新郎新婦の前途を祝したいと思います。何《ど》うか皆様新郎新婦の前途を祝《いお》うて御乾杯を願います。」

公爵は、そう云いながら、そのなみ〳〵と、つがれた三鞭酒《シャンペンしゅ》の盃《さかずき》を、自分と相対して立っている逓相《ていしょう》の近藤男爵の盃に、カチリと触れさせた。

それと同時に、公爵の音頭《おんど》で、荘田唐沢両家の万歳が、一斉に三唱された。

丁度その時であった。その祝辞を受くるべく立ち上ろうとした唐沢男爵の顔が、急に蒼《あお》ざめたかと思うと、ヒョロ〳〵とその長身の身体が後に二三歩よろめいたまゝ、枯木の倒れるように、力なく床の上に崩れ落ちた。

四

唐沢男爵の突然な卒倒は、晴の盛宴を滅茶苦茶《めちゃくちゃ》にしてしまった。遉《さすが》に、心の利《き》いた給仕人は、手早く一室に担《かつ》ぎ込んだが、列席の人々の動揺は、どうともすることが出来なかった。瑠璃子は、花嫁である身分も忘れて、父の傍《かたわら》に馳《か》け付けたまゝ、晴着の振袖《ふりそで》を気にしながら、懸命に介抱した。

給仕人が、必死になって最後のコーヒを運ぶのを待ち兼ねて、仲人の杉野子爵は立って来客達に、列席の労を謝した。それを機会に、今まで浮腰になっていた来客は、潮の引くように、一時に流れ出てしまって、煌々《こうこう》たる電燈《でんとう》の光の流れている大広間には、勝平を初めとし四五人の人々が寂しく取り残された丈だった。

瑠璃子の父は、幸《さいわい》に軽い脳貧血であった。呼びにやった医者が来ない前に、もう、常態に復していた。が、彼は黙々として自分を取り囲んでいる杉野や勝平には、一言も言葉をかけなかった。

父が、用意された自動車に、やっと恢復《かいふく》した身体を乗せて、今宵《こよい》からは、最愛の娘と離れて、たゞ一人住むべき家へ帰って行く後姿を見ると、鉄のように冷くつぼんでいる瑠璃子の心も、底から掻《か》き廻わされるような痛みを感ぜずにはいられなかった。

瑠璃子は、父の自動車に身体をピッタリと附けながら、小声で云《い》った。

「お父様暫《しば》らく御辛抱して下さいませ。直きにお父様の許《もと》へ帰って行きます。どうぞ、妾《わたくし》を信じて待っていて下さいませ。」

遉《さすが》に彼女の眼にも、湯のような涙が、ほたほたと溢《あふ》れた。

父は、瑠璃子の言葉を聴くと大きく肯《うなず》きながら、

「お前の決心を忘れるな。お父さんが、今宵受けた恥を忘れるな。」

父が低く然《しか》し、力強くこう呟《つぶや》いた時、自動車は軽く滑り出していた。

父を乗せた自動車が、出《い》で去った後の車寄に附けられた自動車は、荘田がつい此間《このあいだ》、伊太利《イタリー》から求めた華麗なフィヤット型の大自動車であった。新郎新婦を、その幾久しき合衾《ごうきん》の床に送るべき目出度き乗物だった。

瑠璃子は、夫——それに違いはなかった——に招かるゝまゝ、相並んで腰を降した。

が、その美しい唇は彫像《ちょうぞう》のそれのように、堅く〳〵結ばれていた。

勝平は、何《ど》うにかして、瑠璃子と言葉を交えたかった。彼は、瑠璃子の美しさがしみ〴〵と、感ぜられゝば感ぜられる丈、たゞ黙って、並んでいることが、愈《いよいよ》苦痛になり出した。

彼は、瑠璃子の顔色を窺《うかが》いながら、オズ〳〵口を開いた。

「大変沈んでおられるようじゃが、そう心配せいでもようござんすよ。俺《わし》だって貴女《あなた》が思っているほど、無情な人間じゃありません。貴女のお父様を、苛《いじ》めて済まんと思っているのです。罪滅ぼしに、出来る丈《だけ》のことはしようと思っているのです。貴女も、俺を敵《かたき》のように思わんでな。これも縁じゃからな。」

勝平は、誰に対しても、使ったことのないような、丁寧な訛《なまり》のある言葉で、哀願するような口調でしみ〴〵と話し出した。が、瑠璃子は、黙々として言葉を出さなかった。二人の間に重苦しい沈黙が暫らく続いた。

「実は恥を云わねばならないのだが、今年の春、俺《わし》の家の園遊会で、貴女を見てから、年甲斐《としがい》もなく、はゝゝゝ。それで、つい、心にもなく貴女のお父様までも、苦しめて、どうも何とも済まないことをしました。」

勝平は、瑠璃子の心を解こうとして心にもない嘘《うそ》を云いながら、大きく頭を下げて見せた。

その刹那《せつな》に、美しい瑠璃子の顔に、皮肉な微笑が動いたかと思うと、彼女の容子《ようす》は、一瞬の裡《うち》に変っていた。

「そんなに云って下さると妾《わたくし》の方が却《かえ》って痛み入りますわ。妾《わたくし》のような者を、それほどまでして、望んで下さったかと思うと、ほゝゝゝ。」

と、車内の薄暗《うすやみ》の裡《うち》でもハッキリと判《わか》るほど、瑠璃子は勝平の方を向いて、嫣然《えんぜん》と笑って見せた。勝平は、その一笑を投げられると、魂を奪われた人間のように、フラフラとしてしまった。

五

瑠璃子の嫣然たる微笑を浴びると、勝平は三鞭酒《シャンペンしゅ》の酔《よい》が、だん〳〵廻って来たその巨《おお》きい顔の相好《そうごう》を、たわいもなく崩してしまいながら、

「あゝ、そうでがすか。貴女《あなた》の心持はそうですか、それを知らんもんですから、心配したわい。」

彼は余りのうれしさに、生れ故郷の訛《なま》りを、スッカリ丸出しにしながら、身体《からだ》に似

合わない優しい声を出した。

「貴女が心の中から、私のところへ、欣《よろこ》んで来て下さる。こんな嬉《うれ》しいことはない。貴女のためなら俺《わし》の財産をみんな投げ出しても惜しみはせん。あはゝゝゝゝ。」

荘田は、恥しそうに顔を俯《ふ》している瑠璃子の、薄暗の中でも、くっきりと白い襟足を、貪《むさぼ》るように見詰めながら、有頂天になって云った。

「貴女が来て下されば、俺《わし》も今迄《いままで》の三倍も五倍もの精力で、働きますぞ。うんと金を儲《もう》けて、貴女の身体をダイヤモンドで埋《うず》めて上げますよ。あはゝゝゝゝ。」

荘田は、何《ど》うかして、瑠璃子の微笑と歓心とを贏《か》ちえようと、懸命になって話しかけた。

十時を過ぎたお濠端《ほりばた》の闇《やみ》を、瑠璃子を乗せた自動車を先頭に、美奈子《みなこ》を乗せた自動車を中に、召使達の乗った自動車を最後に、三台の自動車は、瞬《また》く裡に、日比谷《ひびや》から三宅坂《みやけざか》へ、三宅坂から五番町へと殆《ほとん》ど三分もかゝらなかった。

瑠璃子が、夫に扶《たす》けられて、自動車から宏壮《こうそう》な車寄に、降り立った時、遉《さすが》にその覚悟した胸が、烈《はげ》しくときめくのを感じた。単身敵の本城へ乗り込んで行く、刺客のような緊張と不安とを感じた。勝平に扶けられている手が、かすかに顫《ふる》えるのを、彼女は必死に制しようとした。

瑠璃子が、勝平に従って、玄関へ上がろうとした時だった。其処《そこ》に出迎えている、多数の召使の前に、ヌッとつッ立っている若者が、急に勝平に縋《すが》り付くようにして云った。

「お父さん！　お土産《みやげ》だい！　お土産だい！」

勝平は、縋り付かれようとする手を、瑠璃子の手前、きまり悪そうに、払い退《の》けながら、

「あゝ分っている、分っている。後で、沢山やるからな。さあ！　此方へおいで。お前の新しいお母様が出来たのだからな。挨拶《あいさつ》をするのだよ。」

勝平は、その若者を拉《らっ》しながら先に立った。若者は、振り向き〳〵瑠璃子の顔をジロ〳〵と珍らしそうに見詰めていた。

勝平は先きに立って、自分の居間に通った。

「美奈子も、茲《ここ》へおいで。」

彼は、娘を呼び寄せてから、改めて瑠璃子に挨拶させた後、勝平はその見るからに傲岸《ごうがん》な顔に、恥しそうな表情を浮べながら、自分の息子を紹介した。

「これが俺《わし》の息子ですよ。御覧の通《とおり》の人間で、貴女《あなた》にさぞ、御面倒をかけるだろうと思いますが、ゼヒ、面倒を見てやっていたゞきたいのです。少し足りない人間ですが、

悪気はありませんよ。極く単純で、此方《こっち》の云うことは可なり聴くのです。おい勝彦《かつひこ》！　これが、お前のお母様だよ。さあ〳〵挨拶するのだ。」

勝彦は、瑠璃子の顔を、ジロ〳〵と見詰めていたが、父にそう促《うなが》されると急に気が付いたように、

「お母様じゃないや。お母様は死んでしまったよ。お母様は、もっと汚《きたな》い婆《ばば》あだったよ。此《この》人は綺麗《きれい》だよ。此人は美奈ちゃんと同じように、綺麗だよ。お母様じゃないや、ねえそうだろう、美奈ちゃん。」彼は妹に同意を求めるように云った。妹は顔を、火のように赤くしながら、兄を制するように云った。

「お母様と申上げるのでございますよ。お父様のお嫁になって下さるのでございますよ。」

「何んだ、お父様のお嫁！　お父様は、ずるいや。俺《わし》に、お嫁を取って呉《く》れると云っていながら、取って呉れないんだもの。」

彼は、約束した菓子を貰《もら》えなかった子供のように、すねて見せた。

瑠璃子は、その白痴な息子の不平を聞くと、勝平が中途から、世間体を憚《はばか》って、自分を息子の嫁にと、云い出したことを、思い出した。金で以《もっ》て、こんな白痴の妻――否《いな》弄《もてあそ》び物に、自分をしようとしたのだと思うと、勝平に対する憎悪《ぞうお》が又新しく心の

中に蒸し返された。

六

勝彦と美奈子とが、彼等自身の部屋へ去った頃には、夜は十一時に近く、新郎新婦が新婚の床に入るべき時刻は、刻々に迫っていた。

勝平は、先刻《さつき》から全力を尽くして、瑠璃子の歓心《かんしん》を買おうとしていた。彼は、急に思い出したように、

「おゝそう〳〵、貴女《あなた》に、結婚進物《マリエイジプレゼント》として、差し上げるものがありましたっけ。」

そう云《い》いながら、彼は自分の背後に据え付けてある小形の金庫から、一束の証書を取り出した。

「貴女のお父様に対する債権の証文は、みんな蒐《あつ》めた筈《はず》です。さあ、これを今貴女に進上しますよ。」

彼は、その十五万円に近い証書の金額に、何の執着もないように、無造作に、瑠璃子の前に押しやった。

瑠璃子は、その一束を、チラリと見たが、遉《さすが》にその白い頬に、興奮の色が動いた。

彼女は、二三分の間、それを見るともなく見詰めていた。

「あのマッチは、ございますまいか。」彼女は、突如そう訊《き》いた。

「マッチ？」勝平は、瑠璃子の突然な言葉を解し得なかった。

「あのマッチでございますの。」

「あゝマッチ！　マッチなら、幾何《いくら》でもありますよ。」彼は、そう云いながら、身を反《そ》らして、其処《そこ》の炉棚《マンテルピース》の上から、マッチの小箱を取って、瑠璃子の前へ置いた。

「マッチで、何をするのです。」勝平は不安らしく訊《たず》ねた。

瑠璃子は、その問を無視したように、黙って椅子《いす》から立ち上ると、鉄盤で掩《おお》うてあるストーヴの前に先刻三度目に着替えた江戸紫の金紗縮緬《きんしゃちりめん》の袖《そで》を気にしながら、蹲《うずく》まった。

「貴君《あなた》、瓦斯《ガス》が出ますかしら。」彼女は、其処で突然勝平を、見上げながら、馴々《なれなれ》しげな微笑を浴びせた。

初めて、貴君《あなた》と呼ばれた嬉《うれ》しさに、勝平は又相好《そうごう》を崩しながら、

「出るとも、出るとも。瓦斯《ガス》は止めてはない筈ですよ。」

勝平が、そう答え了《おわ》らない裡《うち》に、瑠璃子の華奢《きゃしゃ》な白い手の中に燐寸《マッチ》は燃えて、迸《ほとばし》り始めた瓦斯《ガス》に、軽い爆音を立てゝ、移っていた。

瑠璃子は、その火影《ほかげ》に白い顔をほてらせて、暫《しば》らく立っていたが、ふと身体を飜《ひるがえ》すと、卓の上にあった証書を、軽く無造作に、薪《まき》をでも投げるように、漸《ようや》く燃え盛《さか》りかけた火の中に投じてしまった。

呆気《あっけ》に取られている勝平を、嫣然《にっこり》と振り向きながら、瑠璃子は云った。

「水に流すと云うことがございますね。妾《わたくし》達は、此《こ》の証文を火で焼いたように、これまでのいろいろな感情の行き違いを、火に焼いてしまおうと思いますの……ほゝゝゝ、火に焼く！　その方がよろしゅうございますわ。」

「あゝそう〳〵、火に焼く、そうだ、後へ何も残さないと云うことだな。そりゃ結構だ。今までの事は、スッカリ無いものにして、お互に信頼し愛し合って行く。貴女《あなた》が、その気でいて呉《く》れゝば、こんな嬉しいことはない。」

そう云いながら、勝平は瑠璃子に最初の接吻《せっぷん》をでも与えようとするように、その眸《ひとみ》を異常に、輝かしながら、彼女の傍へ近よって来た。

そう云う相手の気勢《けはい》を見ると、瑠璃子は何気ないように、元の椅子に帰りながら、端然《たんぜん》たる様子に帰ってしまった。

その時に、扉《ドア》が開いた。

「彼方《あちら》の御用意が出来ましたから。」

女中は、淑《しと》やかにそう云った。

絶体絶命の時が迫って来たのだ。

「じゃ、瑠璃さん！　彼方《あちら》へ行きましょう。古風に盃事《さかずきごと》をやるそうですから、はゝゝゝゝゝ。」

勝平が、卑《いや》しい肉に飢えた獣《けだもの》のように笑ったとき、遉《さすが》に瑠璃子の顔は蒼《あお》ざめた。が、彼女の態度は少しも乱れなかった。

「あの、一寸《ちよつと》電話をかけたいと思いますの。父のその後の容体が気になりますから。」

それは、此の場合突然ではあるが、尤《もつと》もな希望だった。

七

「電話なら、女中にかけさせるがいゝ。おい唐沢さんへ……」

と、勝平が早くも、女中に命じようとするのを、瑠璃子は制した。

「いゝえ！　妾《わたくし》が自身で掛けたいと思いますの。」

「自身で、うむ、それなら、其処《そこ》に卓上電話がある。」

と、云《い》いながら、勝平は瑠璃子の背後《うしろ》を指し示した。

いかにも、今迄《いままで》気が付かなかったが、其処の小さい桃花心木《マホガニイ》の卓の上に、卓上電話が置かれていた。

瑠璃子は、淑《しと》やかに椅子《いす》から、身を起したとき、彼女の眉宇《びう》の間には、凄《すさま》じい決心の色が、アリアリと浮んでいた。

「あのう。番町の二八九一番！」

瑠璃子は、送話器にその紅の色の美しい唇を、間近く寄せながら、低く呟《つぶや》くように言った。

「番町の二八九一番！」

そう繰り返しながら、送話器を持っている瑠璃子の白い手は、かすかに〳〵顫《ふる》えていた。彼女は暫《しば》くの間、耳を傾けながら待っていた。やっと相手が出たようだった。

「あゝ唐沢ですか。妾《わたくし》瑠璃子なのよ、貴女《あなた》は婆《ばあ》や。」

相手の言葉に聞き入るように、彼女は受話器にじっと、耳を押し付けた。

「そう。あなたの方から、電話を掛けるところだったの。それは、丁度よかったのね。それでお父様の御容体は。」

そういい捨てると、彼女は又じっと聞き入った。

「そう！……それで……入沢さんが、入らしったの！……それで、なるほど……」

彼女は、短い言葉で受け答をしながらも、その白い面《おもて》は、だん〳〵深い憂慮《ゆうりょ》に包まれて行った。

「えゝ！　重体！　今夜中が……もっと、ハッキリと言って下さい！　聞えないから。なに、なに、お父様は帰って来てはいけないって！　でもお医者は何と仰《おっ》しゃるの？えゝ！　呼んだ方がいゝって！　妾《わたくし》！　何《ど》うしようかしら。あゝあゝ。」

彼女は、もうスッカリ取り擾《みだ》してしまったように、身を悶《もだ》えた。

「何《ど》うしたのだ。何うしたのだ。」

勝平は、遉《さすが》に色を変えながら、瑠璃子の傍に、近づいた。

「あのう、お父様が、宅の玄関で二度目の卒倒を致しましてから、容体が急変してしまったようでございますの。妾《わたくし》こうしてはおられませんわ。ねえ！　一寸《ちょっと》帰って来ましてもようございましょう。お願いでございますわ。ねえ貴方《あなた》！」

瑠璃子は、涙に濡《ぬ》れた頬に、淋《さび》しい哀願《あいがん》の微笑を湛《たた》えた。

「あゝいゝとも、いゝとも。お父様の大事には代えられない。直《す》ぐ自動車で行って、しっかり介抱して上げるのだ。」

「そう言って下さると、妾《わたくし》本当に嬉《うれ》しゅうございますわ。」

そう云いながら、瑠璃子は勝平に近づいて、肥《ふと》った胸に、その美しい顔を埋《うず》めるような容子《ようす》をした。勝平は、心の底から感激してしまった。

「ゆっくりと行っておいで、向うへ行ったら、電話で容体を知らして呉《く》れるのだよ。」

「直ぐお知らせしますわ。でも、此方《こちら》から訊《たず》ねて下さると困りますのよ。父は、荘田へは決して知らせてはならない。大切な結婚の当夜だから、死んでも知らしてはならないと申していますそうでございますから。」

「うむよし／＼。じゃ、よく介抱して上げるのだよ。出来る丈《だけ》の手当をして上げるのだよ。」

自動車の用意は、直ぐ整った。

「容体がよろしかったら、今晩中に帰って参りますわ。悪かったら、明日になりましても御免あそばしませ。」

瑠璃子は、自動車の窓から、親しそうに勝平を見返った。

「もう遅いから、今宵は帰って来なくってもいゝよ。明日は、俺《わし》が容子を見に行って上げるから。」

勝平は、もういつの間にか、親切な溺愛《できあい》する夫になり切ってしまっていた。

「そう。それは有難うございますわ。」

彼女は、爽《さわや》かな声を残しながら、戸外の闇《やみ》に滑り入った。が、自動車が英国大使館前の桜並樹《なみき》の樹下闇《このしたやみ》を縫うている時だった。彼女の面《おもて》には、父の危篤《きとく》を憂《うれ》うるような表情は、痕《あと》も止《とど》めていなかった。人を思う通《とおり》に、弄《もてあそ》んだ妖女《ウイッチ》の顔に見るような、必死な薄笑いが、その高貴な面に宿っていた。

護《まも》りの騎士

一

名ばかりの妻、これは瑠璃子《るりこ》が最初考えていたように、生易《なまやさ》しいことではなかった。彼女は、自分の操《みさお》を守るために、あらゆる手段と謀計とを廻《めぐ》らさねばならなかった。結婚後暫《しば》らくは、父の容体を口実に、瑠璃子は荘田《しょうだ》の家に帰って行かなかった。勝平は毎日のように、瑠璃子を訪れた。日に依《よ》っては、午前午後の二回に、此《こ》の花嫁の顔を見ねば気が済まぬらしかった。

彼は訪問の度毎《ごと》に、瑠璃子の歓心を買うために、高価な贈物《おくりもの》を用意することを、忘れなかった。

それが、ある時は金剛石《ダイヤ》入りの指輪だった。ある時は、白金《プラチナ》の腕時計だった。ある時は、真珠の頸飾《くびかざり》だった。瑠璃子は、そうした贈物を、子供が玩具《おもちゃ》を貰《もら》うときのように、無邪気に何の感謝なしに受取った。

が、父の容体を口実に、いつまでも、実家に止《とど》まることは、許されなかった。それは、事情が許さないばかりでなく、彼女の自尊心が許さなかった。敵を避けていることが、勝気な彼女に心苦しかった。もっと、身体を危険に晒《さら》して勇ましく戦わなければならぬと思った。形式的にでも、結婚した以上、形の上丈《だけ》では飽くまでも、妻らしくしなければならないと思った。敵の卑怯《ひきよう》に報《むく》いるに卑怯を以《もつ》てしてはならない。此方《こちら》は、飽くまでも、正々堂々と戦って勝たねばならない。そう思いながら、彼女は勝平が迎えの自動車に同乗した。

久しぶりに、瑠璃子と同乗した嬉《うれ》しさに、勝平は訳もなく笑い崩れながら、

「あはゝゝゝ。そんなに、実家《おさと》を恋しがらなくてもいゝよ。親一人子一人のお父様に別れるのは淋《さび》しいだろう。が、何も心配することはないよ。俺《わし》を恐《こわ》がらなくってもいゝよ。娘！　俺《わし》だって、こんな顔をしているが、お前さんを取って喰おうと云《い》うのじゃないよ。娘！　そうだ、美奈子《みなこ》に新しい姉が出来たと思って、可愛《かわい》がって上げようと思うのだ。あはゝゝゝ。」と、勝平は何《ど》うかして、瑠璃子の警戒を解こうとして、心

にもないことを云った。

勝平の言葉を聴くと、今迄《いままで》捗々《はかばか》しい返事もしなかった瑠璃子は、甦《よみが》えったように、快活な調子で云った。

「おほゝゝ、ほんとうに、娘にして下さるの、妾《わたくし》のお父様になって下さるの！　妾本当にそうお願いしたいのよ。ほんとうのお父様になっていたゞきたいのよ。」

そう言いながら、彼女はこぼるゝような嬌羞《きょうしゅう》を、そのしなやかな身体《からだ》一面に湛《たた》えた。

「あゝ、いゝとも、いゝとも。」勝平は、人の好《よ》い本当の父親《ておや》のように肯《うなず》いて見せた。

「ほゝゝゝ、それは嬉しゅうございますわ、本当に、妾《わたくし》を娘にして下さいませ。それも、ほんの少しの間ですの。お約束しますわ。半年、本当に半年でいゝのよ。でも、そうじゃございませんか。妾、まだ年弱の十八でございましょう。学校を出てから、まだ半年にしかなりませんのですもの。それに、今度の話でございましょう、それに、いろ〳〵な事件で、興奮して、まだその興奮が続いているのでございましょう。結婚生活に対する何の準備も出来なかったのでございますもの。貴君《あなた》の本当の妻になるのには、もう少し心の準備が欲しいと思いますの。貴君に対する愛情と信頼とを、もっと心の中で、準備したいと思いますの。だから、暫らくの間、本当に美奈子さんの姉にして置いて下さいませ。『源氏物語』に、末摘花《すえつむはな》と云うのがございましょう。あれでございますの。」

そう云いながら、瑠璃子は嫣然《にっこり》と笑った。勝平は、妖術《ようじゅつ》にでもかゝったように、ぼんやりと相手の美しい唇を見詰めていた。瑠璃子は相手を人とも思わないように傍《ぼう》若無人《じゃくぶじん》だった。

「ねえ！　お父様！　妾《わたくし》の可愛いお父様！　そうして下さいませ。」

そう云いながら、彼女はそのスラリとした身体を、勝平にしなだれるように、寄せかけながら、その白い手を、勝平の膝《ひざ》の上に置いて静《しず》かに軽く叩《たた》いた。

瑠璃子の処女の如《ごと》く慎《つつま》しく娼婦《しょうふ》の如く大胆な媚態《びたい》に、心を奪われてしまった勝平は、自分の答が何《ど》う云うことを約束しているかも考えずに答えた。

「あゝいゝとも、いゝとも。」

二

勝平は心の裡《うち》で思った。どうせ籠《かご》の中に入れた鳥である。その中《うち》には、自分の強い男性としての力で征服して見せる。男性の強い腕の力には、凡《すべ》ての女性は、何時《いつ》の間にか、摑《つか》み潰《つぶ》されているのだ。彼女も、しばらくの間、自分の掌中《しょうちゅう》で、小鳥らしい自由を楽しむがいゝ。その裡に、男性の腕の力がどんなに信頼すべきかが、だん〳〵分って来るだろう。

勝平はそうした余裕のある心持で、瑠璃子の請《こい》を容《い》れた。

が、それが勝平の違算であったことが、直《す》ぐ判《わか》った。十日経《た》ち二十日経つ裡に、瑠

璃子の美くしさは勝平の心を、日に夜についで悩した。若い新鮮な女性の肉体から出

る香《におい》が勝平の旺盛《おうせい》な肉体の、あらゆる感覚を刺戟《しげき》せずにはいなかった。

その夜も、勝平は若い妻を、帝劇に伴った。彼はボックスの中に瑠璃子と並んで、

席を占めながら眼は舞台の方から、しば〳〵帰って来て、愛妻の白い美しい襟足《えりあし》から、

そのほっそりとした撫肩《なでがた》を伝うて、膝《ひざ》の上に、慎《つつま》しやかに置かれた手や、その手を載

せているふくよかな、両膝を、貪《むさぼ》るように見詰めていた。彼は、こうして妻と並んで

いると、身も心も溶けてしまうような陶酔を感じた。そうした陶酔の醒《さ》め際《ぎわ》に、彼の

烈《はげ》しい情火が、ムラ〳〵と彼の身体《からだ》全体を、嵐《あらし》のように包むのだった。

瑠璃子は、勝平のそうした悩みなどを、少しも気が付かないように、雲雀《ひばり》のように

快活だった。彼女は、勝平との感情の経緯《いきさつ》を、もうスッカリ忘れてしまったように、

ほんとうの娘にでも、なりきったように、勝平に甘えるように纏《まつ》わっていた。

「おい瑠璃さん。もう、お父様ごっこも大抵にしてよそうじゃないか、貴女《あなた》も、少し

は私が判ったゞろう。はゝゝゝ。約束の半年を一月とか二月とかに、縮めて貰《もら》えないものかねえ！」

勝平は、その夜自動車での帰途、冗談のように、妻の柔かい肩を軽く叩《たた》きながら、囁《ささや》いた。

「まあ！　貴君《あなた》も、性急《せっかち》ですのねえ。妾達《わたくしたち》には約婚時代というものが、なかったのですもの。もっと、こうして楽しみたいと思いますもの。何かが来ると云うことの方が、何かが来たと云うことよりも、どんなに楽しいか。それに妾本当はもっと処女でいたいのよ。ねえ、いいでしょう。妾のわが儘《まま》を、許して下さってもいゝでしょう！」

そう云う言葉と容子とには、溢《あふ》れるような媚《こ》びがあった。そうした言葉を、聴いていると、勝平は、タジ〳〵となってしまって、一言でも逆うことは出来なかった。

が、その夜、勝平は自分一人寝室に入ってからも、若い妻のすべてが、彼の眼にも、鼻にも、耳にもこびり付いて離れなかった。眼の中には、彼女の柔い白い肉体が、人魚のように、艶《なま》めかしい媚態《びたい》を作って、何時までも何時までも、浮んでいた。鼻には、彼女の肉体の持っている芳香《ほうこう》が、ほのぼのと何時までも、漂っていた。耳には、そうだ！　彼女の快活な湿《しめ》りのある声や、機智《きち》に富んだ言葉などが、何時までも何時までも消えなかった。

彼は、そうした妄想《もうそう》を去って、何《ど》うかして、眠りを得ようとした。が、彼が努力すれば努力するほど、眼も耳も冴《さ》えてしまった。おしまいには、見上げて居る天井《てんじょう》に、幾つも〳〵妻の顔が、現れて、媚びのある微笑を送った。

『彼女は、たゞ恥かしがっているのだ。処女としての恥かしさに過ぎないのだ。それは、此方《こちら》から取り去ってやればそれでいゝのだ！』

彼は、そう思い出すと、一刻も自分の寝台にじっと、身体を落ち着けていることが出来なかった。子供らしい処女らしい恥らいを、その儘に受け入れていた自分が、あまりにお人好《ひとよ》しのように思われ始めた。

彼は、フラ〳〵として、寝台を離れて、夜更《よふ》けの廊下へ出た。

三

廊下へ出て見ると、家人達はみんな寝静まっていた。まだ十月の半《なかば》ではあったが、広い洋館の内部には、深夜の冷気が、ひや〳〵と、流れていた。が、烈《はげ》しい情火に狂っている勝平の身体《からだ》には、夜の冷たさも感じられなかった。彼は、自分の家の中を、盗人《ぬすびと》のように、忍びやかに、夢遊病者のように覚束《おぼつか》なく、瑠璃子の部屋の方向へ歩いた。

彼女の部屋は、階下に在った。廊下の燈火《とうか》は、大抵消されていたが、階段に取り付けられている電燈が、階上にも階下にも、ほのかな光を送っていた。

勝平は、彼女に与えた約束を男らしくもなく、取り消すことが心苦しかった。彼女に示すべき自分の美点は、男らしいと云《い》う事より、外には何もない。彼女の信頼を得るように、男らしく強く堂々と、行動しなければならない。それが、彼女の愛を得る唯一《ゆいいつ》の方法だと勝平は心の中で思っていた。それだのに、彼女に一旦《いったん》与えた約束を、取り消す。男らしくもなく破約する。が、そうした心苦しさも、勝平の身体全体に、今潮のように漲《みなぎ》って来る烈しい慾望を、何《ど》うすることも出来なかった。

階段を下りて、左へ行くと応接室があった。右へ行くと美奈子《みなこ》の部屋があり、その部屋と並んで瑠璃子に与えた部屋があった。

瑠璃子の部屋に近づくに従って、勝平の心には烈しい動揺があった。それは、年若い少年が初めて恋人の唇を知ろうとする刹那《せつな》のような、烈しい興奮だった。彼は、そうした興奮を抑えて、じっと瑠璃子の部屋へ忍び寄ろうとした。

丁度、その時に、勝平は我を忘れて『アッ』と叫び声を挙げようとした。それは、今彼が近づこうとしたその扉《ドア》に、一人の人間が紛れもない一人の男性が、ピッタリと身体を寄せていたからである。冷たい悪寒《おかん》が、勝平の身体を流れて、爪《つめ》の先までをも顫《ふる》わせた。彼は、電気に掛けられたように廊下の真中へ立ち竦《すく》んでしまった。が、相手は勝平の近づくのを知っている筈《はず》だのに、ピクリとも身体を動かさなかった。扉《ドア》に彫り付けられている木像か何かのように、闇《やみ》の中にじっと立ち尽しているようだった。

『盗賊《どろぼう》！』最初勝平は、そう叫ぼうかとさえ思ったが、彼の四十男に相当した冷静が彼の口を制したが、その次ぎに、ムラ〳〵と彼の心を閉したものは、漠然たる嫉妬《しっと》だった。一人の男性が、妻の寝室の扉《ドア》の前に立っている。それだけで、勝平の心を狂わすのに十分だった。

彼は、握りしめた拳《こぶし》を、顫わしながら、必死になって、一歩々々扉《ドア》に近づいた。が、相手は気味の悪いほど、冷静にピクリとも動かない。勝平が、最後の勇気を鼓して、相手の胸倉を摑《つか》みながら、低く、

「誰だ！」と、叱《しっ》した時、相手は勝平の顔を見て、ニヤリと笑った。それは紛れもなく勝彦《かつひこ》だったのである。

自分の子の卑《いや》しい笑い顔を見たときに、剛愎《ごうふく》な勝平も、ガンと鉄槌《てっつい》で殴られたように思った。言い現し方もないような不快な、あさましいと云った感じが、彼の胸の裡《うち》に一杯になった。自分の子があさましかった。が、あさましいのは、自分の子丈《だ》けで

はなかった。もっと、あさましいのは、自分自身であったのだ。

「お前！　何をしているのだ！　茲《ここ》で。」

勝平は、低くうめくように訊《き》いた。が、それは勝彦に訊いているのではなく、自分自身に訊いているようにも思われた。

勝彦は、離れの日本間の方で寝ている筈なのだ。が、それがもう夜の二時過であるのに、瑠璃子の部屋の前に立っている。それは、勝平に取っては、堪《た》えられないほど、不快なあさましい想像の種だった。

「何をしているのだ！　こんな処《ところ》で。こんなに遅く。」何時《いつ》もは、馬鹿《ばか》な息子に対し可なり寛大である父であったが、今宵《こよい》に限っては、彼は息子に対して可なり烈しい憎《ぞう》悪《お》を感じたのである。

「何をしていたのだ！　おい！」

勝平は、鋭い眼で勝彦を睨《にら》みながら、その肩の所を、グイと小突《こづ》いた。

四

「茲《ここ》に何をしていたのだ、茲に！」

父が、必死になって責め付けているのにも拘《かかわ》らず、勝彦はたゞニヤリ〳〵と、たわいもなく笑い続けた。薄気味のわるいとりとめもなき子の笑いが、丁度自分の恥しい行為を、嘲笑《あざわら》っているかのように、勝平には思われた。

彼は、瑠璃子やまた、直《す》ぐ次ぎの扉《ドア》の裡《うち》に眠っている美奈子の夢を破らないようにと、気を付けながらも、声がだんだん激しくなって行くのを抑えることが出来なかった。

「おい！　こんなに遅く、茲《ここ》に何をしていたのだ。おい！」

そう云いながら、勝平は再び子の肩を突いた。父にそう突き込まれると、白痴相当に、勝彦は顔を赤《あか》めて、口ごもりながら云《い》った。

「姉さんの所へ来たのだ。姉さんの所へ来たのだ。」姉さん、勝彦はこの頃、瑠璃子をそう呼び慣《なら》っていた。

「姉さん！　姉さんの所へ！」

勝平は、そう云いながらも、自分自身地の中へ、入ってしまいたいような、浅ましさと恥しさとを感じた。が、それと同時に、韮《にら》を嚙《か》むような嫉妬《しっと》が、ホンの僅《わず》かではあるが、心の裡に萌《きざ》して来るのを、何《ど》うすることも出来なかった。が、父のそうした心持を、嘲《あざけ》るように、勝彦は又ニタリ〳〵と愚かな笑いを、笑いつゞけている。

「姉さんの所へ何をしに来たのだ。何の用があって来たのだ。こんなに夜遅く。」

勝平は、心の中の不愉快さを、じっと抑えながら、訊《き》く所まで、訊き質《ただ》さずにはいられなかった。

「何も用はない。たゞ顔を見たいのだ。」

勝彦は、平然とそれが普通な当然な事ででもあるように云った。

「顔を見たい！」

勝平は、そう口では云ったものの、眼が眩《くら》むように思った。他人は、誰も居合わさない場所ではあったが、自分の顔を、両手で掩《おお》い隠したいとさえ思った。

彼は、もう此《こ》の上、勝彦に言葉を掛ける勇気もなかった。が、今にして、息子のこうした心を、刈り取って置かないと、どんな恐ろしい事が起るかも知れないと思った。

彼は不快と恥しさとを制しながら云った。

「おい！　勝彦これから、夜中などに、お姉さんの部屋へなんか来たら、いけないぞ！　二度とこんな事があると、お父様が承知しないぞ！」

そう云いながら、勝平は、わが子を、恐ろしい眼で睨《にら》んだ。が、子はケロリとして云った。

「だって、お姉さまは、来てもかまわない！　と云ったよ。」勝平は、頭からガンと殴《なぐ》られたように思った。

「来てもかまわない！　何時《いつ》、そんな事を云った？　何時そんなことを云った？」

勝平は、思わず平常《ふだん》の大声を出してしまった。

「何時って、何時でも云っている。部屋の前にならば、何時まで立っていてもいゝって、番兵になって呉れるのならいゝって！」

「じゃ、お前は今夜だけじゃないのか。馬鹿《ばか》な奴《やつ》め！　馬鹿な奴め！」

そう云いながらも、勝平は子に対して、可なり激しい嫉妬を懐《いだ》かずにはいられなかった。

それと同時に、瑠璃子に対しても、恨《うらみ》に似た烈しい感情を持たずにはいられなかった。

「そんな事を姉さんが云った！　馬鹿な！　瑠璃子に訊いて見よう。」

彼は、息子を押し退《の》けながら、その背後《うしろ》の扉《ドア》を、右の手で開けようとした。が、それは釘付《くぎづ》けにでもされたように、ピタリとして、少しも動かなかった。彼は声を出して、叫ぼうとした。

その途端に、ガタリと扉《ドア》が開く音がした。が、開いたのはその扉《ドア》ではなくして、美奈子の寝室の扉《ドア》であった。

純白の寝衣《ねまき》を付けた少女はまろぶように、父の傍に走り寄った。

「お父様！　何と云うことでございます。何も云わないで、お休みなさいませ。お願いでございます。お姉様にこんなところを見せては親子の恥ではございませんか。」

美奈子の心からの叫びに、打たれたように、勝平は黙ってしまった。

勝彦は、相変らず、ニヤリ〳〵と妹の顔を見て笑っていた。

丁度此の時、扉《ドア》の彼方《あなた》の寝台の上に、夢を破られた女は、親子の間の浅ましい葛藤《かっとう》を、聞くともなく耳にすると、其《その》美しい顔に、凄《すご》い微笑を浮べると、雪のような羽蒲団《はねぶとん》を又再び深々と、被《かぶ》った。

五

自分の寝室へ帰って来てからも、勝平は悶々《もんもん》として、眠られぬ一夜を過してしまった。恋する者の心が、競争者の出現に依《よ》って、焦《あせ》り出すように、勝平の心も、今迄《いままで》の落着、冷静、剛愎《ごうふく》の凡《すべ》てを無くしてしまった。競争者、それが何と云《い》う堪《たま》らない競争者であろう。それが自分の肉親の子である。肉親の父と子が、一人の女を廻《めぐ》って争っている。親が女の許《もと》へ忍ぶと子が先廻りしている。それは、勝平のような金の外には、物質の外には、何物をも認めないような堕落《だらく》した人格者に取っても堪らないほどあさましいことだった。

もし、勝彦が普通の頭脳があり、道義の何物かを知っていれば、罵《のの》り恥《し》かしめて、反省させることも容易なことであるかも知れない。（尤《もっと》も、勝平に自分の息子の不道徳を責め得る資格があるか何《ど》うかは疑問であった。）が、勝彦は盲目的な本能と烈《はげ》しい欲望の外は、何も持っていない男である。相手が父の妻であろうが、何であろうが、たゞ美しい女としか映らない男である。それに人並外れた強力《ごうりき》を持っている彼は、どんな乱暴をするかも分らなかった。

その上に、勝平は自分の失言に対する苦い記憶があった。彼は、一時瑠璃子を勝彦の妻にと思ったとき、その事を冗談のように勝彦に、云い聴かせたことがある。何事をも、直《す》ぐ忘れてしまう勝彦ではあったが、事柄が事柄であった丈に、その愚な頭の何処《どこ》かにこびり付かせているかも知れない。そう考えると、勝平の頭は、愈《いよいよ》重苦しく濁ってしまった。

『そうだ！　勝彦を遠ざけよう。葉山の別荘へでも追いやろう。何とか賺《すか》して、東京を遠ざけよう。』勝平はわが子に対して、そうした隠謀をさえ考え始めていた。

興奮と煩悶《はんもん》とに労《つか》れた勝平の頭も、四時を打つ時計の音を聴いた後は、何時《いつ》しか朦《もう》朧《ろう》としてしまって、寝苦しい眠りに落ちていた。

眼が覚めた時、それはもう九時を廻っていた。朗かな十月の朝であった。青い紗《しゃ》の窓掛を透《すか》した明るい日の光が、室中に快い明るさを湛《たた》えた。

朝の爽《さわや》かな心持に、勝平は昨夜の不愉快な出来事を忘れていた。尨大《ぼうだい》な身体を、寝台から、ムクムクと起すと、上草履《うわぞうり》を突っかけて、朝の快い空気に吸い付けられたように、縁側《ヴェランダ》に出た。彼は自分の宏大《こうだい》な、広々と延びている庭園を見ながら、両手を高く拡《ひろ》げて、快い欠伸《あくび》をした。が、彼が拡げた両手を下した時だった。十間ばかり離れた若い楓《かえで》の植込の中を、泉水の方へ降りて行く勝彦の姿を見た。彼に似て、尨大な立派な体格だった。が、歩いて行くのは勝彦一人ではなかった。勝彦の大きい身体の蔭《かげ》から、時々ちら〳〵美しい色彩の着物が、見えた。勝平は、最初、それが美奈子であることを信じた。勝彦は白痴ではあったが、美奈子丈《だけ》には、やさしい大人しい兄だった。勝平は何時もの通り兄妹《きょうだい》の散歩であると思っていた。が、植込の中の道が右に折れ、勝平の視線と一直線になったとき、その男女は相並んで、後姿を勝平に見せた。女は紛れもなき瑠璃子だった。而《しか》も彼女の白い、遠目にも、くっきりと白い手は、勝彦の肩、そうだ、肩よりも少し低い所へ、そっと後から当てられているのだった。

それを見たとき、勝平は煮えたぎっている湯を、飲まされたような、凄《すさま》じい気持になっていた。ニヤリ〳〵と悦《えつ》に入っているらしいわが子の顔が、アリ〳〵と目に見えるように思った。彼は、縁側《ヴェランダ》から飛び降りて、わが子の顔を思うさま、殴り付けてやりたいような恐ろしい衝動を感じた。

が、それにも増して、瑠璃子の心持が、グッと胸に堪えて来た。昨夜《ゆうべ》の騒ぎを知らぬ筈《はず》がない、親子の間の、浅ましい情景《シーン》を知らぬ筈がない。隣の部屋の美奈子さえ、眼を覚しているのに、瑠璃子が知らない筈はない。知っていながら、昨夜《ゆうべ》の今日勝彦をあんなに近づけている。

そう思うと、勝平は、瑠璃子の敵意を感ぜずにはいられなかった。そうだ！　自分が小娘として、つまらない油断や、約束をしたのが悪かったのだ。云わば降伏した敵将の娘を、妻にしているようなものである。美しい顔の下に、どんな害心を蔵しているかも知れない。

が、そう警戒はしながら、瑠璃子を愛する心は、少しも減じなかった。それと同時に、眼前の情景《シーン》に対する嫉妬《しっと》の心は少しも減じなかった。

六

勝平が、縁側《ヴエランダ》の欄干に、釘付《くぎづ》けにされながら、二人の後姿が全く見えなくなった若い楓《かえで》の林を、じっと見詰めている時に、その林の向うにある泉水の畔《ほとり》から、瑠璃子の華やかな笑いが手に取るように聞えて来た。

それは、雲雀《ひばり》の歌うように、自由な快活な笑いだった。結婚して以来、もう一月以上の日が経《た》つ内、勝平に対しては決して笑ったことのないような自由な快活な笑い声であった。茲《ここ》からは見えない泉水のほとりで、縦令馬鹿《たとえばか》ではあるにしろ年齢《とし》だけは若い、身体丈《だけ》は堂々と立派な勝彦が、瑠璃子と相並んで、打ち興じている有様が、勝平の眼に、マザ〳〵と映って来るのであった。

彼は苦々しげに、二人に向ってでも吐くように、唾《つば》を遥《はる》かな地上へ吐いてから、その太い眉《まゆ》に、深い決心の色を凝《こ》めながら、階下へ降りて行った。

勝平は、抑え切れない不快な心持に、悩まされつゝ、罪のない召使を、叱《しか》り飛ばしながら、漸《よう》く顔を洗ってしまうと、苦り切った顔をして、朝の食卓に就いた。いつも朝食を一緒にする筈《はず》の瑠璃子はまだ庭園から、帰って来なかった。

「奥さんは何《ど》うしたのだ。奥さんは!」勝平は、オド〳〵している十五六の小間使を、嚙《か》み付けるように叱り飛ばした。

「お庭でございます。」

「庭から、早く帰って来るように云《い》って来るのだ。俺《わし》が起きているじゃないか。」

「ハイ。」小さい小間使は、勝平の凄《すさま》じい様子に、縮み上りながら、瑠璃子を呼びに出て行った。

瑠璃子が、入って来れば、此《こ》の押え切れない憤《いきどおり》を、彼女に対しても、洩《もら》そう。白痴の子を弄《もてあそ》んでいるような、彼女の不謹慎《ふきんしん》を思い切り責めてやろう。勝平はそう決心しながら、瑠璃子が入って来るのを待っていた。

二三分も経たない裡《うち》に、衣《きぬ》ずれの音が、廊下にしたかと思うと、瑠璃子は少女のようにいそいそと快活に、馳《か》け込んで来た。

「まあ！　お早う！　もう起きていらしったの。妾《わたくし》ちっとも、知らなかったのよ。お寝坊の貴方《あなた》の事だから、どうせ十一時近くまでは大丈夫だと思っていたのよ。昨夜《ゆうべ》あんなに遅く帰って来たのに、よくまあ早くお目覚《めざめ》になったこと。この花美しいでしょう。一番大きくて、一番色の烈《はげ》しい花なのよ。妾これが大好き。」

そう云いながら、瑠璃子は右の手に折り持っていた、真紅《しんく》の大輪のダリヤを、食卓《テーブル》の上の一輪挿《いちりんざし》に投げ入れた。

勝平は、何うかして瑠璃子をたしなめようと思いながらも、彼女の快活な言葉と、矢継早の微笑に、面と向うと、彼は我にもあらず、凡《すべ》ての言葉が咽喉《のど》のところに、からんでしまうように思った。

「昨夜、よくお眠りになって？　妾《わたくし》芝居で疲れましたでしょう、今朝まで、グッスリと寝入ってしまいましたのよ。こんなに、よく眠られたことはありませんわ、近頃。」

昨夜の騒ぎを、親子三人のあさましい騒ぎを、知っているのか知らないのか、瑠璃子はその美しい顔の筋肉を、一筋も動かさずに、華奢《きゃしゃ》な指先で、軽く箸《はし》を動かしながら、勝平に話しかけた。

勝平は、心の裡に、わだかまっている気持を、瑠璃子に向って、洩すべき緒《いとぐち》を見出《みいだ》すのに苦しんだ。相手が、昨夜の騒ぎを、少しも知らないと云うのに、それを材料として、話を進めることも出来なかった。

彼は、瑠璃子には、一言も答えないで、そのいら〳〵しい気持を示すように、自棄《やけ》に忙《せわ》しく箸を動かしていた。

勝平の不機嫌を、瑠璃子は少しも気に止めていないように、平然と、その美しい微笑を続けながら、

「妾《わたくし》、今日三越《みつこし》へ行きたいと思いますの。連れて行って下さらない?」

彼女は、プリ〳〵している勝平に、尚《なお》小娘か何かのように、甘えかゝった。

「駄目です。今日は東洋造船の臨時総会だから。」

勝平は、瑠璃子に対して、初めて荒々しい言葉を使った。彼女はその荒々しい語気

を跳ね返すように云った。

「あら、そう。それでは、勝彦さんに一緒に行っていたゞくわ。……いゝでしょう。」

七

勝彦の名が瑠璃子の唇を洩《も》れると、勝平の巨《おお》きい顔は、益《ますます》苦り切ってしまった。相手のそうした表情を少しも眼中に置かないように、瑠璃子は無邪気にしつこく云《い》った。

「勝彦さんに、連れて行っていたゞいたらいけませんの。一人だと何だか心細いのですもの。妾《わたくし》一人だと買物をするのに何だか定《きま》りが付かなくって困りますのよ。表面《うわべ》丈《だけ》でもいゝからいゝとか何とか合槌《あいづち》を打って下さる方が欲しいのよ。」

「それなら、美奈子と一緒に行らっしゃい。」

勝平は、怒った牡牛《おうし》のようにプリ〱しながら、それでも正面から瑠璃子をたしなめることが出来なかった。

「美奈子さん。だって、美奈子さんは、三時過ぎでなければ学校から、帰って来ないのですもの。それから支度をしていては、遅くなってしまいますわ。」

瑠璃子は、大きい駄々っ子のような表情を見せながら、その痴顔丈《だけ》は、微笑を絶たなかった。勝平は又黙ってしまった。瑠璃子は追撃するように云った。

「何《ど》うして勝彦さんに一緒に行っていたゞいては、いけませんの。」

勝平の顔色は、咄嗟《とっさ》に変った。その顳顬《こめかみ》の筋肉が、ピク〳〵動いたかと思うと、彼は顫《ふる》える手で箸《はし》を降しながら、それでも声丈《だ》けは、平静な声を出そうと努めたらしかったが、変に上ずッてしまっていた。

「勝彦！　勝彦勝彦と、貴女《あなた》はよく口にするが、貴女は勝彦を一体何だと思っているのです。もう、一月以上此家《この》にいるのだから、気が付いたでしょう。親の身として、口にするさえ恥かしいが、あれは白痴ですよ。白痴も白痴も、御覧の通東西《とおり》も弁じない白痴ですよ。あゝ云う者を三越に連れて行く。それは此の荘田の恥、荘田一家の恥を、世間へ広告して歩くようなものですよ。貴女も、動機は兎《と》も角《かく》、一旦《いったん》此の家の人となった以上、こう云う馬鹿《ばか》息子があると云うことを、広告して下さらなくってもいゝじゃありませんか。」

勝平は、結婚して以来、初めて荒々しい言葉を、瑠璃子に対して吐いた。が、象牙《ぞうげ》の箸を飯椀《めしわん》の中に止めたまゝ、じっと聴いていた瑠璃子は、眉《まゆ》一つさえ動かさなかった。勝平の言葉が終ると、彼女は駭《おどろ》いたように、眼を丸くしながら、

「まあ！　あんなことを。そんな邪推《じゃすい》していらっしゃるの。妾《わたくし》勝彦さんを馬鹿だとか白痴だとか賤《いや》しめたことは、一度もありませんわ。あんな無邪気な純な方はありませんわ。それは、少し足りないことは足りないわ。それは、お父様の前でも申し上げねばなりません。でも、あんなに正直な方に、妾初めてお目にかゝりましたのよ。それに妾の云ったことなら、何でもして下さるのですもの。此間、お家が広いので、夜寝室の中に、一人いると何だか寂しく心細くなると、申しますと、勝彦さんは、それなら毎晩部屋の外で番をしてやろうと仰《おっ》しゃるのですよ、妾冗談だとばかり、思っていますと、一昨夜二時過ぎに、廊下に人の気勢《けはい》がするので、扉《ドア》を開けて見ますと、勝彦さんが立っていらっしゃるじゃありませんか。それが、丁度中世紀の騎士《ナイト》が、貴婦人を護《まも》る時のように、儼然《げんぜん》として立っていらっしゃるのですもの。妾可笑《おか》しくもあれば、有難くも思ったわ。妾此の頃、智恵《ちえ》のある怜悧《れいり》な方には、飽き〳〵していますの。また、その智恵を、人を苦しめたり陥《おとしい》れたりする事に使う人達に、飽き〳〵していますのよ。また、人が傷《きずつ》け合ったり陥れ合ったりする世間その物にも、愛想《あいそ》が尽きていますのよ。妾、勝彦さんのような、のんびりとした太古の心で、生きている方が、大好きになりましたのよ。貴方《あなた》の前でございますが、何うして勝彦さんを捨てゝ、貴方を選んだかと思うと、後悔していますのよ。おほゝゝゝゝゝ。」

爽《さわや》かな五月《さつき》の流が、蒼《あお》い野を走るように、瑠璃子は雄弁だった。黙って聴いていた勝平の顔は、怒《いかり》と嫉妬《しっと》のために、黒ずんで見えた。

余りに脆《もろ》き

一

勝平は、冗談かそれとも真面目《まじめ》かは分らないが、人を馬鹿《ばか》にしているように、からかっているように、勝彦《かつひこ》を賞める瑠璃子《るりこ》の言葉を聞いていると、思わずカッとなってしまって、手に持っている茶碗《ちゃわん》や箸《はし》を、彼女に擲《なげ》つけてやりたいような烈《はげ》しい嫉妬《しっと》と怒とを感じた。が、口先ではそんな厭《いや》がらせを云《い》いながらも、顔丈《だけ》は此《こ》の頃の秋の空のように、澄み渡った麗《うらら》かな瑠璃子を見ていると、不思議に手が竦《すく》んで、茶碗を投げ付くることは愚か、一指を触るゝことさえも、為《な》し得なかった。

が、勝平は心の中で思った。此の儘《まま》にして置けば、瑠璃子と勝彦とは、日増に親しくなって行くに違いない。そして自分を苦しめるのに違いない。少くとも、当分の間、自分と瑠璃子とが本当の夫婦となるまで、何《ど》うしても二人を引き離して置く必要がある。勝平は、咄嗟《とつさ》にそう考えた。

「あはゝゝゝゝ。」彼は突然取って付けたように笑い出した。「まあいゝ！　貴女《あなた》がそんなに馬鹿が好きなら連れて行くもよかろう。貴女のようなのは、天邪鬼《あまのじやく》と云うのだ。あはゝゝゝゝ。」

勝平は、嫉妬と憤怒《ふんぬ》とを心の底へと、押し込みながら、何気ないように笑った。

「何うも、有難う。やっと、お許しが出ましたのね。」瑠璃子も、サラリと何事もなかったように微笑した。

その時に、勝平は急に思い付いたように云った。

「そう〳〵。貴女《あなた》に話すのを忘れていた。此間中頭が重いので、一昨日《おととい》、近藤に診《み》て貰《もら》うと、神経衰弱の気味らしいと云うのだ。海岸へでも行って、少し静養したら何うだと云うのだがね、そう云われると、俺《わし》も此の七月以来会社の創立や何かで、毎日のように飛び廻っていたものだからね、精力主義の俺《わし》も可なりグダ〳〵になっているのだ。神経衰弱だなんて、大したこともあるまいと思うが、まあ暫《しば》らく葉山へでも行って、一月ばかり遊んで来ようかと思うのだ。尤《もつと》も、彼処《あそこ》からじゃ、毎日東京に通っても訳はないからね。それに就いては、是非貴女に一緒に行っていたゞきたいと思うのだがね。」勝平は、熱心に、退引《のつぴき》ならないように瑠璃子に云った。

「葉山へ!」と云ったまゝ、遉《さすが》に彼女は二の句を云い淀《よど》んだ。

「そうです! 葉山です。彼処に、林子爵《ししやく》が持っていた別荘を、此春譲って貰ったのだが、此夏美奈子《みなこ》が避暑に行った丈《だけ》で、俺《わし》はまだ二三度しか宿《とま》っていないのだ。秋の方が、静《しずか》でよいそうだから、ゆっくり滞在したいと思うのだが。」

勝平は、落着いた口調で言った。葉山へ行くことは、何の意味もないように云った。が、瑠璃子には、その言葉の奥に潜んでいる勝平のよからぬ意思を、明かに読み取ることが出来た。葉山で二人丈《だけ》になる。それが何う云う結果になるかは瑠璃子には可なりハッキリ分るように思った。が、彼女はそうした危機を、未然に避くることを、潔《いさぎよ》しとしなかった。どんな危機に陥っても、自分自身を立派に守って見せる。彼女には、女ながらそうした烈しい最初の意気が、ピクリとも揺いでいなかった。

「結構でございますわ、妾《わたくし》も、そんな所で静かな生活を送るのが大好きでございますのよ。」

彼女は、その清麗な面に、少しの曇も見せないで、爽《さわや》かに答えた。

「あゝ行って呉《く》れるのか。それは有難い。」

勝平は、心から嬉《うれ》しそうにそう云った。葉山へさえ、伴って行けば、当分勝彦と引き離すことが出来る上に、其処《そこ》では召使を除いた外は、瑠璃子と二人切りの生活である。殊《こと》に、鍵《かぎ》のかかり得るような西洋室はない。瑠璃子を肉体的に支配してしまえば、高が一個の少女である。普通の処女がどんなに嫌い抜いていても、結婚してしまえば、男の腕に縋《すが》り付くように、彼女も一旦《いったん》その肉体を征服してしまえば、余りに脆《もろ》き一個の女性であるかも知れない。勝平はそう思った。

「それなら丁度ようございますわ。三越《みつこし》へ行って、彼方《あちら》で入用な品物を揃《そろ》えて参りますわ。」

彼女は、身に迫る危険な場合を、少しも意に介しないように、寧《むし》ろいそ〳〵としながら云った。

二

愛し合った夫であるならば、それは楽しい新婚旅行である筈《はず》だけれども、瑠璃子の場合は、そうではなかった。勝平と二人限《きり》で、東京を離れることは、彼女に取っては死地に入ることであった。東京の邸《やしき》では、人目が多い丈《だけ》に、勝平も一旦《いったん》与えた約束の手前、理不尽な振舞に出ることは出来なかったが、葉山では事情が違っていた。今迄《いままで》は敵と戦うのに、地の利を得ていた。小さいながらも、彼女の城廓《じょうかく》があった。殊《こと》に盲目的に、彼女を護《まも》っている勝彦と云《い》う番兵もあった。が、葉山には、何もなかった。彼女は赤手にして、敵と渡り合わねばならなかった。勝敗は、天に委《まか》せて、兎《と》に角《かく》に、最後の必死的な戦いを、戦わねばならなかった。

そうした不安な期待に、心を擾《みだ》されながらも、彼女はいろ〳〵と、別荘生活に必要な準備を整えた。彼女は、当座の着替や化粧道具などを、一杯に詰め込んだ大きなトランクの底深く、一口《ひとふり》の短剣を入れることを忘れなかった。それが、夫と二人限《き》りの別荘生活に対する第一の準備だった。

父の男爵《だんしゃく》が、瑠璃子の烈《はげ》しい執拗《しつよう》な希望に、到頭動かされて、不承々々に結婚の承諾を与えて、最愛の娘を、憎み賤《いや》しんでいた男に渡すとき、男爵は娘に最後の贈り物として、一口の短剣を手渡した。

「これは、お前のお母様が家へ来るときに持って来た守り刀なのだ。昔の女は、常に懐刀《ふところがたな》を離さずに、それで自分の操《みさお》を守ったものだ。貴女《あなた》も普通の結婚をするのなら、こんなものは不用だが、今度のような結婚には、是非必要かも知れない。これで、貴女の現在の決心を、しっかりと守るようになさい。」

父の言葉は簡単だった。が、意味は深かった。彼女はその匕首《あいくち》を身辺から離さないで、最後の最後の用意としていた。そうした最後の用意が、如何《いか》なる場合にも、彼女を勇気付けた。牡牛《おうし》のように巨《おお》きい勝平と相対していながら、彼女は一度だって、怯《おそ》れたことはなかった。

瑠璃子が暫《しば》らく東京を離れると云うことが分ると、一番に驚いたのは勝彦だった。彼は瑠璃子が準備をし始めると、自分も一緒に行くのだと云って、父の大きいトランクを引っ張《ぱり》出して来て、自分の着物や持物を滅茶苦茶《めちゃくちゃ》に詰め込んだ。おしまいには、自分の使っている洗面器までも、詰め込んで召使達を笑わせた。彼は、瑠璃子に捨てゝ置かれないようにと、一瞬の間も瑠璃子を見失わないように後《あと》へ〳〵と付き纏《まと》った。

それを見ると、勝平は眉《まゆ》を顰《ひそ》めずにはいられなかった。

出立《しゅったつ》の朝だった。自分が捨てゝ置かれると云うことが分ると、勝彦は狂人のように暴《あば》れ出した。毎年一度か二度は、発作的に狂人のようになってしまう彼だった。彼は瑠璃子と父とが自動車に乗るのを見ると、自分も跣足《はだし》で馳《か》け降りて来ながら、扉《ドア》を無理矢理に開けようとした。執事や書生が三四人で抱き止めようとしたが、馬鹿《ばか》力の強い彼は、後から抱き付こうとする男を、二三人も其処《そこ》へ振り飛ばしながら、自動車に縋《すが》り付いて離れなかった。

白痴でありながらも、必死になっている顔色を見ると、瑠璃子は可なり心を動かされた。主人に纏《まつ》わって来る動物に対するようないじらしさを、此《こ》の無智《むち》な勝彦に対して、懐《いだ》かずにはいられなかった。

「あんなに行きたがっていらっしゃるのですもの。連れて行って上げてはいけないのですか。」

瑠璃子は夫を振返りながら云った。その微笑が、一寸《ちょっと》皮肉な色を帯びるのを、彼女自身制することが出来なかった。

「馬鹿な！」

勝平は、苦り切って、一言に斥《しりぞ》けると、自動車の窓から顔を出しながら云った。

「遠慮をすることはない。グン／＼引き離して彼方《あっち》へ連れて行け。暴れるようだったら、何時《いつ》かの部屋へ監禁してしまえ。当分の間、監視人を付けて置くのだぞ、いゝか。」

勝平は、叱《しか》り付けるように怒鳴ると、丁度勝彦の身体《からだ》が、多勢の力で車体から引き離されたのを幸《さいわい》に、運転手に発車の合図を与えた。

動き出した車の中で瑠璃子は一寸居ずまいを正しながら、背後《うしろ》に続いている勝彦のあさましい怒号に耳を掩《おお》わずにはいられなかった。

三

葉山へ移ってから、二三日の間は、麗《うらら》かな秋日和《びより》が続いた。東京では、とても見られないような薄緑の朗かな空が、山と海とを掩《おお》うていた。海は毎日のように静かで波の立たない海面は、時々緩やかなうねりが滑かに起伏していた。海の色も、真夏に見るような濃藍《のうらん》の色を失って、それ丈《だけ》親しみ易《やす》い軽い藍色《あいいろ》に、はる〴〵と続いていた。その端《はて》に、伊豆《いず》の連山が、淡くほのかに晴れ渡っているのだった。

十月も終に近い葉山の町は、洗われたように静かだった。どの別荘も、どの別荘も堅く閉されて人の気勢《けはい》がしなかった。

御用邸に近い海岸にある荘田《しょうだ》別荘は、裏門を出ると、もう其処《そこ》の白い砂地には、崩《くず》れた波の名残りが、白い泡沫《ほうまつ》を立てているのだった。

勝平は、葉山からも毎日のように、東京へ通っていた。夫の留守の間、瑠璃子は何《なん》人《びと》にも煩《わずら》わされない静寂の裡《うち》に、浸っていることが出来た。

瑠璃子はよく、一人海岸を散歩した。人影の稀《まれ》な海岸には、自分一人の影が、寂しく砂の上に映っていた。遥《はるか》に〳〵悠々と拡《ひろ》がっている海や、その上を限《かぎり》なく広大に掩うている秋の朗かな大空を見詰めていると、人間の世のあさましさが、しみ〴〵と感ぜられて来た。自分自身が、復讐《ふくしゅう》に狂奔《きょうほん》して、心にもない偽りの結婚をしていることが、あさましい罪悪のように思われて、とりとめもなく、心を苦しめることとなのであった。

葉山へ移ってから、三四日の間、勝平は瑠璃子を安全地帯に移し得たことに満足したのであろう。人のよい好々爺《こうこうや》になり切って、夕方東京から帰って来る時には、瑠璃子の心を欣《よろこば》すような品物や、おいしい食物などをお土産にすることを忘れなかった。

葉山へ移ってから、丁度五日目の夕方だった。其《その》日は、午《ひる》過ぎから空模様があやしくなって、海岸へ打ち寄せる波の音が、刻一刻凄《すさま》じくなって来るのだった。

海に馴《な》れない瑠璃子には、高く海岸に打ち寄せる波の音が、何となく不安だった。別荘番の老爺《おやじ》は暗く澱《よど》んでいる海の上を、低く飛んで行く雲の脚を見ながら、『今宵《こよい》は時化《しけ》かも知れないぞ。』と、幾度も〳〵口ずさんだ。

夕刻になるに従って、風は段々吹き募って来た。暗く暗く暮れて行く海の面《おもて》に、白い大きい浪《なみ》がしらが、後から〳〵走っていた。瑠璃子は硝子戸《ガラスど》の裡から、不安な眉《まゆ》をひそめながら、海の上を見詰めていた。烈《はげ》しい風が砂を捲《ま》いて、パラ〳〵と硝子《ガラス》戸に打ち突けて来た。

「あゝ早く雨戸を閉めておくれ。」

瑠璃子は、狼狽《ろうばい》して、召使に命じると、ピッタリと閉ざされた部屋の中に、今宵に限って、妙に薄暗く思われる電燈《でんとう》の下に、小さく縮かまっていた。人間同士の争いでは、非常に強い瑠璃子も、こうした自然の脅威の前には、普通の女らしく臆病《おくびょう》だった。海岸に立っている、地形の脆弱《ぜいじゃく》な家は、時々今にも吹き飛ばされるのではないかと思われるほど、打ち揺いだ。海岸に砕けている波は、今にも此《こ》の家を呑《の》みそうに轟々《ごうごう》たる響を立てゝいる。

瑠璃子には、結婚して以来、初めて夫の帰るのが待たれた。何時《いつ》もは、夫の帰るのを考えると、妙に身体《からだ》が、引き緊《しま》ってムラ〳〵とした悪感《おかん》が、胸を衝《つ》いて起るのであったが、今宵に限っては、不思議に夫の帰るのが待たれた。勝平の鉄のような腕《かいな》が何となく頼もしいように思えた。逗子《ずし》の停車場から自動車で、危険な海岸伝いに帰って来ることが何となく危《あや》ぶまれ出した。

「こう荒れていると、鐙摺《あぶずり》のところなんか、危険じゃないかしら。」と女中に対して瑠璃子は、我にもあらず、そうした心配を口に出してしまった。

その途端に、吹き募った嵐《あらし》は、可なり宏壮《こうそう》な建物を打ち揺すった。鎖で地面へ繋《つな》がれている廂《ひさし》が、吹きちぎられるようにメリ〳〵と音を立てた。

四

「こんなに荒れると、本当に自動車はお危のうございますわ。一層こんな晩は、彼方《あちら》でお宿《とま》りになるとおよろしいのでございますが。」

女中も主人の身を案ずるようにそう云《い》った。が、瑠璃子は是非にも帰って貰《もら》いたいと思った。何時《いつ》もは、顔を見ている丈でも、ともすればムカ〳〵して来る勝平が、何となく頼もしく力強いように感ぜられるのであった。

日が、トップリ暮れてしまった頃から、嵐《あらし》は益《ますます》吹き募《つの》った。海は頻《しき》りに轟々《ごうごう》と吼《ほ》え狂った。波は岸を超え、常には干乾《ひから》びた砂地を走って、別荘の土堤《どて》の根元まで押し寄せた。

「潮が満ちて来ると、もっと波がひどくなるかも知れねえぞ！」

海の模様を見るために出ていた、別荘番の老爺《おやじ》は、漆のように暗い戸外から帰って来ると、不安らしく呟《つぶや》いた。

「まさか、此間《この》のような大暴風雨《おおあらし》にはなりますまいね。」

女中も、それに釣り込まれたように、オド〳〵しながら訊《き》いた。皆の頭に、まだ一《ひと》月《つき》にもならない十月一日の暴風雨の記憶がマザ〳〵と残っていた。それは、東京の深川本所に大海嘯《おおつなみ》を起して、多くの人命を奪ったばかりでなく、湘南《しようなん》各地の別荘にも、可なりヒドイ惨害《さんがい》を蒙《こうむ》らせたのであった。

「まさか先度《せんど》のような大暴風雨《おおあらし》にはなるまいかと思うが、時刻も風の方向《むき》もよく似ているでなあ！」

老爺《おやじ》は、心なしか瑠璃子達を脅《おど》すように、首を傾《かし》げた。

夜に入ってから、間もなく雨戸を打つ雨の音が、ボツリ〳〵と聞え出したかと思うと、それが忽《たちま》ち盆を覆《くつがえ》すような大雨となってしまった。天地を洗い流すような雨の音が、瑠璃子達の心を一層不安に充《み》たしめた。

恐ろしい風が、グラ〳〵と家を吹き揺すったかと思う途端に、電燈《でんとう》がふっと消えてしまった。こうした場合に、燈火《あかり》の消えるほど、心細いものはない。女中は闇《やみ》の中から手探りにやっと、洋燈《ランプ》を探し当てゝ火を点じたが、ほの暗い光は、一層瑠璃子の心を滅入《めい》らしてしまった。

暗い燈火《あかり》の下に蒐《あつ》まっている瑠璃子と女中達を、もっと脅かすように、風は空を狂い廻り、波は断《しきり》なしに岸を噛《か》んで殺到した。

風は少しも緩みを見せなかった。雨を交えてからは、有力な味方でもが加わったように、益々《ますます》暴威を加えていた。風と雨と波とが、三方から人間の作った自然の邪魔物を打ち砕こうとでもするように力を協《あわ》せて、此建物を強襲した。

ガラ〳〵と、何処《どこ》かで物の砕け落ちる音がしたかと思うと、それに続いて海に面している廂《ひさし》が吹き飛ばされたと見え、ベリ〳〵と云う凄《すさま》じい音が、家全体を震動した。今迄《いままで》は、それでも、慎《つつま》しく態度の落着を失っていなかった瑠璃子もつい度を失ったように立ち上った。

「何《ど》うしようかしら、今の裡《うち》に避難しなくてもいゝのかしら。」

そう云う彼女の顔には、恐怖の影がアリ〳〵と動いていた。人間同士の交渉では、烈女のように、強い彼女も、自然の恐ろしい現象に対しては、女らしく弱かった。

女中達も、色を失っていた。女中は声を挙げて別荘番の老爺《おやじ》を呼んだけれども、風雨の音に遮《さえぎ》られて、別荘番の家までは、届かないらしかった。

ベリ〳〵と云う廂の飛ぶ音は、尚《なお》続いた。その度に、家がグラ〳〵と今にも吹き飛ばされそうに揺いだ。

丁度、此の時であった。瑠璃子の心が、不安と恐怖のどん底に陥って、藁《わら》にでも縋《すが》り付きたいように思っている時だった。凄じい風雨の音にも紛れない、勇ましい自動車の警笛《サイレン》が、暗い闇を衝《つ》いてかすかに〳〵聞えて来た。

「あゝお帰りになった！」瑠璃子は甦《よみが》えったように、思わず歓喜に近い声を挙げた。その声には、夫に対する妻としての信頼と愛とが籠《こも》っていることを否定することが出来なかった。

五

風雨の烈《はげ》しい音にも消されずに、警笛《サイレン》の響は忽《たちま》ちに近づいた。門内の闇《やみ》がパッと明るく照されて、その光の裡《うち》に雨が銀糸を列《つら》ねたように降っていた。

瑠璃子と女中達二人とは、その燦然《さんぜん》と輝く自動車の頭《ヘッドライト》光に吸われたように、玄関へ馳《か》け付けた。

微醺《びくん》を帯びた勝平は、その赤い巨《おお》きい顔に、暴風雨《あらし》などは、少しも心に止めていないような、悠然たる微笑を湛《たた》えながら、のっそりと車から降りた。

「お帰りなさいまし、まあ大変でございましたでしょうね。お道が。」

瑠璃子のそうした言葉は、平素《いつも》のように形式丈《だけ》のものではなく、それに相当した感情が、ピッタリと動いていた。

「なに、大したことはなかったよ。それよりもね、貴女《あなた》が蒼《あお》くなっているだろうと思

って ね。此間《このあいだ》の大暴風雨《おおあらし》で、みんなビク〳〵している時だからね。いや、鎌倉《かまくら》まで一緒に乗り合わして来た友人にね、此の暴風雨《あらし》じゃ道が大変だから、鎌倉で宿《と》まって行かないかと、云《い》われたけれどもね。やっぱり此方《こっち》が心配でね。是非葉山へ行くと云ったら、冷かされたよ。美しい若い細君を貰《もら》うと、それだから困るのだと、はゝゝゝゝ。」

凄《すさま》じい風の音、烈しい雨の音を、聞き流しながら、勝平は愉快に哄笑《こうしょう》した。自然の脅威を跳ね返しているような勝平の態度に接すると、瑠璃子は心強く頼もしく思わずにはいられなかった。男性の強さが、今始めて感ぜられるように思った。

「妾《わたくし》何《ど》うしようかと思いましたの。廂《ひさし》がベリベリと吹き飛ばされるのですもの。」

瑠璃子は、まだ不安そうな眼付をしていた。

「なに、心配することはない。十月一日の暴風雨《あらし》の時だって、土堤《どて》が少しばかり、崩された丈《だけ》なのだ。あんな大暴風雨が、二度も三度も続けて吹くものじゃない。」

勝平は、瑠璃子が後から、着せかけた縕袍《どてら》に、くるまりながら、どっかりと腰を降ろした。

が、勝平のそうした言葉を、裏切るように、風は刻々吹き募って行った。可なり、ピッタリと閉されている雨戸迄《まで》が、今にも吹き外されそうに、バタ〳〵と鳴り響いた。

「さあ！　お酒の用意をして下さらんか、こうした晩は、お酒でも飲んで、大《おおい》に暴風雨と戦わなければならん、はゝゝゝ。」

勝平は、暴風雨の音に、怯《おび》えたように耳を聳《そばだ》てゝいる瑠璃子にそう云った。

酒盃《さかずき》の用意は、整った。勝平は吹き荒《すさ》ぶ暴風雨の音に、耳を傾けながら、チビリチビリと盃《さかずき》を重ねていた。

「妾《わたくし》、本当に早く帰って下さればいゝと思っていましたのよ。男手がないと何となく心細くってよ。」

「はゝゝ、瑠璃子さんが、俺《わし》を心から待ったのは今宵《こよい》が始めてだろうな、はゝゝゝゝ。」

勝平は機嫌よく哄笑した。

「まあ！　あんなことを、毎日心からお待ちしているじゃありませんか。」

瑠璃子は、ついそうした心易《こころやす》い言葉を出すような心持ちになっていた。

「何《ど》うだか。分りゃしませんよ。老爺《おやじ》め、なるべく遅く帰って来ればいゝのに。こう思っているのじゃありませんか。はゝゝゝゝ。」

瑠璃子の今宵に限って、温かい態度に、勝平は心から悦《えつ》に入っているのだった。

「それも、無理はありません。貴女《あなた》が内心俺《わし》を嫌っているのも、全く無理はありません。当然です、当然です。俺《わし》も嫌がる貴女《あなた》を、何時《いつ》までも名ばかりの妻として、束縛《そくばく》していたくはないのです。これが、どんな恐ろしい罪かと云うことが分っているのです。所がですね。初めはホンの意地から、結婚した貴女が、一旦《いったん》形式丈《だけ》でも同棲《どうせい》して見ると、……一旦貴女を傍に置いて見ると、死んでも貴女を離したくないのです。いや、死んでも貴女から離れたくないのです。」

余程酒が進んで来たと見え、勝平は管《くだ》を捲《ま》くようにそう云った。

六

風は益々《ますます》吹き荒れ雨は益々降り募っていた。が、勝平は戸外のそうした物音に、少しも気を取られないで、瑠璃子が酌《つ》いでやった酒を、チビリ〳〵と嘗《な》めながら、熱心に言葉を継いだ。

「まあ、簡単に云《い》って見ると、スッカリ心から貴女《あなた》に惚《ほ》れてしまったのです！　俺《わし》は今年四十五ですが、此年《この》まで、本当に女と云うものに心を動かしたことはなかったのです。勝彦や美奈子の母などとも、たゞ、在来《ありきたり》の結婚で、給金の入《い》らない高等な女中をでも、傭《やと》ったように考うて、接していたのです。金が出来るのに従って、金で自由になる女とも沢山接して見ましたが、どの女もどの女も、たゞ玩具《おもちゃ》か何かのように、弄《もてあそ》んでいたのに過ぎないのです。俺《わし》は女などと云うものは、酒や煙草《たばこ》などと同じに、我々男子の事業の疲れを慰めるために存在している者に過ぎないとまで高を括《くく》っていたのです。所がです、俺のそうした考えは貴女に会った瞬間に、見事に打ち破られていたのです。男子の為《ため》に作られた女でなくして、女自身のために作られた女、俺は貴女に接していると、直《す》ぐそう云う感じが頭に浮かんだのです。男の玩具として作られた女ではなくして、男を支配するために作られた女、俺は貴女を、そう思っているのです。それと一緒に、今まで女に対して懐《いだ》いていた侮蔑《ぶべつ》や軽視は、貴女に対してはだん／＼無くなって行くのです。その反対に、一種の尊敬、まあそう云った感じが、だん／＼胸の中に萌《きざ》して来たのです。結婚した当座は、何の此の小娘が、俺を嫌うなら嫌って見ろ！　今に、征服してやるから。と、こう思っていたのです。所が、今では貴女の前でなら、どんなに頭を下げても、いいと思い出したのです。貴女の愛情を、得るためになら、どんなに頭を下げても、いゝと思い始めたのです。何《ど》うです、瑠璃子さん！　俺の心が少しはお分りになりますか。」

勝平は、そう云って言葉を切った。酔ってはいたが、その顔には、一本気な真面目《まじめ》さが、アリ／＼と動いていた。こうした心の告白をするために、故意《わざ》と酒盃《さかずき》を重ねているようにさえ、瑠璃子に思われた。

「俺《わし》は、世の中に金より貴いものはないと思っていました。俺は金さえあれば、どんな事でも出来ると思っていました。実際貴女を妻にすることが、出来た時でさえ、金があればこそ、貴女のような美しい名門の子女を、自分の思い通《どおり》にすることが出来るのだと思っていたのです。が、俺が貴女を、金で買うことが出来たと想《おも》ったのは、俺の考違《かんがえちがい》でした。金で俺の買い得たのは、たゞ妻と云う名前丈《だけ》です。貴女の身体《からだ》をさえ、まだ自分の物に、することが出来ないで苦しんでいるのです。まして、貴女の愛情の断片《きれはし》でも、俺の自由にはなっていないのです。俺《わし》は貴女の俺に対する態度を見て、つく〴〵悟《さと》ったのです。俺の全財産を投げ出しても、貴女の心の断片《きれはし》をも、買うことが出来ないと云うことを、つく〴〵悟ったのです。が、そう思いながらも、俺は貴女を思い切ることが出来ないのです。俺は金で買い損ったものを、俺の真心で、買おうと思い立ったのです。いや、買うのではない、貴女の前に跪《ひざま》ずいて、買うことの出来なかったものを哀願しようとさえ思っているのです。また、そうせずにはいられないのです。先刻《さっき》も申しました通《とおり》、もう一刻も貴女なしには生きられなくなったのです。」

変に言葉までが改まった勝平は、恋人の前に跪いている若い青年か、何かのように、激していた。彼の巨《おお》きい真赤な顔は、何処《どこ》にも偽《いつわ》りの影がないように、真面目に緊張していた。彼は大きい眼を剝《む》きながら、瑠璃子の顔を、じっと見詰めていた。敵意のある凝視なら、睨《にら》み返し得る瑠璃子であったが、そうした火のような熱心の凝視には却《かえ》って堪《た》えかねたのであろう、彼女は、眩《まぶ》しいものを避けるように、じっと顔を俯《うつむ》けた。

「何うです！　瑠璃子さん！　俺《わし》の心を、少しは了解して下さいますか。」

勝平の声は、瑠璃子の心臓を衝《つ》くような力が籠《こも》っていた。

七

酒の力を借りながら、その本心を告白しているらしい勝平の言葉を、聴いていると、今までは獣《ブルータル》的な、俗悪な男、精神的には救われるところのない男だと思い捨てゝいた勝平にも、人間的な善良さや弱さを、感ぜずにはいられなかった。

あれ丈《だけ》、傲岸《ごうがん》で黄金の万能を、主張していた男が、金で買えない物が、世の中に儼《げん》として存在していることを、潔《いさぎよ》く認めている。金では、人の心の愛情の断片《かけら》をさえ、買い得ないことを告白している。彼は、今自分の非を悟って、瑠璃子の前に平伏して彼女の愛を哀願している。敵は脆《もろ》くも、降《くだ》ったのだ。そうだ！　敵は余りにも、脆くも降ったのだ、瑠璃子は心の裡《うち》で思わず、そう叫ばずにはいられなかった。

「瑠璃子さん！　俺《わし》はお願いするのだ。俺は、俺の前非を悔いて貴女《あなた》に、お願いするのじゃ。貴女は、心から俺の妻になって下さることは出来んでしょうか。これまでの偽りの結婚を、俺の真心で浄《きよ》めることは出来んでしょうか。俺は、この結婚を浄めるために、どんなことをしてもいゝ。俺の財産を、みんな投げ出してもいゝ。いや俺の身体《からだ》も生命《いのち》もみんな投げ出してもいゝ。俺は、貴女から、夫として信頼され愛されさえすれば、どんな犠牲を払ってもいゝと思っているのです。俺は、先刻《さつき》自動車から降りて、貴女と顔を見合せた時、俺は結婚して以来初めて幸福を感じたのです。今日丈《だけ》は、貴女が心から俺を迎えて呉《く》れている。貴女の笑顔が心からの笑顔だと思うと、俺は初めて結婚の幸福を感じたのです。が、それも落着いて考えて見ると、貴女が俺を喜んで迎えて呉れたのも、夫としてではない、たゞこんな恐ろしい晩に必要な男手として喜んでいるのだと思うと、又急に情なくなるのです。俺が貴女を、賤《いや》しい手段で、妻にしたと云う罪を、俺の貴女に対する現在の真心で浄めさせて下さい！」

勝平は、酒のために、気が狂ったのではないかと思われるほどに激昂《げつこう》していた。瑠璃子は相手の激しい情熱に咽《む》せたように何時《いつ》の間にか知らず／＼、それに動かされていた。

「瑠璃子さん、貴女も今までの事は、心から水に流して、俺《わし》の本当の妻になって下さい。貴女が心ならずも、俺《わし》の妻になったことは、不幸には違いない。が、一旦《いったん》妻になった以上、貴女が肉体的には、妻でないにしろ、世間では誰も、そうは思っていないのです。社会的に云えば、貴女は飽くまでも、荘田勝平の妻です。貴女も、こうした羽目に陥ったことを、不幸だと諦《あきら》めて、心から俺の妻になって下さらんでしょうか。」

勝平の眼は、熱のあるように輝いていた。瑠璃子も、相手の熱情に、ついフラ〳〵と動かされて、思わず感激の言葉を口走ろうとした。が、その時に彼女の冷たい理性が、やっとそれを制した。

『相手が余りに脆いのではない！　お前の方が余りに脆いのではないか。お前は、最初のあれほど烈《はげ》しい決心を忘れたのか。正義のために、私憤ではなくして、むしろ公憤のために、相手を倒そうと云《い》う強い決心を忘れたのか。勝平の口先丈《だけ》の懺悔《ざんげ》に動かされて、余りに脆くお前の決心を捨てゝしまうのか。お前は勝平の態度を疑わないのか。彼は、お前に降伏したような様子を見せながら、お前を肉体的に、征服しようとしているのだ。兜《かぶと》を脱いだような風を装《よそお》いながら、お前に飛び付こうとしているのだ。お前が、勝平の告白に感激して、お前の手を与えて御覧！　彼は、その手を戴《いただ》くような風をしながら、何時の間にかお前を蹂《ふ》み躙《にじ》ってしまうのだ。お前は敵の暴力と戦うばかりでなく、敵の甘言とも戦わなければならぬ。敵は、お前の誇《プライド》に媚《こ》びながら、逆

に お前を征服しようとしているのだ。余りに脆いのは敵でなくしてお前だ。』

瑠璃子の冷たい理性は、覚めながらそう叫んだ。彼女は、ハッと眼が覚めたように、居ずまいを正しながら云った。

「あら、あんな事を仰《おっ》しゃって？　最初から、本当の妻ですわ。心からの妻ですわ。」

そう云いながら、彼女は冷たい、然《しか》しながら、美しい笑顔を見せた。

（下巻に続く）

表記について

新潮文庫の文字表記については、原文を尊重するという見地に立ち、次のように方針を定めました。

一、旧仮名づかいで書かれた口語文の作品は、新仮名づかいに改める。
二、文語文の作品は旧仮名づかいのままとする。
三、旧字体で書かれているものは、原則として新字体に改める。
四、難読と思われる語には振仮名をつける。

なお本作品中には、今日の観点からみると差別的表現ととられかねない箇所が散見しますが、著者自身に差別的意図はなく、作品自体のもつ文学性ならびに芸術性、また著者がすでに故人であるという事情に鑑《かんが》み、原則として原文どおりとしました。

（新潮文庫編集部）

新潮文庫最新刊

小池真理子著
恋
直木賞受賞

誰もが落ちる恋には違いない。でもあれは、ほんとうの恋だった——。痛いほどの恋情を綴り小池文学の頂点を極めた直木賞受賞作。

宮尾登美子著
寒椿

同じ芸妓屋で修業を積み、花柳界に身を投じた四人の娘。鉄火な稼業に果敢に挑んだ彼女達の運命を、愛惜をこめて描く傑作連作集。

阿刀田高著
シェイクスピアを楽しむために

読まずに分る〈アトーダ式〉古典解説シリーズ第七弾。今回は『ハムレット』『リア王』などシェイクスピアの11作品を取り上げる。

田辺聖子著
源氏がたり(二)
——薄雲から幻まで——

光源氏は人生の頂点を迎え、栄華も権力も掌中に収めた日々を送る。が、そこへ思わぬ陥穽が……。華麗な王朝絵巻のクライマックス。

辻邦生
山本容子著
花のレクイエム

季節の花に導かれて生み出された辻邦生の短い物語十二編と、山本容子の美しい銅版画。文学と絵画が深く共鳴しあう、小説の宝石箱。

中沢けい著
楽隊のうさぎ

吹奏楽部に入った気弱な少年は、生き生きと変化する——。忘れてませんか、伸び盛りの輝きを。親たちへ、中学生たちへのエール!

新潮文庫最新刊

山本有三編
日本少国民文庫
世界名作選（一・二）

戦前の児童文学集の金字塔である本書は、皇后・美智子様も国際児童図書評議会の大会で、少女時代の愛読書として紹介されている。

小林信彦著
コラムは誘う
—エンタテインメント時評1995〜98—

渥美清を喪った。横山やすしが逝った。そして小林信彦はこんなことを考えていた——。当代一の面白指南師が活写した「芸《エンタテインメント》」の現在。

永六輔著
聞いちゃった！
決定版「無名人語録」

永六輔が全国津々浦々を歩いて集めた、無名の人のちょっといい言葉。人生を鋭く捉え、含蓄とユーモアに溢れた名語録の決定版！

久保三千雄著
謎解き宮本武蔵

真剣二刀を使った対決はたった一回、他は単なる「撲殺」が多かったとは……。武蔵は本当に強かったのか。宮本武蔵の真実の生涯！

山折哲雄著
西行巡礼

ガンジス、モンセラ、熊野、四国……。世界の聖地、霊場を辿った宗教学者が重ねた歌人・西行の眼差し。人は何故さまようのか——。

下田治美著
ハルさんちの母親卒業宣言

ケンカ相手だったヤツが18歳になり、家を出る——。母子が巻き起こすガチンコ騒動の顛末と、子育て卒業の寂しさを綴るエッセイ。

真《しん》珠《じゅ》夫《ふ》人《じん》（上）

新潮文庫　き－1－3

平成十四年八月一日発行
平成十五年一月二十五日五刷

著者　菊《きく》池《ち》寛《かん》

発行者　佐藤隆信

発行所　株式会社新潮社

郵便番号　一六二―八七一一
東京都新宿区矢来町七一
電話　編集部（〇三）三二六六―五四四〇
読者係（〇三）三二六六―五一一一

価格はカバーに表示してあります。

乱丁・落丁本は、ご面倒ですが小社読者係宛ご送付ください。送料小社負担にてお取替えいたします。

印刷・大日本印刷株式会社　製本・憲専堂製本株式会社
Printed in Japan

ISBN4-10-102803-6 C0193